中国"三农"报告

农民记者笔记1

◎ 徐少林/著

黄河出版社

ZHONGGUO SANNONG BAOGAO

2013，前十年的记录，后十年的轨迹！
看"农民记者"怎么看……

吴敬琏赞誉的"中国农民的代言人" 温铁军作序

责任编辑◎ 孙华锋

统筹监制◎ 鄢福路

策划编辑◎ 朱新开

版式设计◎ 阿　木

图书在版编目（ＣＩＰ）数据

中国"三农"报告：农民记者笔记.1 / 徐少林著
. —— 济南：黄河出版社, 2014.10
　ISBN 978-7-5460-0616-1

　Ⅰ.①中… Ⅱ.①徐… Ⅲ.①新闻报道—作品集—中
国—当代 Ⅳ.①I253

　　中国版本图书馆CIP数据核字(2014)第238173号

书　名	中国"三农"报告——农民记者笔记1
著　者	徐少林
出　版	黄河出版社
发　行	黄河出版社发行部
社　址	济南市英雄山路21号　250002
发行部	（0531）82058166　82904707
印　刷	北京天正元印务有限公司
规　格	710×1000(毫米) 1/16
	19 印张　　260千字
版　次	2014年11月第1版
印　次	2014年11月第1次印刷
书　号	ISBN 978—7-5460-0616-1
印　数	1—10000册
定　价	36.00元

如果把中国比作一个人的话，农村就是这个人的血脉。

中国"三农"报告

目录

老三农VS新三农	1
编者荐言	5
第一章 清村账，顺民心	2
第二章 着力解决土地纠纷	20
第三章 村民直选要公正	42
第四章 青石村的村民自治	57
第五章 不要让民选村官走麦城	67
第六章 "小问题"缘何成为大官司	87
第七章 丁马村的"三不像"	102
第八章 科技推广应以企业为主	123
第九章 石老人村静悄悄的改制	153
第十章 着力解决卖棉难	180
第十一章 假种子案追踪	196
第十二章 农资产品如何打造品牌	210
第十三章 违法办案得到纠正	226
第十四章 "农民律师"何时能转正	252
第十五章 农村陋习折射出大问题	263
第十六章 胶州的乡村生态文明建设	276
后记	290

序

老三农VS新三农

温铁军

谁会在意冬至时节的一场小雪？一面是附庸风雅的书斋客们赞叹着高楼大厦的银装素裹，另一面是巨商大贾饕餮这个超级现代化大都市该有多少车辆相撞带来的市场扩张 而据报道，今天的气温降到了46年以来的最低，还会使北京的年降水量历史性地超过700毫米！是啊，现代化消费和大城市热岛促进着气候暖化！人们很少知道，中国400毫米等降水线北移了一个纬度还多，粮食带随之向北扩张了上百公里，不仅带来了粮食近10年的产量增加；也在农业形势一片大好的同时出现了农业领域的生产过剩，诸如谷贱伤农、菜贱伤农和比以往更为严重的农民自发弃耕撂荒

由此，我特意借给此书作序之机，再次强调我在近年来的讨论中提出的，包括"农民组织权益、农村社会可持续和农业生态安全"在内的新时期的"新三农"问题。这与工业化时代粗放型数量增长所要求的老三农问题——"农民增收、农村发展和农业增产"，已经有很大不同了。自2006年彻底取消农业税和全面推行新农村建设以来，乡土中国已经进入后税费时代。时过境迁，人们都需要与时俱进。

徐少林写的《中国"三农"报告》，内容大致是我们自上世纪90年代以来强调的"三农"问题和乡村治理问题。这部书中写到一些与我有关的内容，委实是记不得了；其中涉及到几个早年跟我在中国经济体制改革杂志社创办《中国改革·农村版》共事的人，也久未联系了。而且，他找我约稿的时候，正赶上年底诸事繁忙，这意味着我不仅没有时间去核实书中所述的细节，还得在早应该偿还的诸多"文债"中给他加塞，才能列上这个新债！但，之所以仍然抽空略读该书并且提笔作序，乃是因为我说过：大凡有利于三农的事情，我都会尽力支持。

我自上世纪80年代从事农村政策调查研究工作以来就认为，我们这种发展中的亚洲原住民国家根本就不可能简单照搬西方的制度体系，也不能把殖民地国家关于"农业问题"的政策体系当做我们追求的模板。诚然，我尊重任何人在理念上认同西方人提出的普世价值，但也得老老实实地告诉大家，中国人无论理念如何都不再有条件像西方人在千年黑暗和百年战争乃至山河破碎生灵涂炭之际不得不杀出一条血路去亚非拉搞殖民化，同时大规模地把他人掳掠为奴隶还为烧杀抢掠制造出各种所谓理性解释。

后来，由于在40多个国家做了比较研究，我甚至极而言之地下过结论："我在发达国家没有见到农业现代化的成功典范，在发展中国家也没有见到城市化成功的典范。"据此强调，中国这种长期城乡二元结构体制下，在政策研究领域必须立足本土实际情况讨论"三农"问题。2004年到大学教书以后，也一直坚持着做田野调查和国际比较研究。虽然这20多年积累了一些经验层次的东西，也尝试着向理性高度升华，但很难说有什么深刻的理论。于是，在跟学生讲"三农"的时候，就会老老实实地承认：即使我搞了一辈子"三农"研究，现在活到一把子年纪了，也没有搞得懂一个村、一个乡、一个县！

据此看我提出的"经济基础的"三农"问题与上层建筑的"三治"问题

（我对县乡村三级治理问题的简称）"，也主要是从传统政治经济学角度提出命题，意在促使学术界放弃浅薄浮躁和邯郸学步，加入到实事求是的真问题讨论中来。

比如，有关农村财务问题。这么多年人为地坚持"去组织化"改革造成的财务混乱客观上很难清理，根本就不可能靠农村基层自觉贯彻"财务公开制度"。也许剩下的办法只能是认真地借鉴"四清"经验自上而下派工作组了！在累积矛盾过分沉重的压力下，即使换了在北京办公室里自以为是的任何一个官僚下去做"村党支部书记"，也难以全面清理前人的账目。

这个说法，本来是在总结李昌平失败之后提出的，我曾经为此借用鲁迅小说的题目写过"李昌平出走以后"。他当年上书朱镕基总理得到中央七常委批示之后，主动请缨处置乡村财务中的大量负债，却几乎把很多上级部门都得罪惨了；处境尴尬的县委领导人不得不调这个颇有政绩的青年人离开工作岗位。诚然，如果是个文学作品，那很可能会抽象表达哪个当事人的单独突破，但现实中其结果无外乎是这个人独立承担了庞大的制度成本。

再比如，有关农村土地的问题。自从1949年全面推进土地改革以后，除了1956－1982年的高度集体化之外，中国农民在大部分时期里都是世界最大的小有产者群体，亦即"小资"。这些年各地的实践证明，如果政府去把农民变成拥有几套商品化住房的小房产所有者，则农民一般会愿意交出宅基地和承包地，因为这是让他从小土地出租变成小房产出租，其小资成分没有改变，有些城市近郊区农民甚至乐得拆迁，因为那是他们一步到位地变成城市中产阶级的机遇。而如果各地政府仅支付文件规定的现金去买断农民身份，以为让农民进城变成工人阶级就是社会进步，那么这样的政策思想确实很荒唐！因为这意味着迫使"小资变无产"。将心比心，谁都不愿意接受这种阶级属性下降！由此往往会造成大量遗留社会问题，甚至引发群体性事件。

至于引发海内外热议的村民直选乱象频仍，我们历来认为那不是直选本身的问题。在乡村财产关系没有清理、社会治理结构也趋于劣化的条件下，简单地强调直选往往是乡村矛盾和冲突爆发的导火索。各地调查也反映出，农村基层大部分都不可能单纯通过这种办法作为构建乡村良性治理的框架，何况政府几乎不为直选支付费用，巨大的制度成本只能向乡土社会转嫁。至于各地上访反映出来的村民直选中影响公平、公正、公开等官方原则的恶劣做法，则也只能归结为是乡村治理困境所派生的问题。

读者如果是在对以上观点有所理解的情况下浏览这部书，则可以如同看万花筒似的在一定程度上了解最近十年中国农村"三农"与"三治"的现实困境。但，为了对此后十年发展作研究借鉴，读者们还应该与时俱进地去多了解些近年来已经形成讨论的、包括"农民组织权益、农村社会可持续和农业生态安全"的新时期的新三农问题。

2012年12月21日 于北京

【温铁军，中国人民大学教授、农业与农村发展学院院长，国务院学位委员会第六届学科评议组农林经济管理组成员，政府特殊津贴专家。】

编者荐言

看懂农村，才能看懂中国！

对于这句话，只要是地球上的人类应该都不会予以否认乃至质疑。

然而，事实是，可供人们看农村的媒介少之又少，虽然报刊、电视、网络、图书等形成了信息爆炸时代，但涉及农村的内容却少之又少。从另一个角度而言，从农村走出来的人不在少数，研究农村的专家学者也不能说是凤毛麟角，干农村基层工作的公务员则可称是一支庞大的队伍，但真正引发广泛关注的有关农村的新闻、调研、理论性作品却少之又少。

不能说没有，至少曾有被叫好的《中国在梁庄》和《一个村庄里的中国》。这两部书的作者均具有学者身份，前者是"文学博士"梁鸿，后者是"主修历史学、法学与传播学"的熊培云。他们殊途同归，采用的手法均是通过观察和记录自己生活过的一个村庄，将有关思考和结论放射至中国。其观察不可谓不细腻，记录不可谓不真实，思考不可谓不深邃，结论不可谓不具有浓烈的历史使命感。

那么，为什么还要策划出版这本《中国"三农"报告》？除了因为此类农村题材的作品少之又少而再多也不算多之外，主要是源于作者徐少林的身份和经历。

徐少林，是一个从农村走出来的农业记者。对农民兄弟的认同感，对记者职业的使命感，以及来自"山东汉子"的遗传，让他屡屡将个人前途乃至人身安全置之度外，也屡屡被所从业的报社予以表彰，其新闻报道曾多次被国家及省级领导进行批示，并获得高等级新闻奖项。

作为一名敢说、敢问、敢写、敢干的"老"农业记者，徐少林的作品内容可以说体现的不仅是观察和记录，而是交锋，而且是最基层的原生态的交锋——

"最基层"，是指可以直达村庄的村民；

"原生态"，是指记述手法的忠实简朴，有时比纪录片更原生态，更像是24小时竖立在村庄上方的摄影探头，然后截取其中关键的片段；

"交锋"，是指在历史发展大潮之下新旧观念的激烈碰撞，这种碰撞又形象地体现在不同层面的具体行为之上。

为什么徐少林能够做到这一点？

除了上文提到的"对农民兄弟的认同感，对记者职业的使命感"之外，还因为与那些抽时间做田野调查的专家学者不同，他是常驻"田野"，而且是所从业报社的"特种兵"，在面对最复杂最棘手的新闻线索时，负有侦察和攻坚任务。这就要求他必须深入一线，而且是最具焦点性和挑战性的一线。也就是说，不要说专家学者，就算是一般记者乃至农村基层干部，也很难积累下如此广泛且深达农村全层次、全角度、全方位的鲜活事例。

说到鲜活的事例，《中国农村调查》可以说涉及了中国农村方方面面的结点，包括与"三农"有关的财务管理、土地管理、村民自治、农资农产品、务工经商、精神文明、乡村生态文明等。在这方面，徐少林具有优势，而且是具有绝对的优势。

事实上，这部书是徐少林对自己近十年作为"农民记者"的回视，正如他在后记中所说："经过沉淀、回访、反思的过程，便形成了目前的书稿内容。"因此，这部书堪称是对中国农村发展历程片段的理性记录。

这部书中的事例具有明确的结论，因为均经过党报的正式刊登。不过，对事例的深层次反思并没有明确结论。也不可能有明确的结论，因为历史在不断发展，因为旧观念具有顽固性和变异性，因为这部书并不是一本单纯的"回忆录"，而是具有延展性或前瞻性的"调研报告"，其记录的事例所反射出的深层次问题，则势必要在一定的历史时期存在下去。

解决好农村问题，才能解决好中国问题！

对于这句话，只要是地球上的人类应该都不会予以否认乃至质疑。

因此，希望这部书能够对所有关心、关注中国"三农"问题的读者朋友有哪怕一点点的启示。如果非要加一个期限的话，希望是十年！

中国"三农"报告

　　一个乡镇，32个村，有17个村被查出重大问题，9名村支书被判刑或取保候审。"孟大胆"搞"清村账"，创新出"村会计职业化、村财务法人审、村支部和群众实施监督"的新机制。

第一章 清村账，顺民心

1.

我是大众日报社农村版的记者，本人也是纯农村人出身，虽然工作在省会城市济南，不过，因为工作的性质以及根在农村，所以一直与农民和农村基层干部有密切接触，有些新闻线索就是平常唠嗑唠出来的。

"农村工作有三大难，那就是——财务账、土地事、选村官。其中，最关键的是财务账。"我的三弟徐秋林时任乡党委书记，是从农村基层一步步干起来的，几乎所有涉及基层工作的"脏活累活"都干过，因此只要一见面，就愿意向我诉诉苦，"上级部门布置工作就跟吃炒豆似的干脆利落，可到了下边，到了乡村干部这里就不是下文件那么简单了，许多具体情况需要考虑、需要解决，解决不好的话，就会受夹板气。你听说过这样的比喻吧？'上边千条线，下边一根针，所有的线都往基层这一根针的针鼻里纫，不管纫不纫得上，都得纫'。其他的工作还好说，只是'财务账、土地事、选村官'这三大难，就像火山口一样，基层干部坐在上面，不一定什么时候爆发，那就不是纺线的问题，而是要认命了。"

事实上，在2006年国内全面取消农业税之前，这种"上级文件—基层工作—群众意愿"之间的矛盾体现得尤为突出，并以"三提五统"为直接矛盾点。这里所说的"三提五统"，是指村级三项提留和五项乡统筹。其中，"村提留"是指村级集体经济组织按规定从农民生产收入中提取的用于村一级维持或扩大再生产、兴办公益事业和日常管理开支费用的总称，包括公积金、公益金和管理费；"乡统筹费"是指乡（镇）合作经济组织依法向所属单位（包括乡镇、村办企业、联户企业）和农户收取的，用于乡村两级办学（即农村教育事业费附加）、计划生育、优抚、民兵训练、修建乡村道路等民办公助事业的款项。

如今，随着农业税的被取消，"三提五统"等已经成为历史词汇。不过，其涉及的相关本质问题却以其他的形式延续下来，比如徐秋林说的那个"三大难"，即财务账、土地事、选村官。为了把历史脉络理清，进而找到事物的本质根源，最终彻底解决长期困扰农村基层干部的种种问题，就让我们从取消农业税之前的本世纪初说起，那时也是我所在农村地区出现矛盾点最多或者说最激烈的时段。本章重点记述的是"财务账"，后文还有相关"土地事""选村官"的章节。事实上，"土地事""选村官"中出现的问题多与"财务账"有关。

数千年来，中国农民已经认为上缴"皇粮国税"是天经地义的事，因此，绝大部分农村地区的农民对"三提五统"等是认同的，也是同意缴纳的。当然，想办法拖延或抵制的情况也时有发生，不过真正出现激烈对抗的地方，往往是源于村"两委"班子懒、散、贪，以及村财务管理混乱等因素。一旦村民由此拖延或抵制，那么"缴纳"就会变成"收缴"，乃至强行收缴。

强行收缴的步骤一般是：由县乡派出工作组进村，帮助村"两委"做工作；抓典型，强行将其带到乡里办"学习班"；由乡主要领导带队，强行入户收缴，有时甚至会动用公安干警。如此一来，这类农村地区的干群关系必然受挫，乃至到了不可调和的地步。为此，我认识的一名乡党委书记就曾被打了闷棍。

那次，这名乡党委书记带队进村收缴"三提五统"后，回到乡政府办公室。需要说明的是，绝大多数农村基层干部出身于农村，是农民的儿女，这名乡党委书记也不例外，虽然干工作时雷厉风行，不过闲下来也会对自己的某些行为感到愧疚，因此独自喝了几口闷酒就在办公室睡下了。到半夜，从后窗跳进几个蒙面人，用被子把他捂起来，接着是一顿暴打，造成多处骨折，至今没有破案。

聊到这件事后，三弟徐秋林接着给我讲起那名被打乡党委书记的继任者孟永波。这个乡叫刘庄乡，历来问题多多，自从那名乡党委书记被打后，更是没人愿意来接任，孟永波却自告奋勇、主动请缨，仅仅这一举动便被人家起了绰号——孟大胆。在随后的工作中，他更是用行动把这个绰号坐实了。

孟大胆一上任，便直接去捅"蚂蜂窝"——清理村账。而且是刘庄乡32个村，一个村一个村地挨着清，重点村由他亲自坐阵，工作的基本内容和步骤是：村里的账要和村民清；村民的账要和村里清；村里的账要和乡里清；乡里的账要和村里清。最令人瞠目结舌的是，他居然请来司法部门的专业财务人员进村查账，只要查出问题便就地立案，最终有数十名村干部受到不同程度的处理，其中采取法律措施的包括：3人被逮捕，6人被取保候审等。

三弟徐秋林本身就是乡党委书记，工作能力也没的说，平时被他佩服的人很少，可谈起孟大胆，连他自己都说那是个真爷们儿。转而，他又对我说："大哥，你们真该报道一下孟大胆，若树起这个典型，我敢说，不仅基层干部服气，而且群众也肯定欢迎。我可提醒一下您啊，当着那里的老百姓可不要说孟大胆的坏话，不然连十来岁的小孩子就敢跟您较真。"

我当面连连称是，不过，心里不以为然，我干了这么多年记者了，什么阵仗没见过，好话要说，坏话照样要说，只有实话实说地说，采访才能越接近真相，稿件才能越有长久的生命力。

2.

刘庄乡在鲁西平原，当我在乡政府大门下车时，一眼就看到一个宽额头、大脸盘、大鼻子、大嘴的汉子，加上那个大秃头，活脱脱的就是鲁智深在世啊。这不是孟会计的儿子吗？他怎么在这里？那还是在"文革"期间，他父亲当时是市委招待所的会计，曾和我一起被抽调到"学大寨工作团"团部，他有时会来看父亲，所以彼此算是老熟人了。难道他就是那个孟大胆——孟永波？

"大哥，原来是你！"那人快步迎上前，张开大手一把抓住我的双臂，亮开大嗓门说，"徐秋林只给我说要来一个记者，没说是你，这个徐秋林，差点儿让我怠慢了大哥。"随即，拥着我进了他的办公室，"这就是我的上任挨揍的办公室，我一来就搬进这里了，有人劝我到别的办公室，哈哈哈，我就不信这个邪！对了，大哥，咱们事先说好喽，你来这里吃饭喝酒我个人全包，采访这件事呢，对不住了，我从不接受记者采访。"

一听这话，我以"嘿嘿"两声应对，不肯定，也不否定。我知道，像孟大胆这样的性情中人，既然他说了那样的话，若非要采访往往会碰一鼻子灰。所以，转而问他："你父亲的身体还好吧？"

这样把话题一岔开，尴尬的气氛立刻就缓解了。他回答说："我爸可硬朗了，退休后非要回乡下老家，还种了一院子的菜，养了十几只鸡，好着呢。"

我又问："你不是水利学院毕业的吗，我听说省水利厅想留你，多么好的工作啊，你咋不留下呢？"

他说："当时，省水利厅到学校选人，我确实被选上了，可自己不想去，嘿嘿。不是我觉悟高，是因为我爸得了癌症，身边需要人照顾，我就选择分配到我家所在的镇，任镇办公室秘书，同时跟着分管水利的副镇长跑跑具体工作。"

我故意诧异道："那你进步很快呀，才十来年就当上乡党委书记了。"

孟大胆也不谦虚了，得意地笑道："还算可以吧，在我们那批毕业生里，我算是进步最快的。先是在一个镇当副镇长，又到另一个镇当镇长，前年才来这里当书记。这不最近又要换届了，我还不知道有什么着落呢。"

这样话一聊开，就好办了。接下来，就是如何占据一个制高点进行深入采访。以我的经验，有三个方面可供选择：一是"拉虎皮做大旗"，即亮出权威部门或人物令被采访对象就范，比如我所在的大众日报是省级党报，在一般情况下市级领导是积极配合的，对于孟大胆而言，就不必劳驾市级领导了，因为我在调到大众日报之前曾任临清市委宣传部副部长，摆个老谱就行了；二是"拉熟人做助阵"，这也好办，我三弟徐秋林和孟大胆同任乡党委书记；三是"追责激将法"

于是，我对孟大胆说："那咱们就谈谈你继续进步的事。老弟，你先别紧张啊，我们接到一封涉及你的群众来信，报社领导就派我先来调查调查。我觉得，若有问题，那就要敢于承担；若没问题呢，该澄清还是要澄清。你说呢？"其实，记者外出采访都是要经过报社领导批准的，在这方面，我没说假话。

孟大胆听后，眉头先是一锁，然后微松又一锁，最后就锁在那儿解不开了。紧接着又是给我沏茶，又是给我点烟，稍停片刻，他猛地一拍桌子，说："好吧，大哥你问吧，随便问什么都行，如果有抵触、有隐瞒，我孟永波就不是共产党员！问完了我，全乡32个村你随便去调查，查出问题我承担所有责任，该处分就处分，该抓就抓！"

这就好办了，我单刀直入地问："你们是不是大张旗鼓地搞了清村账？"

"是，清村账是为了搞好农村的工作，不清是不行的，否则整个乡的基本工作都不能正常运转了，当时集体上访的村就占到一半多。在清村账后，全乡被判刑的村干部3名，取保候审的6名，给予党纪政纪处分的9名，接受退赔、罚款处理的42名，其中退赔款总计47万元。整个算下来，涉及全乡一半多的村'两委'。同时，全乡清理偿还'村集体欠村民'款72万元、'村民欠村集体'款36万元，以及'乡与村集体'债务102万元。"

虽然事先我从徐秋林那里了解了一些情况，但刚刚听到如此大的处罚范围和力度，还是让我暗暗替他捏了一把冷汗。不过，采访还要继续下去，而且不能表现出任何"怜惜"的情绪，否则就很难达到愈加接近真相的目的。

我沉住气，尽量采用诘问的语气："你们清村账怎么个运作法？"

孟大胆解释道："以存在问题的大小、难度为标准，把全乡分成一二三级村，而且先捡难度最大最硬的下手，由我坐镇，由副书记带队，抽调乡直干部，成立工作组。驻村后，以"发动群众，依靠群众"为主　　"

我故意说："这不还是老一套的工作方法吗？"

孟大胆不屑地一笑，说："你说'老一套'？那可是经过我党长期实践检验过的，就是好，关键问题是如何予以贯彻落实。有的人就是忘了这个'老一套'，或者没有真正贯彻落实到实处，才觉得工作处处有难度，才把好事办成了坏事。"

"那你们又是怎么具体落实的？"

"如今不是法治社会吗，所以，我们还请来检察院的专业财务查账人员直接介入。说实话，我之前干过副镇长、镇长，也参与和主持过查村账，最头痛的就是——查不准，一查就串供，弄不好还被反咬一口，最终还是查不清。这次请来检察院的内行，一查一个准，够刑事责任的直接带走，不够的移交纪委。原来搞这种案子是纪委移交检察院，这次是检察院移交纪委。事实清楚，干净利落！"

我又追问："在清村账的过程中，你们是不是有过激行为？"

孟大胆真的有些急了，说："大哥，你虽然没干过乡干部，不过肯定清楚基层的具体情况吧？对了，你也是农民出身，你应该知道农民种点粮食挣点钱不容易吧！如果连农民的东西都贪，那还叫人吗？不要说这次有检察院直接介入，在法律程序上有了保障，就算是有过激行为，我个人觉得也应该，也没什么大不了的，那是他们自作自受！不是已经有人为此告过我的状了吗，这次你又来调查了。那好，你就随便调查，如果查出问题，我就自己背铺盖卷到检察院报到！"

此时的孟大胆，居然红了眼圈。

作为一名记者，我当然不能仅仅听他的一面之词就为之动容。在与他继续深聊之后，我又转了几个村子，明察暗访一番。因为后文还有更高级别的二次下乡，详情再叙。

反正我回到报社后，加紧写了一篇报道，副题是：村与民清，民与村清，村与乡清，乡与村清；主题是：刘庄乡32个村实现村账"四清"。主要内容是：为什么要搞清村账；孟永波如何"大胆"；村账怎么清；清账后，建立和完善了怎样的村级财务管理制度；达到了什么效果等。

3.

就在那篇报道刊发不久，我接到一个来自北京的电话，对方竟然是温铁军，这让我太意外。不过，这也是情理之中的事情。

也许有人会问：温铁军是谁？

著名经济学家吴敬琏在一个颁奖典礼上，曾说过这样的话："中国的农民很不容易，我常常觉得，9亿农民就像希腊神庙里的柱子，他们托起了大厦。农民很多，但是真正关注农民的人不是很多，替农民说话的人也不是很多。而温铁军就是中国农民的代言人。"

温铁军，中国人民大学教授，农业与农村发展学院院长，政府特殊津贴专家，时任《中国改革》杂志社社长。早在上世纪80年代中期，他就提出"三农"问题的研究思路。迄今，"三农"问题已经列入国策，足以说明其洞察力。他认为："农民在'三农'问题中是第一位的。"因此，强调"三农"问题不是"农业、农村、农民"的排序，而是"农民、农村、农业"。并指出，20世纪的农民问题是土地问题，21世纪的农民问题主要是就业问题。他直言"我们中国不是一个农业大国，我们是个农民大国"，而破解"三农"难题，功夫在农外。同时坦陈，有些问题，如农业和农村经济结构调整、推进农业产业化经营等，则需要"农内"与"农外"功夫双管齐下，方能奏效。

我曾经看过温铁军的《世纪之交的"三农"问题》《"三农"问题的认识误区》《当"三农"遭遇WTO》《半个世纪农村制度的变迁》等文章，对他的学识和见解非常佩服。而且他不仅仅是一个坐在书斋里的理论家，曾穿着大裤衩、骑着自行车，穿行在偏远乡村之间，进行过多年的农村实地调研。

此次，温铁军打来电话，是在看了我的《刘庄乡32个村实现村账"四清"》后，邀我到北京相见。

当我如约来到《中国改革》杂志社，穿过楼前汇集的上访人群，进入办公室，温铁军热情地主动介绍在座的两个人，"这位是李昌平，这位是桂晓奇。"转而指着我说，"这位就是我说过的山东那匹'黑马'徐少林，他写了不少监督'三农'方面的稿件，最近我看到他发表的《刘庄乡32个村实现村账'四清'》，很有见的，所以我请他来和我们交流交流。"

对于李昌平和桂晓奇，我也是久仰大名。在此，先一个一个地说：

李昌平，在大学做过教授，在基层当过副镇长、乡党委书记，在杂志社干过执行主编；2000年3月上书朱镕基总理，反应"三农"问题；著有《我向总理说实话》《我向百姓说实话》等书；呼吁"给农民平等国民待遇"；被《南方都市报》等机构评为"2006中国最具行动能力三农人物"。

桂晓奇，曾任《农村发展论丛》的常务副社长、主编职务，编过一本《减轻农民负担手册》，引发了一场不大不小的震动。

此时，温铁军已将二人收到帐下，桂晓奇出任《中国改革》《改革内参》的总编辑，李昌平任副总编辑。

说实话，我们四人个个都是大嘴叉子，一个比一个能讲，主要是围绕"三农"，你讲一段，我讲一段，讲来讲去就不谋而合地讲到农村财务这个话题上来。

农村的问题啥重要？我说，都重要。重中之重是哪个问题？当然是财务！为啥说农村财务很重要？一是随着村民自治的全面推进，农民和乡村干部对如何更好地管理好村级财务，多了不少的关心和疑虑；二是农民上访告状大多是财务问题，在一些地方甚至成为社会不安定因素；三是"村账乡管""委托代管"的做法，违背了绝大多数农民的心愿，也与我国实行的村民自治背道而驰，名义上是"改革""创新"，实际上是剥夺了农民对村级财务的管理权，不仅不宜提倡、推广，而且要坚决予以制止、纠正，最多以此作为一种过渡措施。我们常说"亲兄弟明算账"，不仅要算账目，还要算财权，如果不明算，不出问题才怪呢。

我们一致认为，村级财务管理中长期存在一些痼疾，如财务不公开，白条入账，村干部随意花钱、以权谋私、贪污腐败等。这些问题并不是今天才出现，仅说建国后，我党在历史上就曾屡次开展涉及"财务"问题的运动，如"三反五反""四清"等，进而持续不断地对干部进行的相关教育。

【注1："三反五反"是指建国初期开展的三反运动和五反运动。前者为反贪污、反浪费、反官僚主义；后者为反行贿、反偷税漏税、反盗骗国家财产、反偷工减料、反盗窃国家经济情报。】

【注2："四清"是指在1963年至1966年开展的"四清运动"，即清政治、清经济、清思想、清组织。】

客观地说，村级财务管理中出现问题，原因是多方面的，具体到每个村可能都不一样，但其中具有一个带有普遍性的现象或者说根本原因，那就是缺乏群众参与以及有效监督，没有很好地按照村民自治的要求，执行村级财务管理的各项制度，致使相关规定及制度成了墙上的摆设。

最后，温铁军决定，针对"清村账"问题，让李昌平和我赴鲁西地区的刘庄乡搞一次调研。

接下来，我们四人共进午餐，桂晓奇和我喝了不少酒，温铁军和李昌平滴酒未沾，他俩自称不胜酒力。

4.

这种调研活动显然会遇到来自"官方"某些人的阻力，或者叫"笑脸相待、消极应对",因为不论调研结论的好坏,均会对他们的工作"不利"——若结论是好的,那么就需要总结经验、大力推广,就会打破"当一天和尚撞一天钟""明哲保身"的现状,就要积极带头到基层落实工作;若结论是坏的,那么随之而来的就是总结教训、追查责任,有人就有可能乌纱帽落地。

况且,调研活动与新闻采访还是有一些区别的,后者因篇幅有限,可以仅就某个问题进行采访报道就行了,即便是做些官样文章也无伤大雅;前者则需要全面透视某一问题或现象,注重透过现象看本质,注重用数据说话,注重来自最基层的声音,即"田野调查",如果有"官方"陪同或引导,难免会出现"失真"的情况。

最终,李昌平和我决定先直接进村走访群众。

我们先来到一个曾经出过严重问题的村,主要采访了现任村支书兼村委会主任。他了解了我们的来意后,第一句话就是:"真是到了不治不行的程度!"据他介绍,这是个只有388人口、745亩耕地的小村,从1992年到1999年的四任村干部就不明不白地花掉村里100多万元钱。在1995年和1996年,纪检委先后来村查过两次账,都无功而返;在1998年,村民代表还自行查过一次账,最终也是不了了之。主要是纪检委来的人和村民代表都不懂账,查不到点子上;还有一个原因就是被说情风、保护伞闹的,一到节骨眼上,如果没有一个铁面无私的人做主,乡里乡亲的谁也不会太梗着脖子出头了。

在随后的一系列采访中,我们发现一个源头:1992年京九铁路动工到刘庄乡,全乡被占用耕地1100亩,加上出售土方的收入,沿线各村获得现金近1000万元。收入最多的村有160余万元,最少的也在50万元以上。村集体一下子有了这么多钱,简直是天上掉下来一个大馅饼。可是,相应的措施和制度,比如"怎么管""怎么用"却没有跟上,不到5年时间,这些钱基本被花光了。看着奔腾在自己土地上的列车,农民的血也在奔腾,"钱怎么花了?还我们一个明白！"就成了刘庄乡广大群众的共同心声。由此，上访事件接连不断。也由此，村班子瘫痪了。

据一位老资格的县宣传部的干部介绍，上世纪90年代初的刘庄乡，可是个工作基础很好的地方，那里的农民好得很，只是在上世纪90年代中期开始走下坡路，主要问题就是出在村财务管理混乱上，导致人心混乱，干群关系恶化。

其实，这种"钱多了反而不会管不会花"的现象，在广大农村地区比较普遍，尤其是在改革开放后越来越富裕的农村地区。而且，以后无论怎样深化改革，"让农民越来越富裕"势必是唯一的中心点，比如2006年实行的全面"取消农业税"，就是一项直接惠及全国农民的好政策。不过，农村地区的"财务账"不会也不能被取消，反而会因愈加富裕而亟需在管理上愈加改进与完善，包括与之相辅相成的"土地事""选村官"等问题。

事实也是如此，我们在另一个村调研采访时得知，上一任村支书因将村公款分别"借给"乡党委书记的爱人、乡人大主任、乡派出所所长，共计8500元，而受到党内严重警告处分。

显然，村财务账也会波及到"上级领导"，这不仅会为管理和查办带来难度，而且令支配村财务的"一支笔"变得有持无恐。比如，在孟大胆启动的查账过程中，发现某村的村干部用铁路款支付了全村的电费，却仍从村民身上重复收缴，然后私分了；给村民代买的地膜实际是1.5万元，下账时却成了3万元。有的村在涵洞改道时，上级拨款2万元，没入账就被村干部私分了；将一口砖井上报成机井，就变相贪下4000多元。有的村在建设中心小学时，实际用了10万元，却上报成15万元　　借用一名村民的话就是：这简直是明抢啊！

在此之前，并不是没有查过账，也并不是没有处理过相关村干部。对此，一名村干部说："原来纪检委、检察院也查过，不过都是就事论事，群众反映啥就查啥，还查不到点子上，而且一找熟人托关系，绝大部分的事就不了了之了。"久而久之，村财务就愈加呈现出"不入账、不审批、不公开、乱花钱"的现象，最终导致"干部贪了，班子瘫了，民心散了，矛盾多了，不治不行了"。

相比之下，孟大胆主导的这次清查比较彻底，而且邀请了检察院的"查账专家"参与，清查范围涉及八年时间、四届村干部，不论是否在任都要查!

事后，有村干部这样进行描述：检察院专门的查账员来了后，先"关大门"，再一笔一笔查收入、查支出。外行人不用查，看着那一堆堆的账本都会晕，可人家一眼就能看出来。比如，有一笔处理道路障碍物的账，当时确实有笔贷款，而且村里已经还了，可后来又多出一笔还贷款，等于是先后还了两次贷款。查出来后，那个做假账的村干部不得不退赔了2万多元。为查清铁路补贴款，工作组还专门派人到铁路部门去查，一笔也不马虎，从济南到兖州又到东北，查回来再和村里的账核对。包括小卖部、饭馆以及村干部可能去消费的所有地方都查了，直到彻底查清为止。

据一名参加工作组的同志说，对于查账结果有三个"想不到"：想不到村干部的胆子会这么大；想不到村里的财务账会这么乱；想不到犯错误的干部会这么多。

事后统计，在全乡32个村中，有17个村存在重大问题；有的村12名干部个个有问题；其中，有一名村支书为此被判处4年有期徒刑。

5.

当初采访孟大胆时，连他自己也承认："当时真是冒着好大的风险，不清查，工作已经无法开展；清查吧，肯定会得罪人，搞不好还会弄个身败名裂。最后，我打定主意，咱也不图升官，只图干事，只要把村账弄清楚就行了。"

随后，他发动起全乡的所有脱产干部，组织了3个工作组，每个工作组由一名党委副书记带队，成员由纪检、审计、经管、财会人员组成；每个村再由村民直选出若干村民代表，组成查账监督小组。

整体部署为：将全乡各村分成三大片，同时进行摸查，再根据问题的易难程度，排出一、二、三类问题村。从易到难，先解决一般问题，然后一个个地解决老大难问题。查出一个问题，解决一个问题。

工作步骤为：先由各村的村民代表和村查账监督小组自查；再由乡工作组在村民代表和查账监督小组的监督下细查；最后将有问题的相关人员移交检察院进行立案查处。

具体原则和内容为："清理收入，清理支出，清理集体资产，清理债权债务"，以及"账账相符，账据相符，账实相符，据实相符"，全面开展"村民跟村里清，村里跟村民清，镇里跟村里清，村里跟镇里清"工作。

师出必须有名。孟大胆明确提出了"还干部一个清白，给群众一个明白"的口号。确实，村财务牵动着每位村民最敏感的神经，只要它乱了，干群关系就必然会紧张，工作就必然无法开展。治乱先治账，只有下功夫把村账搞好，干部清白了，群众明白了，一切矛盾就能迎刃而解了。

当然，在具体工作中，也发生了一些令人啼笑皆非的事情：有一个出了问题的村支书，竟然到乡党委大院指名道姓地大骂主要领导；有的甚至带着全家到镇乡主要领导家里闹事。这种破罐子破摔闹事的，占到了问题村干部的25%。更多的则是采取送钱、送物、请吃喝的办法，占80%之多，有的竟然把贪污的钱拿出来行贿，有的甚至说情说到了省里的某位领导那里，意图减轻乃至逃避被处理。

对此，孟大胆的回答只有一句话：绝不手软。而且，在工作组成员中还形成了一条不成文的规定：凡是找人说情的，一律加重处理！

拍手称快的当然是广大的村民，一位老农说："对坏干部手软，就是对百姓不负责。只有下狠心查处贪官，才得民心。"一些有正义感的干部也表示，孟大胆是个干实事的人，没有把主要精力放在搞形象工程上，而是扎扎实实地从农村最棘手的问题抓起。

我们还先后采访了几名受处理的村干部，他们普遍认为：应该受到处理，不过觉着有点重。这也不仅仅是在与以前类似的事情相比，有一位村支书在采访时，曾说过这样的话："花钱的时候顺风顺水，等出了事后，村支书就埋怨村主任和会计，说你为啥不把好关，管好账？村主任和会计就反过来指责村支书，谁敢不听你的，你让我怎么办我只能怎么办，出事了你怨我，我怨谁呀？结果都是一肚子的委屈。"

显然，村财务管理不规范才是真正的"病根"。请注意，这里说的是"管理不规范"，而不是说"管理制度不规范"。其实，如果仅看墙上的制度，那是非常规范的，甚至可以与国际接轨了，关键就在于执行过程中的管理，包括运行和监管机制。

事实上，孟大胆在清查了村财务、重建了村班子之后，明确提出"明晰财权，专家理财；定项限额，预算支出；例会办公，群众唱票；定期审计，财务公开"的管理思路，由此，着力建立起一整套加强村财务的运行和监管机制。

首先，创新地实施"逐渐实现村会计职业化"措施。村会计必须由持有会计证的人员担任，并按照《会计法》等法律法规实行管理。也就是说，要依法管理会计人员，违法必究。

其次，改变村支书"一支笔"审批的以党代政的做法，实施法人审批制度。也就是说，所有财务单据手续等要由村法人代表即村委会主任进行审批。而村主任的相关审批工作，要以《公司法》里的财务管理条文作为法律依据，并依此承担相关法律责任。

第三，村党支部要起到应有的监督作用。村主任审批的所有财务手续都要经村党支部审核，否则不得执行。

第四，村民大会主要落实群众监督工作。

第五，各村必须在银行建立账户，并且设立统一的会计站，做到出纳、开支笔笔有据可查。

在以上管理机制之下，具体流程是：每月的开支，必须严格执行村民大会确定的定项限额预算方案；每月底，村出纳将当月由村主任初审、村党支部审核、村民主理财小组成员唱票终审的支出记账凭证，送到会计站报账做账，然后才能到银行领取下月定项限额开支的现金；每月初，乡财经领导小组对全乡上月的村财务进行审计，然后将审计结果通报全乡，并对审计出的问题进行公开处理。

对此，一名现任村支书颇有感触地说："要是早像这样管就好了，现在村里严格按照预算开支，每月也就1000多元，只是原来的十分之一。"一名现任村主任说："现在的村官都不敢多花一分钱了。如果自己村的开支比别的村多，即使是合理的，也担心群众有意见，担心换届的时候不给自己投票。"

6.

我和李昌平在调研之后，分别写了文章。他的标题是《"小四清"有大学问》，文中除了列举相关调研内容外，还进行了深度反思。现部分摘录如下：

农村的不稳定最大的原因是农村财务的混乱，对这个判断，相信绝大多数做农村工作的人都会同意。要把一个混乱的村子的班子建起来，人心理顺并凝聚起来，必须从清理整顿村级财务着手，对这个经验之谈，相信绝大多数做农村工作的人也会认同。

为什么"小四清"在农村工作中如此重要呢?

第一,清晰的农村财务关系是维系村级社区干部与群众、个人与集体良好关系的必要条件。农村小规模的农户生产更需要村集体提供公共服务,如抗旱排涝、道路建设等,如果农民出资得不到合理使用,公共服务就会大打折扣,直接影响农民生产生活。反过来,如果公共服务受到影响,农民对村集体的认同就会散失,村集体的组织功能就会散失,这样必然导致农村干部与群众、个人与集体的对立。

第二,透明的农村财务关系是农民检验干部的一个窗口。在农民的眼里,干部好不好的一个重要标志就是干部在经济上是否过硬。经济上把自己口袋的钱和集体口袋的钱分得清清白白的干部,农民就认他是好干部,农民就会听这样的干部的话,跟着这样的干部干。

第三,财务上能不能还农民一个明白,是农民检验党和政府是不是代表最广大人民群众利益的重要标准。当一个村子乱得不可收拾了,大多是村干部经济上不干净,导致干群关系紧张。要想重拾民心,无论上级派多大的官到村里去,都必须对过去的干部的经济问题查清楚,给农民一个明明白白的说法。否则,农民就会认为官官相护,认为上级党和政府是不可靠或是靠不住的,这样只会使农村的混乱局面更加混乱。

最后,需要补记一下:孟大胆在那次清村账的过程中没有受贿,事后也没有受惠。当时的班子换届,他没能去县财政局、劳动局、建设局、土地局乃至民政局,甚至被"降格"使用,到县水利局的排灌处任职。唯一感到"欣慰"的是,他这个曾不愿留在省水利厅的水利学院毕业生,算是专业对口了。之后,他才"荣升"为县水利局副局长。此时,全国的农村财务管理机制已经越来越规范化,他的当年勇就更加不值一提了。

中国"三农"报告

如果农民不是实际意义上的土地主人，土地纠纷和矛盾就不会消除，稳定就不可能实现。

第二章 着力解决土地纠纷

1.

我的电话24小时开机，这不仅是报社的要求，也是我形成的工作习惯。

妻子有时会埋怨几句："就你能干，报社又不报销通讯费，干嘛下班了还开机？"

我就用半开玩笑的话搪塞她："咱吃的就是这碗饭，如果干不好把饭碗丢了，想多花点电话费还没地方花去呢。"

话音未落，电话铃就响了。对方是个女士，声音还挺有磁性的，第一感觉是遇上了个能说会道的场面人。她直接就问："你是徐少林记者吗？"当我回答"是"后，她的声音明显激动起来，"俺要替乡亲们给你反映个问题，行吗？"

我故意举起电话让妻子听了听，目的是怕她把问题想歪了，然后冲着电话说："你替乡亲们反映？你能说清楚吗？"

"就是乡亲们怕嘴笨说不清楚，我呢，上过几年学，相对会说点儿。再说了，都是乡里乡亲的哪能不帮忙呢。"

"那就请说吧。"

原来，李家村有一块90亩耕地，作为村里自留的经济田。那时候，还实行着"两田制"，即农民承包的叫口粮田，村集体的叫经济田，后来"两田制"被国家叫停，但村集体仍留有一定比例的机动地。1997年，村里以竞标的方式发包，李永建等四户村民承包了其中的42亩。合同规定：村委会负责提供水利条件。1999年遭遇大旱，村委会尽了很大力进行修井和打井，仍未打出水。后经有关部门鉴定认为，李永建等村民的承包地因未能浇上水，玉米减产百分之七十。

为此，李永建等要求村委会赔偿欠收损失，进而要求缓交下年度的承包费，村委会均不同意。李永建等便将村委会告上法庭，村委会随即以李永建等未如期预交下年度承包费为由，表示要收回承包地，直至将旋耕机开到田头，限李永建等在40分钟内交上承包费，否则将强行翻铲麦苗。当地法院接到村民电话后，当即通知村委会停止翻铲麦苗行为，紧接着下达书面通知："此案没有终结，原、被告都不能改变合同现状，如任何一方改变合同现状，将追究法律责任并赔偿经济损失。"但仍有22亩麦苗田被翻铲，12亩耕好待种田被压平。事后，村主任辩称，收到法院电话通知时，已将麦田翻铲完毕。

不久，在同一块耕地上发生了同样的事情。村民李守义承包了12.4亩耕地，所种玉米也大幅欠收，不过并没有因此起诉村委会。"插曲"发生在李永建等村民状告村委会违约一案上，李守义之妻作为证人提供了有利于原告的证词，并被法庭采纳。随后，村委会也以李守义没交承包费为由，将其承包的6亩麦苗、2亩菜地铲掉，并将已长出很高麦苗的3亩麦种田转发包给别人（日后被新承包者收麦）。李守义遂另案将村委会告上法庭。

1999年12月10日，对李永建等状告村委会违约一案，当地法院做出一审判决：认定李永建等四户玉米地减产原因，为村委会未履行提供水浇条件义务所致，判定村委会赔偿原告玉米减产损失共计9980元，赔偿原告被毁麦地等损失12525元；村委会和村民之间的土地承包合同继续履行；不支持村民缓交承包费的请求。村委会对一审判决表示不服，遂向淄博市中级人民法院提出上诉。2000年5月18日，淄博市中级人民法院审理后认为，原审判决认定事实清楚，证据充分，适用法律正确，并做出"驳回上诉，维持原判"的终审判决。

关键就在于终审判决之后，村委会不仅拒不执行，有关人员还因此与村民发生了肢体冲突——才有了这个名叫王丽芳的大嫂给我打电话的事情。

其实，土地纠纷堪称农村地区最普遍也是最棘手的问题，如果说农村财务问题是产生干群矛盾、社会矛盾的主要导火索，那么，土地纠纷问题就相当于一枚随时会被引爆的炸弹，毕竟土地是农民的天，不管种与不种，仍是他们赖以生存的最后底线。仅说当时，有关土地纠纷的投诉几乎天天都有，根本应付不过来，说不烦那是假的。

于是，我半是安抚、半是敷衍地对王丽芳说："这样吧，你先把有关材料寄给我，好不好？比如，你们的诉状和法院的判决书什么的。等我看了，再给领导汇报一下，然后再告诉你怎么办，好不好？"

谁承想，王丽芳竟然说："这些材料我们都带着呢。我们马上就到济南了，先找你反映情况，然后就到省政府静坐去。"

我一听这话就有点紧张起来，马上说："那好，我等着你们。如果你们要到省府静坐，那就别来找我了。"

对方提高了嗓门："我们就是要先见你，然后再决定是不是去省政府。"

　　果然是一个精明且爽快的厉害女子。我匆匆吃了饭，也没敢睡午觉，就跑到办公室等着去了。

2.

　　大众日报集团在2000年搬进新址——地处泺源大街的新闻大厦时，专门在附楼设置了接访处。每天，《大众日报》以及集团旗下的《农村大众》《齐鲁晚报》《生活日报》会派专人在此值班。那几年，来上访的人员很多，后来渐渐少了，接访处就搬到新闻大厦一楼的一个套间；再后来，那个里间屋变成了报社后勤部门的收费处，外间屋仍然用以接访；再后来，整个接访处就没了。如果有上访人员，会由门卫通知报社的相关部门或人，然后到会客室或办公室进行接访。

　　面前的王丽芳身穿大红运动装，圆鼓鼓的脸，身体也是圆鼓鼓的，壮得像个汉子。她把两只袖子撸起来，挥动着胳膊说话，声音洪亮。和她一起来的还有3个男人，他们只是听她呱啦呱啦地说却很少说话，她说一阵子就会问其中的一个："你说是这样吧？"被问的那个只是连连点头回答："是，就是。"

　　和我一起接访的还有我的部主任陈中华。

　　陈中华在2011年被中宣部授予"当代好记者"称号，是我心中最佩服的记者之一。他的作风务实，思想解放，敢为百姓说话，而且文才非常棒。他曾是新华社记者、《作家报》副总编，还是国家一级作家。此时，他正着手进行一组"农村土地承包问题调查"选题。在这方面，他应该算是专家中的专家了。

可是，在此次接访中我们发生了不同意见。

我认为上访者既提供了诉状，也提供了法院判决书，有这两样东西我们就可以做新闻了。我说："按法院的判决书说就是了，公开见报形成舆论监督态势，再盯着地方党委政府怎么处理和法院怎么执行，这样就能做成系列追踪报道，不仅稳妥，不易出现失误，还能产生轰动效应。"

陈中华则认为必须进行实地采访，在调查多方情况、核实新闻事实之后，再进行报道。

在如何做新闻的问题上，一个记者有一个记者的特点，一个记者有一个记者的作法，当然，一个记者也会有一个记者的门道。我和陈中华就有些不一样，在这方面不是谁对谁错、谁高谁低的问题。因为，从业务上讲，只看谁能写出好稿来。若从采访作风来看，你靠脚寻访，磨破鞋底，不一定能访到真东西，他靠嘴采访，几个电话，说不定稿件就能获大奖。再比如，同样是去面对面访谈，他能问出真东西，你也许连素材都搜集不全。这里面除了采访技巧和经验外，有时还与记者在某一环境面对某一类人所表现出的天然亲和力有关。

从某种意义上讲，陈中华更像是记者中的文人，凭的是思维缜密，强调的是由多方验证的事实，每篇稿件都是奔着深度而去。我呢，算是记者中的"山药蛋派"，靠的是实践经验，讲究的是实际效果，每篇稿件都在追求威慑力和轰动效应。

因此，我说："电话采访核实就行了，比如先问法院有没有这个判决，以及为什么没能执行？再问村支书或村主任有没有这个事，以及对此事有什么话要说？"

这样做不是不负责任。首先，已经有法院判决书等作为依据，做新闻不会出问题；其次，现在通讯工具如此发达，没必要什么事都要面对面。况且，这种新闻越早刊登出来越好，否则很容易被"灭火"，那么前期的辛苦工作就白白浪费了。而且，在初期采访时，不论是原告还是被告，要么会回避采访——记者白跑冤枉路；要么会极力强调对自己有利的方面——记者不得不先安抚对方的情绪。如果把已经坐实的素材先刊登出去，那么在进行追踪报道时，不仅以前回避采访的人会走出来为自己辩白，而且原告、被告以及准备"灭火"的人均会小心从事了。如此一来，后续的采访报道工作就会相对容易一些。

陈中华依然不同意我说的办法，他要亲自带着我进行实地调查。他有他的人生哲学，他有他的职业道德，他有他解决问题的办法，作为他的兵，我服从就是了，毕竟他比我老成，比我业务能力强。

就这样，我和陈中华乘长途客车直奔鲁中地区的李家村。

当我们来到李家村所在的乡时，我就要给乡委宣传部打电话。

其实，我知道在面对监督性质的采访要求时，宣传部门往往会以"灭火器"的形式出现。不过，这个案子就不同了，因为法院已经做出宣判，而是村委会拒不执行。不论从哪个层面来讲，乡党委、乡政府包括其属下的宣传部都应支持法院的判决，而且更乐于以新闻监督的形式支持法院的判决，进而达到四两拨千斤的效果。否则，若拒不执行法院判决形成了气候，他们也没法在下面开展工作了。即便是法院判错了，若由新闻监督予以扭转，他们同样可以有更大的周转空间。

再说了，记者因采访被打、被抓也不是偶发事件了。就在我动手写这部书的时候，我们报业集团的一名记者到某市调查采访强征农民土地一事时，被当地公安强行扣留了。在新闻采访工作上，虽然我可以做到"天不怕，地不怕"，但也不能故意往枪口上撞啊，毕竟有当地官方保驾护航心里会踏实许多。

对此，陈中华又提出不意见，对我说："亏你想得出，如果宣传部门陪着咱们下去，被告以为是来'官大一级压死人'的，而原告以为'官官肯定相护'，导致一方顶牛、一方不敢说话，怎么办？你跟我出来采访就听我的，一切责任我负。"

我只得问："那你说怎么办？"

陈中华说："咱们可以暗访，还可以打草不惊蛇嘛。也就是不论采访到谁，都说是来了解情况的，来听意见的。比如到了村委会，就说'主要是来问问你们对法院的判决有啥意见，对于村民反映的问题有啥解释'。这样，一般不会引起对方的注意，还会主动给咱们诉一诉'委屈'。"

"那好，我听你的。"我出于平时对陈中华的敬佩和信任，不再跟他较真。

3.

到李家村已经没有公交车路线了，我们只得租了一辆农用三轮车，一路"嘣嘣"着就进了村。

需要说明的是，至我们进村采访的这一天，相关终审判决已经下达十个多月，村委会对判决书所标定的各项法律义务均未履行，也未受到司法部门的强制执行。

我和陈中华先来到那块发生纠纷的耕地，只见满目杂草，还到处散落着玉米秸。村民看到有陌生人，陆续聚集过来，王丽芳和那3个跟她去过济南的村民也来了，又是感激地给我们道辛苦，又是连连地给旁边的人说："他们是记者，是来调查问题的记者。"于是，村民们把我们围起来，你一言我一语地反映情况。

据村民们称，村委会将李永建等的麦苗铲压后，一直撂荒到第二年春天。此时，正值村委会上诉到上一级法院还未宣判阶段，却要将这片承包地重新发包给别人，李永建等人闻讯赶到田间，与正在丈量土地的村委会成员发生了肢体冲突，李永建受了伤，村委会成员也有挂彩的，致使此次发包暂时停止。然而，在该地区市中级人民法院终审判决下达半个月后，村委会不仅不予执行，而且再次对这片承包地重新发包，为了顺利进行，甚至强行将李永建等人带离了现场，由此进一步激化了矛盾。新承包人种植了一季玉米后，几十亩耕地又被撂荒至今。至于再度撂荒的原因，有村民说是官司的事情闹大了，没人再敢承包这片耕地。

几经辗转，我们找到了村主任的家。村主任有40岁左右，接人待物还是挺客气的。在做了自我介绍后，他开始心平气和地和我们交流，而且一一作答。

提问在一步步地深入。关于那块耕地被撂荒的问题，他的解释是，村里准备用那几十亩地种法国梧桐树，只是还未种罢了。当我们问如何理解法院的判决书时，他有点带情绪地说，无论法院怎么判，他们不交承包费，村委会就不让他们种，就是法院把我们抓起来也是不让种，哪有不交承包费白种地的事？当我们说到法院判决要求村委会赔偿村民时，他说，村委会没钱赔，他们不交承包费哪来的钱？再说我们也不应该赔，就是不赔，随他的便，要钱没有，要命一条。我们说，那可是中院的终审判决，即使想不通，也应该先服从判决。他说，它终审判了我们该不服还是不服，我们要继续呼吁。

从村委会主任家里出来，陈中华决定到几十里外的县法院去采访办案法官。可是，我们租用的三轮车已经走了。就在我们一筹莫展东张西望时，王丽芳开着一辆农用三轮车现身了，爽快地说："上车吧，上哪儿我拉你们去。"

听说我们要去找法官，王丽芳表示她有那法官的电话。我又提出既然有判决书了，那么打个电话核实一下就行了，但陈中华仍坚持要面对面采访。没二话了，王丽芳开着农用三轮车一路"嘣嘣"着赶到县法院，正是人家午饭休息时间。王丽芳便提出请我们吃饭，还说要好好谢谢我们。陈中华坚决不同意，紧接着就是一番拉拉扯扯地争执。处理这种事还是我在行，出面打圆场道："不管谁请谁，反正咱得吃饭呀，要是AA制那就不好看了。这样吧，这顿饭我来坐东。"

吃过饭，我们就坐在法院院外的一棵梧桐树下等，好不容易等到上班时间，进去一问，那法官出去办案去了。我们问什么时能回来？那法官的同事说："下午能回来，要不我给他打个电话，有事你们在电话上先说说？"陈中华说："不用了，我们在这儿等吧。"

一直等到快下班的时间，那法官才回来。我们向他了解了一些基本情况后，才问判决已经十个多月了，为什么没有执行？这位法官表示，一定要执行的，法院已向村委会发了两次传票，只是没有找到村委会负责人，我们也在考虑进行强制执行。

听了这样的回答我很欣慰，不过，我对"没有找到村委会负责人"提出异议，并表示我们在今天上午就找到了村主任。那法官一下来了情绪，瞪起眼对我说："你这是怎么说话呢？不相信我？我们既然判了，就要执行。再说了，执行问题是执行局的事，要走相关程序。"随即，他又缓和下口气说，"有些具体问题你们记者可能不清楚，有时候法院判是判了，不过执行局执行起来不一定积极，除了乡里乡亲的强制性执行起来难之外，最直接的原因就是经费紧张问题。执行一个案子要出车出人，而上面给的经费十分有限　　"

这就是面对面采访的"好处"，正式采访有时很容易转化成聊天，被采访对象就会"借机"诉一诉苦，发发牢骚，或者聊一些采访提纲之外的事情。

而这些"聊天"的内容往往就是症结的根本，如果是在电话中，就很难聊到这些。其实，我明白这个道理，而与陈中华的分歧主要是在步骤问题上，即针对这个具体的新闻事件，是先报道再面对面，还是先面对面再报道。当然，他是领导就要听他的，反正我们想要达到的目的是一致的。

王丽芳又开起农用三轮车"嘣嘣"着把我们送往乡政府，不过在离乡政府很远的地方就停下车，她对我们说："我就不进去了，乡政府的人都认识我，让他们看见了不好。"接着，又小声说，"乡里一直给我做工作，想让我当村妇女主任，还动员我参加村委会竞选，我都没同意，家里喂着20多头奶牛，上有老下有小的忙不过来。再说，我也不愿意掺和村里的事。"

"那好吧。"我抱拳谢过，随后跟着陈中华向乡政府走去。

接待我们的是一位年轻的女副乡长，她自报姓名叫陈文，挺开朗的一个女干部，长得有点像电影《山楂树之恋》的女主角静秋。谈起这个案子，她直截了当地说："我就是驻那个村的包村干部，说实话，都是村里不会做工作造成的，当初村委会与村民因玉米大幅减产有了纠纷时，村干部若能多做村民的思想工作，也许问题不至于像后来这么僵。我认为，村委会强行铲除村民的麦苗是严重的违法行为。"

正说到这儿，镇党委副书记走进办公室，他说是听说记者来了，特意过来接待的，然后客套道："书记、镇长都到县里开会去了，晚上能赶回来，到时专门接待你们。"接着，一脸不满地说，"你看这事闹得有点太离谱了，现在李家村村委会不仅要坚决履行法院的判决，还要从中吸取教训，当村官一定要依法行使职权。"

乡里的态度确实不错，起码是表态表得不错。事实已经调查清了，我们当然不会接受乡领导的招待。王丽芳又把我们送到308国道，拦了辆长途汽车回济南，此时夜幕已经降临。

这稿子可以写了吧?

不行!陈中华提出要去采访省农业厅和省高级人民法院,要做就把这个报道做出权威性来!

好,是个好主意!

当然,我的这个感叹是在按照陈中华的计划进行采访之后。

省农业厅经管处负责人针对我们的调查,表示:中央和省里为切实减轻农民负担,多次重申纳入粮田的土地承包不能"先交钱,后种地",也就是说,承包费不能预交,而且是每年交一次,最好两季分别交一次。这个村让农民预交承包费的做法是错误的。村委会另一个严重错误是违约。起初是未提供水利条件造成村民的玉米几近绝产,以后是诉讼期间强行铲除村民的麦苗,最后是法院终审完毕,判令村委会和村民继续履行原土地承包合同,村委会反而强行收回承包人的土地,另行发包。最后,他着重表示,法院的判决内容和中央及省关于农村土地承包延包的精神,以及一系列具体政策条文的规定完全一致。

有了省农业厅的态度,就等于有了省里的态度,因为就此问题,他们的意见应该是省里最权威的。而法律问题哪里最权威呢?当然是省高级人民法院。采访省高院经过了一点波折,不过,最终还是找到了省高院执行局负责人。

针对李家村村委会拒不履行法院终审判决问题,这位执行局长说,依照国家法律,作为败诉方的村委会应当坚决履行;若村委会仍不服,可以申请再审,但申请期间不影响法院判决的执行。他还说,关于执行程序,法律有明确规定,两次下传票传唤不到庭者,属于"拒传",对此,法律也有明文规定的处罚措施。这位局长还就这起案件谈了自己的认识:我省是一个农业大省,作为农村最基层组织村委会的负责人,首先应该学法、懂法、守法,还要维护法律,向村民宣传法律。如果村官本身不懂法,甚至还抗法,那就会起到恶劣的示范作用,以致给政府形象抹黑。

调查采访结束后，陈中华和我一起向总编辑做了详细汇报，总编辑除了表扬我们的扎实作风、认真态度外，决定搞追踪报道。

我们很快写出3篇稿件，均是由陈中华执笔，我主要负责写后续报道。稿件递上去，总编写下批示：发头版头条，一天一篇。

3篇稿件的栏头是：李家村土地纠纷案调查。标题分别是：《村民告了村官的状，村官铲了村民的麦》《输了官司愣不服，村官一味不履行》《判决要履行，教训要记取》。

稿件发了，效果怎么样呢？

4.

陈中华和我这么搞报道，不能不说搞得很扎实，也实在。不过，我心里一直敲小鼓，因为帮农民讨公道、发稿件只是一个方面，如果发了稿件而问题得不到解决，甚至激化了矛盾，那就是费力不讨好了。

半个月后，我们终于听到了回馈：当地法院执行局到李家村进行强制执行，可是没有找到被执行人村主任，只得无功而返。

即便如此，王丽芳打电话给我说，法院来强制执行在村里引起很大反响，而且来执行的法官亲口表示，一定要维护法律的尊严，尽快将被执行人找到并强制执行。紧接着，王丽芳说要带着村民来济南感谢我们，向报社送锦旗。按照以往的经验，我一再表示不要急，等有了结果再说。

可是，这一等就等了两个多月，王丽芳带着当初来过的那3个村民找到我和陈中华，并不是来表示感谢的，而是求援，因为那个终审判决依然没有被执行。

随即，我和陈中华向总编作了汇报，讨论的结果是：作为媒体，该做的可以说已经都做了，至于没有取得预期的效果，只能感到很无奈　　随后，我单独给王丽芳谈，总之是一句话："等过段时间，我和中华再想想办法。"看着他们黯然离去的背影，我的心里很不是滋味。

又过了半个月，仍然没有结果。我就向陈中华提出再写些东西怎么样，他表示同意，并和我研究决定写两篇采访手记，以言论形式分析研讨这个案子，哪怕对李家村一案起不到作用，也算是我们对相关村民的一种安慰。

现将这两篇发表于十余年前的采访手记摘录于此，因为后文另有相关记述：

第一篇：《"父母官"如果有作为，农民讨公道不会难》

说起这起土地纠纷案，案情并不复杂：几户农民承包了村里的经济田，承包期为五年，在承包到三年时，由于按合同规定该由村里负责的机井出了毛病，赶上天旱没及时浇上水，致使玉米几乎绝产，农民要求村里赔偿损失，对承包费进行减或免，村里不同意，还要求预交下年度的承包费。为此，农民在多次找县、乡政府解决不了的情况下，向法院提起诉讼，一审农民胜诉了，村里不服；二审农民又胜诉了，法院进入执行阶段。从去年5月到现在，一年多的时间就是执行不了。

本来并不复杂的问题，本来谁对谁错都很清楚的问题，为什么就这么难解决呢？

"俺们不愿意打官司，一个村的人抬头不见低头见的，再说大家大都沾亲带故。"原告之一不只一次地对记者说这样的话，"当初，只不过就是个如何执行合同的问题，我们想让村里减免承包费，减多少，免多少可以商量，虽然村里态度挺硬，其实再硬也有缓和的余地。"她认为，如果乡里的领导做做工作，从中间费费心，村里不可能不听。她说，他们多次向乡里反映情况，能找到的领导几乎都找了，起初乡里的态度是支持村"两委"的工作，理由是村委会是村民直选的，实行村民自治。《村民委员会组织法》规定，乡政府对村委会的工作是"指导、支持和帮助"，村委会对乡政府是"协助"开展工作。有这方面的规定不假，但这规定也没有要谁不作为呀？法律规定和政府开展的正常的行政工作并不矛盾，解决土地承包合同中出现的问题是乡政府职责内的事，这与干扰村民自治是两码事，不能借此而推卸责任。

据了解，这几户农民在起诉之前曾多次到县里乡上找领导解决问题，乡里接受记者采访的两位党政领导也证实农民确实找了不少次，这两位领导说他们也都同情农民的境况，也曾多次到村里做工作，只是村里不听话，让农民上法院的主意还是其中一位领导出的。问其为啥出这个主意，他回答说，依法行政嘛，如果你认为村里违法了就到法院去告，有理到法庭上说。

在采访中记者明显感觉到，村民并不愿意打官司，一原告说："要是乡里能给解决谁愿打这官司，又花钱，又耽误事。"记者问，乡里能解决得了吗？被采访对象包括乡领导都认为应该能解决得了。现在，在农村基层组织中不同程度地存在着不作为的现象，遇到事你推我，我推你，最后推到法院，可谓是一推了之。

就因为乡里没能有效地管理村里的事，于是农民就起诉了。起诉之后，村里又把矛盾进一步激化：1999年10月8日法院第一次开庭审理，10月11日村里用旋耕机铲了农民的麦苗。如果说原来村里犯了错，这样一来，村里就完全违法了。但对此事，乡里保持了沉默。一位律师说得好，"你乡里的领导，不用很大的，就一个分管副书记或副乡长在那儿一站，说声不要胡来，不要知法犯法。料他村里的干部还敢胡闹！"想想我们平时处理乡里村里其他事的时候，那解决问题的办法不是多得很吗，怎么到了维护农民的合法权益时就不作为了呢？乡里一领导则说，这事既然都归法院了，我们就没必要去管了，管多了就是干扰司法公正。这也算是一个不是理由的理由，可恰恰就忘记了那个

"全心全意为人民服务"的宗旨。

几十亩地荒着，农民没地可种，整天到处诉苦告状，没法正常过日子。不知那些"父母官"们有啥感想？

第二篇：《判决后执行若不含糊，讨公道百姓就不犯难》

1999年12月10日，法院对四户农民状告村委会一案做出一审判决：认定四户农民的玉米地减产原因，为村委会未履行提供水浇条件义务所致，判定村委会赔偿原告玉米减产损失共计9980元，赔偿原告被毁麦地等损失12525元；不支持村民缓交承包费的请求。村委会不服判决，向中级人民法院上诉。2000年5月18日，中级人民法院经审理后做出"驳回上诉，维持原判"的终审判决。

终审判决后，农民们认为"拿到赔偿款、继续承包耕种土地"就是几天的事了。谁曾想，硬是盼了一年多，竟然一项也没能兑现。

本案原告律师对记者说，律师大都不愿意代理农民的案子，一是赚不到钱，二是即便胜了官司，执行起来也很难。

另据执行法官讲，他们先后向被告下了两次传票，在被告不到的情况下，也曾三次去村里拘传被告，去了村委会，也去了被告的家，但均无功而返。执行法官一再说，找不到被执行人咋落实执行呢？记者随即表示，到村里采访时，很容易就找到了被告，而且对采访也很配合。对此，那位法官不做任何回答。省高院执行局的一位领导认为，执行难已成为困扰法院工作的主要问题之一，像这起案子，被执行人不履行判决，传不到，找不到，法院强制执行的措施也并不难以落实。从法律程序上讲，要追究被执行人的刑事责任，执行局的最大权限是拘留15天。

6月初，记者接到原告方打来的电话，从中了解到：执行法官通知原告到法院去和村乡领导共同协商解决办法，原告按通知的时间去了，结果乡里和村里却没去人；后来又通告原告去协商，乡里和村里去了而原告却没去。在原告不在场的情况下，法官和村、乡代表协商了一个解决办法：原告继续承包原承包地，被告赔偿一半的损失，另一半用下半年的承包费抵消。

原告不接受这个解决办法，6月16日，两名原告代表找到记者说明了他们的理由：一是他们不理解终审判决怎么能通过协商方式进行改动，认为只要判决了就应该不折不扣地执行，法院既然能找到他们，怎么就不能强制执行呢？二是还有一些具体问题应该解决，比如机井由谁修，耽误了这几季的损失该咋办等。他们最后表示，不讨回公道绝不罢休，不管有多少困难和曲折，他们相信公道早晚会还给胜诉的农民。

之后，王丽芳又多次给我打电话，请求再帮帮他们。可是，我是心有余而力不足呀，我十分同情农民兄弟，也十分卖力地帮他们，可始终得不到圆满的结果，真让人难堪得很。

又过了大概半年时间，我突然接到王丽芳的电话，她的声音里透着从未有过的慌张，几乎是在哀求道："徐记者快来救救我们吧，推土机正推我们的地呢，我们的承包地被强行征用修路，为了阻止他们，大家躺在推土机前。不好了，推土机要轧人了，快来救救我们吧，要出人命了呀！"

我在电话里听到了轰鸣的推土机声，也听到农民痛苦的叫声

5.

农村土地纠纷的事真是太多了，随着农业税的取消，有关土地承包本身出现的纠纷越来越少了，不过随着国民经济的高速发展，随着城市化建设以及农村集中居住等的大力推行和发展，由承包地延伸出来的纠纷又多了起来。

2012年9月，辽宁省盘锦市兴隆台区兴隆农场二十里村，因农民承包地被

征用而衍生出严重纠纷。对此，国内众多媒体进行了相关报道或转载。这一事件，可以说是众多此类事件中出现严重后果的之一，也是此类问题在农村地区长期积累后的必然结果。

对于此类问题，媒体不是没有报道过，而且中央也一直提出要加强舆论监督。不过，在多数情况下，记者的力量和作用并非常人想象的那么大，同时，农村基层工作之复杂也确实会超出常人的想象。不过，作为一名记者，无论遇到什么样的困难，我心中"为农民兄弟讨公道"的决心没有变，一直努力尽着绵薄之力，这不仅是个人的价值观，而且是职责所在。

近些年，我一直在关注有关农村土地纠纷的动态，并直接参与调查采访报道，下面再摘录两则，以力图从中并联系前文找到共性与趋势，为彻底解决此类问题提供一些帮助——

记者调查：《庄稼被毁，村民被拘，昌乐前东村征地再起波澜》

2011年12月29日，记者来到城关街道前东村，发现许多村民依旧在为被强行征地而苦恼着。

前东村征地僵局的形成和村内行政工作之怪现状密切相关，即架空了民选主任，而由一个"无名无分"的村民顶替之，建立一个各项行动均直接听命于街道办的村委会。从此，村委会"噤声"，村民失去了反映传达民意的最直接途径。

在今年前东村主任换届选举中，一位村民以反映民意的"安置房要有门面房"为口号参加竞选。在村民的广泛支持下，该村民以高支持率成功当选。对此，街道办却不予认可。一村民告诉记者："上级肯定不同意让他负责村里的事务。"镇里舍弃了民选村主任，又另立了个代理人全权负责村内事务。

除此之外，镇里还派出一个四人工作小组，协助村务实际负责人大力推动征地进程，而不满征地的村民对他们的意见愈发严重，村里分裂成几个阵营，矛盾异常激烈和公开化，进而征地工作又陷入拉锯状态。

长期的对峙，令村民们难以享受到平静生活。李刚家的树木被强砍，闻讯而来的群众扣押了挖掘机。几个月后，挖掘机司机竟上法院控告李刚等人干扰正常施工。在村民看来，这些都是街道办希望他们态度软化的手段。他们是逼着村民搬走。而2011年7月8日庄稼一夜被毁事件，更是彻底引爆了他们心中怒火，他们走上了上访之路。

原来，去年开春以来不同意征地的村民继续种玉米和麦子，眼看着庄稼长势喜人，未想到突如其来的灾祸却将这一切瞬间化为乌有。那天晚上，在村民熟睡中，一群身份不明的人背着电动喷药机来到田地，将大量除草剂喷洒到几十亩庄稼上。次日，村民们发现庄稼全都枯死了，随后向派出所报案，但没有回音，田敬义便决定带着十几名村民上访到省城。

在省信访局，赶来接他们回去的地方领导表态说，三天解决相关问题。田敬义他们没想到，一下高速路口便被警车拦下。在派出所内，警方表示他们若签字同意征地就可以离开，不签字则要被拘留。最终有12人签字离开，其余包括田敬义等7人坚决不签字，便被转送到拘留所。

好不容易平静了一个月的时间，2011年8月17日《大众日报》刊发了前东村违规征地的报道，8月20日，田敬义就在村内被两名身份不明的青年殴打，致使右髋骨粉碎性骨折、右足拇指骨折。说起被打原因，村民们普遍认为是由于他带头反对征地所致。

如今，记者看到田地周围已被蓝色铁皮重重包围，田埂被大量的建筑垃圾掩埋。

好让人心痛呀！

这样的土地纠纷何时了？有中央领导在2012年两会答记者问时表示：要解决农村土地的确权问题。

我认为这是一个很好的出路。就这个问题，我曾采访过全国农村承包地、宅基地、建设用地土地三确权试点市——莱芜，并写了一篇消息发表于2011年1月19日，现摘录如下：

《莱芜十万农房有了产权证》

多少辈子只能住不能卖不能出租的农村房屋，如今，在莱芜市可以依法进入市场买卖、出租和抵押，10万农房在今年1月份之前先后办了产权证，进而，农民的不动产变成了"动产"，资产变成了资本，不仅有效地实现了为农民增加资产性收入的目的，也有效地实现了城乡一体化的统筹。

2008年10月，莱芜市被省委、省政府确定为"全省统筹城乡发展改革试点市"，破除城乡二元体制，加快构建城乡体制基本接轨、城乡产业相互融合，城乡社会协调发展的"破冰之旅"由此启动。

破除城乡二元体制是"破冰之旅"的要害，而要害中的要害是农村产权制度改革，还权赋能，把原属于农民的权力还给农民。近年来，这个市从确权登记颁证开始，组成40个工作组，90个测绘组，在对全市土地承包经营权、林权、集体建设用地使用权确权发证的基础上，对宅基地使用权、农村房屋产权进行确权发证。截至2010年底"两权"发证率分别达到83.8%、67.9%，十多万农房有了产权证。

记者到位于群山怀抱之中的钢城区辛庄镇采访，副镇长神安保介绍，这个镇66个行政村已有36个村完成了发证，宅基地使用证是国土管理部门发的，房产权是市房管局发的，此产权可以继承，可以在本集体经济组织内流转，可以作为财产抵押进行贷款。

辛庄镇东边的深山沟里有个只有253口人的小山村——城岭村，村民们用土地承包经营证、宅基地使用证和房产证抵押入股建起乡村旅游合作社，成了远近闻名的农家乐旅游胜地。

　　高新区鹏泉办事处郭家沟村堪称农村产权制度改革受益最明显的村，家家户户住别墅，全村65岁以上老人统一居住全免费的老年公寓。村支书徐祥新介绍，6年时间他们村人均年纯收入由原来的2700元，增长到12000元，这里成了全市有名的幸福村。

　　在宾馆碰上一位在此打工的农民工郭才东，他乐呵呵地说，过去俺外出打工，留下一把锁，于是出现了"两个耗子"：一个是自己农村的房子成了耗子窝；二是到城里以后，两手空空，只能租人家的地下室，就变成了地耗子。这些问题的根源就是农村房屋没有房产权，现在好了，有证了，家里的房出租了，用出租的钱在城里又租了房，于是"两个耗子"就全消灭了。

　　我认为这是一条有效的破解土地纠纷的出路，土地确权了，农民有了产权，让土地真正属于农民了，许多相关问题就会迎刃而解。

6.

　　当然，农村土地确权只是出路之一，虽然"许多相关问题就会迎刃而解"，但如果想彻底解决类似问题，那就要更加深入地从观念和法律上得到有效保障。

　　我曾结合亲身调查采访的十几个相关案例，写下一篇《农村土地承包纠纷的调查与思考》，主要包括以下内容：

　　一、法律意识淡薄，行政干预使土地承包合同签订带有较多的强制性

　　部分乡村干部对耕地搞强制发包，对合同随意变更，对签订的合同想变就变，使承包方的合法经营权落空；少数农村基层干部用不正当手段进行承包以权谋私，擅自发包，自发自包；有的农村基层干部对农民的土地承包经营权

的认识存在偏差，把家庭承包仅仅看作是集体经营的一个环节，没有认识到这种承包关系是党在农村的一项基本政策的体现。还有的把农民与集体签订的土地承包合同视为一般的合同，没有看到这种合同的特殊性。

二、合同不规范、权利义务不明确缺乏必要的书面形式

有的土地承包多是发包方"画地为牢"或"指山定界"，条款不完善，表述不准确。如某村集体作为发包方，实行指定地片进行发包，也就是给这块地按照习惯起一个简单的地名，如"村南岗地""道西洼地"等，然后把承包户叫到该地确认一下就直接签订合同。在该村76份土地承包合同中，有29份是采用这种方法发包的，占承包合同的38%。这些合同中，没有确切的亩数，对土地的四个地边的确定界限也仅能说出大体方位，致使在许多情况下相关纠纷案的事实很难以查明。还有的合同中没有保证合同履行的规定，造成合同履行过程中缺乏制约机制，影响承包效果，进而出现了诸如以下的现象：随意缩短承包期、收回承包地和提高承包费；随意调整承包地，多留机动地；不尊重农民的生产经营自主权，强迫种植、强迫流转承包地等。

三、现行法律对农村集体土地所有权主体的设定概念模糊

"农民集体"没有明确的法人代表，在行使具体权力时，作为所有权人的农民集体的真实意愿难以得到真正体现，使一些农村干部利用其地位，充当所有权代言人，甚至为自己牟取利益，使农村土地承包关系以法律形式规定下来存在现实困难，农民的土地承包经营权得不到有效保障。

四、缺乏必要的矛盾调处机制

农村土地承包纠纷的调解、仲裁和诉讼制度不完善，矛盾发生时没有相应的机构及时调处，大量纠纷直接到法院起诉，而法院审理案件受相应程序法律的限制，不能及时审结，往往造成延误农时。进而，引发村民集体上访事件，甚至导致个别纠纷案件上升为刑事案件。

中国"三农"报告

　　每到三年一届的村委会换届选举之时，我就特别的忙，不仅要受省民政厅之邀及时报道全省换届选举工作，更被报社指定负责相关新闻监督稿件的组织和采写。比如，2011年我就曾采写了一组"村民自治的调查"，从《"海选"能保公正吗》到《"三个关系"如何处理》，再到《"四个民主"怎么落实》等。

第三章 村民直选要公正

1.

近些年来，农村基层换届选举工作中出现的问题在日益凸显，矛盾的爆发点也越来越高，以致新闻监督的难度也越来越大。在一次采访报道中，跟随我的一名小女记者就曾差点被开除。

那次是接到群众来访，反映"安城镇在村级换届选举中不公正"的问题。受省民政厅委托和报社指派，我和大众日报内参记者孙洁前往安城镇农村，进行调查采访。

按照采访计划，我们首先来到安城镇白庙村，采访对象是一名80岁高龄叫李保林的老人，他还是曾参加过抗美援朝的老党员。当得知有记者到访，李保林老人拄着拐杖颤巍巍相迎，未曾开口，就已经失声痛哭。

一些村民也闻讯赶来，把屋子挤得满满当当。李保林老人在众人的劝说下，才平复下心情，向我们述说——

那天是五一国际劳动节，我们村进行村委会换届选举，这可是咱农民的大事，党和国家那么信任咱农民，让咱自己的事自己当家，我是个老党员，是抗美援朝的时候火线入党的，我当然要听党的话，积极参加选举活动。

早上7点多钟我到了选举现场，那是在村东边的场院里，县里镇里来的干部少说也有20人。开会前让人全都坐下，就坐在场院的土地上，有爱干净的往腚下垫个纸。憨三家的那个闺女穿着条白裤子，不愿意往地上坐，就蹲着，有干部就批评她，让她坐下。一坐下把闺女的白裤子都弄脏了，心疼得直掉眼泪。那么多干部一个个沉着脸，如面临大敌似的。俺村每回换届选举都不顺利，一直也没有成立村委会，所以县里和镇里对这次换届选举就特别重视，重视归重视。

我因为啥呢？我倒是坐在地上了，80岁的老头子坐到地上就不好起来，可投票的时候不起来又不行，我就想问问让我孙子代我写票和投票行不。老人事多嘛，我就让孙子把我扶起来，到主席台那儿找镇领导去问。对我提的问题不回答也就算了，没想到他们把我当成闹事的了，把我好一顿训，那么大年纪了一点情面也不给。给我扣了个破坏选举的帽子。

当时他们一训我，会场的人就爆场了，都从地上站起来，好多年轻人还冲上去跟他们理论，不知谁喊了声"咱们不参选了"，人们就一哄而散了。至今，俺村里还没有进行选举。天底下哪有这样的道理？记者同志，今天你们来了，要为俺们老百姓做主呀。这事不能就这么不了了之喽，选不成不是我的事，这责任要分清楚。这不，我的3个儿子、6个孙子不愿背破坏选举的黑锅，你想想，他们能答应吗？他们这些日子啥也不干了，向上边去告状，不讨个公道绝不罢休。你知道吗？俺这9个孩子为了给我讨公道，曾在县委门口跪了一个星期呀，天天从早上8点到下午5点，可就是没人过问呀。为啥呢？后来俺才知道县里有规定：在村委换届期间，一律不接待上访，对选举中出现的问题一律不做处理。没办法，我这9个孩子又上告到地委，那里倒是接待了，说是给处理，可一等就是半个月不见音讯，这才去了省城。

当着满屋子乡亲的面，你问问我说的是真话吧？如果有一句假话，我愿承担法律责任。

李保林老人的话音刚落，屋里的村民们就连声作证："对，说的都是实话！"

在结束采访后，村民们谦恭地把我们送出来，并且满怀期冀地连连问什么时候能够解决。显然，质朴的村民们真的把"记者"当做了无所不能的无冤之王。

我不忍心扑灭他们哪怕一点点的希望，可是我又非常清楚"记者"的能力是有限的，因此只能这样回答：我在这儿不敢下什么保证，但可以明确地告诉大家，我们的心情和你们是一样的。而且，村委会换届选举是受法律保护的，村民直选是写入宪法的，实行村民自治更是有法可依的。从李大爷反映的问题来看，这样组织村民直选的办法是不对的，我们会尽最大努力为李大爷讨回应有的公道。

其实，即便是这样回答，也有些超出了"记者"的身份定位。不过，这是有原因的：首先，常年的农村基层采访经验，让我有了较好的尺度把握能力；其次，我和孙洁的此次采访是领有官方任务的。这要从头说起

2.

在写这部书时，我查阅到了当时的采访笔记，那是2005年5月的事情。

那天，李保林老人的9个子孙以及安城镇19个村庄的村民代表共30多人，

直接来到省信访办反映情况。省信访办接访后，根据他们反映的问题转交给负责村级换届选举工作的省民政厅。恰好，我按照报社的既定选题，到省民政厅基层政权处商讨做一版"村委换届你知道多少"的政策法律问答，内容包括：选民资格要弄清；候选人不能想当就当；选举大会谁当主持人；计票的原则问题；选票过半数的人多了咋办；选举正副主任如何计票；委托投票该咋办理等。

其中，最后一个问题就是李保林老人遇到的情况，可否让自己的孙子代他投票。当我走进基层政权处办公室时，王处长正在给来访人员谈这个问题。他看到我后，连介绍带打招呼道："正好记者同志来了。老徐呀，你来的正好，一起听听吧。"然后，接着对来访人员说，"李大爷向镇工作人员询问是否可以委托自己的孙子投票的问题并没有错，这在《山东省村民委员会选举办法》中有明文规定，主要有六条：1、委托必须是本人自愿进行；2、申请和委托必须具备法律效力；3、被委托人必须是选民；4、每一个选民所接受的委托不得超过三人；5、委托他人代为投票必须经村民选举委员会同意；6、已接受委托的选民不得转给别人。对此，参与选举工作的镇工作人员应该非常清楚，并且应该当场向李大爷进行解释。"

就这样，王处长每听完一个相关情况，便起身搬出有关文件进行对号，然后念一段文件是怎么规定的，或者法律是怎么规定的，我就一个问题一个问题地记录在采访本上，同时用录音笔进行录音。

最后，王处长对我说："真是太不像话了，哪有这么搞的！老徐呀，你是不是亲自跑一趟，采访调查这个安城镇的问题，如果真像乡亲们反映的这样，你们可以写《内参》，我们也可以写报告给省领导。"

"可以。"我当场回答，"不过，最好叫《内参》记者一起采访。"

癸察飚骟啉搏矢蹶钡谢唐蹾。户抒会《封凄柏攻×发喋》跆藤弧呒像。

哈哈，竟然是我曾带过的实习生孙洁。这个小孙年仅24岁，长得小巧玲珑，而且是个特别机灵且文笔不错的女孩子。一看是我，她就一口一个"徐老师"地说："多关照呀。"

略做准备，我和小孙就出发了。

在告别李保林老人之后，我们又按照计划逐村进行采访调查，为了保证客观性，我们只让向导送到村口。

接下来的第一站是东固村。

进村大概100米，我们看到一个被简陋篱笆围住的院落，刚要进院探问，只听"汪"一声，又见一条大黑狗从院内柴禾垛里蹿出。农村的狗很少见到生人，一见生人那可是凶悍，吓得孙洁"嗷嗷"地叫着向后躲。对待农村的狗我有经验，别看它那么凶，其实胆很小，我最拿手的办法就是，只要蹲下装作捡砖头或操棍子，它就会胆小地向后退。这时，主人闻声从北屋里跑出来，一声呼唤，那黑狗就乖乖地退回柴禾垛里去了。不过，我们的小孙已经被吓得脸黄了。

在主人的邀请下，我们进了那土坯屋，只见一个从南到北的土坯炕，铺着用麦杆编织的破席子，上面堆着两条露着棉花的破被子；炕的南头连着一个地锅灶，木锅盖黑乎乎的，灶台的北侧堆放着没有洗刷的勺子、铲子、盆子和碗；屋内也是土坯墙，烟熏到屋顶，尤其是墙的上半截就像那木锅盖一样黑乎乎的；没有电视，没有沙发，只有一张几乎要散架的八仙桌和两个长条板凳。"一贫如洗"这个词用在这里再准确不过了。

5月这个季节，应该是地里活最多的时候，因为下雨，全家人包括两个孩子都待在屋里。男主人看上去有40多岁，上身裹着一件掉了扣子的灰上衣，下身套着一件褪色的粗布兰裤子。在他问清我们的来意后，当即连声说："俺啥也不知道，啥也不知道。"我们只得提到几个在上访材料中出现的人名，又解释劝慰一番，他才猛然抬起头，竹简倒豆子般讲起来：

俺村是5月3日下午进行的村委换届选举，镇党委书记也到场了，村民李峰被他指点为记票人。本来李峰不愿意当，他非让人家当，可人家当了又不让管事。李峰亲眼看见唱票人李显明把另外3个候选人的名字隔过去不唱票，就问："你咋不念人家的名字呢？你不念的话，就让我念。"结果，两个人起了争执，先是你骂我一句、我骂你一句，后来就你打我一拳、我打你一拳。这时，书记使了眼色，镇里来的人就一窝风上去阻止，一直到李峰不敢吭声了。你说说，这叫啥选举呀？

听着他的诉说，我们验证了上访材料所反映的问题确实存在。记者采访最好的方法是到现场随机进行调查证实，像我们这样进村入户随机调查一般不会失实。在这个村，我们又在另一户人家进行了同样的询问，得到了基本一致的回答。于是，我们又到下一村落实另一问题。

3.

在大韩村，我们随机找到一个叫周满德的村民，当他得知我们的来意后，便气哼哼地讲述起来：

俺村是在5月6日举行的村委会直选，那完全是在被操纵下进行的。按规定，村委会换届选举应该由村民选举委员会主持，而选举委员会成员要经过村民会议或各村民小组选举产生，可是俺村的唱票人、记票人等选举委员会成员都是镇里指派的。第一轮选举结束后，我偷偷记下了几名候选人的票数：后来当选的村主任当时实得142票，后来当选村委会成员的韩新生实得69票，而村民程晓清实得240票。可是，当公布票数时，却分别变成了368票、280票和191

票。更奇怪的是，第一轮选举结束不到5分钟，600多张候选票就发到了村民手中，明显是事先准备好的。你想想，这样糊弄村民能过得去吗？当下就有人要罢选，接着就吵成了一锅粥。那个镇书记站到板凳上就说难听的话。这一下，村民们更不干了，扭头就要离开选举现场，镇书记就命令镇里的干部进行阻拦，结果是一片混乱，一个抱着孩子的妇女被挤到了，最终孩子没事，她却被踩断了腿。

从周满德家出来，我们又随机选择了一户看起来相对"阔绰"的人家，出屋迎我们的是个有点像城里人的姑娘，穿着裙子，烫着头发，一问才知道她原本在省城打工，此次是特意回村参加选举的。

对于这次村民委员会选举，她也是一肚子的话要说："俺是个高中毕业生，在村里也算是有文化的。不怕你们笑话，我回来参加选举有个人的想法，因为在外面打工见了不少世面，我就想着带领大家发家致富。我们这里是黄河故道，最适合种花生，虽然也种了大量的花生，可是却没有搞深加工，我就想带着大家搞这个项目，而且我在省城一家食用油厂打工时，学会了这个工艺。可万万没有想到选举会是这个样子。给你们说实话吧，在选举前，我曾串门走访了全村每一家，尤其是妇女们都听过我的演讲，她们也表示投我的票，让我当村妇女主任，领着她们一起干。如果是公道的选举，不敢多说，我至少能得100多票吧。你们是不是认为我在说大话？其实，我们这个姓在村里也算是一个大家族了，你别看我才二十多岁，管我叫奶奶的已经有几十人了，再退一步讲，不管怎么样，我也会有三亲两好的吧，可你猜结果咋样？我愣是一票没得。"

总而言之，她话里话外都是在指责他们村的这次选举是被人操纵的。

在采访3个村子之后，已是下午3点，孙洁低声说："徐老师，咱们还没吃午饭呢。"可不是嘛，我这个人工作起来就会把什么事都忘了，饿上一两顿都正常，而小孙是年轻人，又是女孩子，平时吃得少，突然有如此高强度的工作，那么饿得也快，都怪我考虑不周。可是，这穷乡僻壤的没有饭馆，顶多有个杂货店。终于在村里找到一个杂货店，却不卖吃的，连饼干之类的都没有。开店的老者说："农村家的谁吃饼干呀，要吃的话，一个人还不吃个十袋八袋的？那就快抵上一个月的开销了。"

没办法，从杂货店出来，我对小孙说："不行的话，咱们就来个体验吧，等到下一个村子找农户买干粮吃。"没成想，一出村口，就见向导已经给我们买来烧饼、火腿肠和瓶装水。当下连个"谢"字都没说，抓起烧饼和火腿肠就吃起来，几大口吃进去，居然噎住了，连忙抓起水瓶一口气喝下去。人家小孙虽然也很饿，不过吃起来要文明多了，看到我的那个吃相还"咯咯"地笑起来。当然，饭钱还是要给人家的。

随后，我们又来到曹家村，直接去找一个叫曹梦红的妇女，因为上访材料中有这个人反映的情况。找到她还真费了点周折，因为"曹梦红"是学名，村里人大都不清楚，先后询问了好几个人，才有一个自称村小组长的人说："应该是曹柳枝，曹梦红的小名叫'柳枝'。"等找到她家，家里人说她串门去了。请他们去找，可能见我们是陌生人，他们又相互推脱不愿去找，在我们一再说好话的情况下，那个自称大姑的中年妇女才去把曹梦红找回来。可是，当我们按照常规习惯叫她"曹柳枝"时，她却非常不高兴地说："你们咋喊人家小名呢？这小名是糟践人的。"一下子闹得气氛非常尴尬，还是孙洁机灵，顺手从口袋里掏出一个小礼品递给曹梦红，大家当即就缓解了下来。

根据村民委员会选举法的相关规定，若选民是文盲或外出，可委托候选人以外的选民代写。曹梦红对我们讲，镇里只允许由指定的代笔员来填写，她的二姐虽然识字却不会写字，当时告诉代笔员写"林木茂"，对方却写成"刘泉"。曹梦红的二姐不依，那个代笔员开口就说："要不你自己写，你叫俺写就是这么写。"随即撕碎了选票。旁边的曹梦红自然不服便争吵起来，几名镇里的工作人员把她推到了一边。曹梦红说："其实，很多不识字的选民连看一眼选票的机会都没有，镇里的代笔员想写谁就写谁，写完就扔进票箱里。"

据我们了解，这一带文化水平不高的村民并非少数，仅说曹家村就有文盲200多人，再加上那些多年没写过字已经不会写的人，几乎占到选民的一半，如果代笔员暗中操纵选举的话，那是很容易的。

随后，我们又赶往小李庄，采访到退休军人、老党员李玉锁。据他讲：在该村的选举过程中，村民郝大伟一岁多的孩子哭了几声，他站起来哄孩子，镇里的工作人员就训他。郝大伟问犯了什么法，工作人员说："选举不许小孩子哭！"郝大伟和弟弟与对方据理力争，这时，在场的镇委书记就下令把他驱出会场。在李玉锁向我们述说经过的时候，屋里挤满了目击的村民，都纷纷进行指证。

4.

在两天时间内，我和孙洁先后共采访了安城镇10个村庄，近100名村民。每到一处，村民一方面气愤地讲选举委员会成员都是由镇里指派的，并且在选举过程中严重违背民意；另一方面，几乎所有村民能把镇委书记的"经典"讲话背下来。

采访完村民，我们直接去找那位镇委书记。这是必须要做的，因为记者一定要在采访调查中保证客观公正，不仅要采访"原告"，还要采访"被告"。不过，若想采访后者，往往会遇到这样那样的麻烦。为了避免麻烦，我们进了办公室后，就对那位镇委书记讲："我们接到了不少村民的投诉，反映安城镇在村委会换届选举中有操纵选举的问题，就过来调查落实一下。当然，我们更想先听听您的说法。"显然，对方以为我们刚到还没进村入户呢，所以显得非常热情。可当我们拿出采访录音笔时，他紧张了，说："不能录音呀，我说的话不能录音，不然，我啥问题也不回答。"我们当下收回了录音笔，对方也就更放松了。

针对我们提到的问题，对方一开始就打起太极拳，一会儿称不清楚操纵选票的事情，一会又说个别村庄有可能出现实得票和公布票不符，以及代笔员违背民意填写选票的情况。他的解释是，安城镇是本地区最大的乡镇，共有76个行政村，换届选举工作量很大，难免有疏漏；另外，那30多名代笔员是镇里临时请来帮忙的，难免有素质上的差异。

采访结束后，我们乘车离开镇政府大院，我从倒车镜里看到有一辆小轿车跟在了后面，直到出了县界，它才掉头走了。我笑着对孙洁说："估计他们到现在还以为咱们没进村采访呢。"

我们回省城的第二天，那个县的宣传部副部长柳家印就和那位镇委书记来了，而且是直接来敲我家的门。在此要说明的是，我是一名老资格的农村版记者了，几乎和省内各县的主要官员都打过交道，相比之下，我与这个县的书记、县长和副书记要熟悉一些，而与前来造访的柳副部长就更熟了。他们不仅给我送来一些当地的土特产，还非得请我出去吃饭。

都是老朋友了，盛情难却，你非要请吃饭的话，那就去吃。而且，在饭桌上我也答应他们，我不写这篇报道了。我心里那话：我不写并不代表小孙不写。我决定不写，一是因为这原本就是省民政厅基层政权处安排的任务，而且他们准备向上面汇报，我不能干扰整体计划；二是我不能干扰孙洁的《内参》稿件。毕竟，我若率先公开发表新闻，就极有可能引发出说情风，致使预期的结果出现偏差，乃至胎死腹中。再说了，当时我正在主导组织相关村委会选举的深度系列报道，把目前这件事沉一沉，就能打出一套更有力度的组合拳。

当然，我这次不写新闻并不代表就没事干了，因为孙洁的文笔虽然很好，但毕竟是一名新记者，对这类题材的稿件驾驭得还不是很到位，我只能先写个初稿。对此，我不想抢"功劳"，所以在把初稿交给孙洁时，特意叮嘱道：不要署我的名字了。

两天后，这篇标题为《安城镇在村委换届选举中违法》的稿件就上了《内参》，可以直送省委书记和省长。

可没想到事发生了。

刚过几天，孙洁突然打来电话，话语中带着哭音："徐老师，出事了，你在哪？"

记得我当时吃过晚饭正在散步，放松的神经猛然就绷紧了，当下对她说："别紧张，你在新闻大厦的大厅里等我，我马上到。"

见面后，小孙对我说："安城方面以泄漏机密为由把我告了，说有村民拿着那篇《内参》稿件的复印件去市里上访，有可能会借机闹事；还质问说《内参》是机密文件，为啥就随便泄露了出去……"

在我的追问下才了解到，这件事虽然与小孙有关，但完全是因为她年轻单纯轻信他人造成的。即便如此，如果被查出来，仍免不了遭到开除的处分。我活了这么大岁数，别的不行，看人还是比较准的，我认定小孙就是干记者的料，仅拿这次采访来说，她肯干、会干还敢干，不能因此毁掉一个好苗子。再说了，《内参》存在的根本目的就是为了老百姓，其结果早晚要公诸于众，对于那些欲盖弥彰的人而言，既然你敢明目张胆地违反"为人民服务"宗旨，就不要怕被老百姓知道内情。所以，我先极力安抚小孙，最后叮嘱道："这件事就你我知道，对其他人说什么都不能承认。"

良久，小孙才惴惴不安地走了。

为此，我也默默地闹心了一段时间。

结果呢，显然是我们多虑了——最终，那篇《内参》稿件获得了该年度山东省好新闻的一等奖，孙洁因此破格晋升为中级职称。遗憾的是没我的份，因为我没在那篇稿件上署名。

5.

在此之后，我与相关政府机构的联系就更加密切了。在2010年村委会换届选举期间，围绕"操纵选举、强奸民意在村民直选中为何屡有发生""村民直选如何保证公正"等问题，在省民政厅基层政权处的支持下，我又进行了为期3个多月的基层采访调查，并于2011年初写出了见报稿，标题是《"直选"能保公正吗？》，内容摘选如下：

村民委员会换届工作已经在全省基本结束，在换届工作中，"一法两办法"执行的情况如何？尤其是村民直选工作情况如何？很多人担心直选保不住公正，到底保住保不住公正？记者带着这些问题对我省相关情况进行了调查。

禹城市张集乡张集村是个偏僻的村，村民直选村委会的那一天，全村人几乎无一缺席。当时在现场，除了一位副乡长主持会议外，一切都由村民自己操作，当场竞选演讲、当场写票、当场计票、当场公布选举结果、当场颁发当选证书、当场就职宣誓，村委会换届选举工作始终按照法定程序规范进行。

张集村的做法，在村委会换届选举中被人们俗称为"海选"。"海选"顾名思义就是不设候选人，村民愿意选谁就选谁。为确保"海选"的顺利实施，我省第九届人大常委会依据《中华人民共和国村民委员会组织法》的精神，先后通过了《山东省村民委员会选举办法》《山东省实施<中华人民共和

国村民委员会组织法>办法》。

据省人大内司委的同志介绍，在"一法两办法"的指导下，全省普遍把选举过程划分为"部署、发动、选民登记、直接提名候选人、正式选举、建立下属机构、培训新当选干部、建章立制"八个步骤。其中重点把好"产生候选人、正式选举、检查验收、教育培训"四个关口；做到"选举过程中的领导成员、选举安排、选民证登记、选举时间、候选人、选举结果"六个公开。全省86699个村委会共直接选举产生村民委员会成员30.5万人。群众反映，过去村里谁当官是上面说了算，老百姓只是听喝，"一法两办法"给了俺选村官的权利，打心眼里高兴。

但是任何工作都不可能一蹴而就、十全十美，村民自治选举工作中也不可避免地存在着这样那样的问题，如家族势力左右选举。有一个村，刘姓占了村民总数的70%多，选举前家族的长辈就传出话来："谁不选姓刘的就别再姓刘了。"结果，该家族中一个还在取保候审期的人当选了村主任；同时，还出现了花钱买选票、送礼拉选票的现象。还有的违法操作，某县的一个乡借口村委会直选难以实施，任命了某村的"村委会村务领导小组"主持村委会工作；某县的一个镇随意改变群众的选举结果，硬是让选举中的第四名取代第三名进入村委会班子，引起群众的强烈不满和上访。

造成选举结果不尽如人意的主要原因，记者认为还在于思想认识不到位。调查中发现，对村民直选和村民自治存在模糊认识的人并不鲜见，有的人认为目前村民的素质还达不到自治的要求，一味强调民主容易造成混乱；还有的人认为村的事都应由村民说了算，不需要上级党委和村党组织的领导等等。

看来，"海选"如何保证公开、公正、公平的问题在村委会直接选举中不可小视。首先，要加强选举过程的监督，对违法乱纪的应立即处理；二要对选举后的结果进行复核，确定一个"试用期"，以便对"上台"后的民选效果进一步确认，这样才可能保证"海选"的公正。

事实上，村民直选村委会、村民自治是我国改革开放以来最有成效的改革之一，而且党和政府对此极为重视，仅以上文记述的"安城镇一事"而言，如果没有省委、省政府以及省民政厅基层政权处等部门的重视与支持，单凭我们两个小小的记者是不可能搞出有力度的稿件。

另外，在常年的专题采访中，我发现虽然部分村民确实存有违背选举公正的错误认识和举动，对此，有人甚至重拾"穷乡避壤出刁民"的论调。但是，我仍坚定地认为：不是"穷乡避壤出刁民"，况且目前的主要问题和矛盾不在于此，而是"穷乡僻壤出刁官"；至于出现"刁官"的根结，主要在于缺乏有力的监督。为了论证这一看法，我在本章记述了一个"因缺乏有效监督机制而出现操纵选举现象"的故事；在下一章，则将记述一个"因落实监督措施而化解选举中的矛盾"的故事。

中国"三农"报告

我的一篇《依法选举消传言》新闻稿，被中央信访办采纳为处理上访问题的依据，最终被诬告的村支书得到有效保护，从此，青石村跨进村民自治的新时代。

第四章 青石村的村民自治

1.

本来我不准备上班上去了，因为昨天刚出差回来想睡个懒觉，可三番五次的电话铃声搅得我无法休息，接起电话刚一"喂"，就听到总编辑发布指令的声音，他叫我马上到报社吸烟室，还说有重要事情跟我商量，然后就放了电话。

我们在新闻大厦办公，是那种大平台敞开式的，一人一个小格子，总编辑办公室只是多围了一圈玻璃幕墙，如果开会只能去吸烟室，而且一说去那里就意味着有重要的事情要办了。

这次是什么重要的事？我清楚这位总编平时好故弄玄虚，不过，他又是一个特聪明的总编，而且喜欢拿我当枪使，一是因为我这样的老同志不再追求"进步"了，对年轻同志的发展不具威胁；二是因为我确实是一杆特别锋利的枪。

一进门，浓重的烟味就让我立即感受到那凝重的气氛。除了总编，还有两个人坐在里面，他们的表情都很严肃，都在"鼓鼓"地吸烟，好像是在参加吸烟比赛一般。我啥话没说，便加入了他们的吸烟行列。四个人就这样吸了一根再点上一根，谁也不说话，我就越加丈二和尚摸不着头脑了，不过心里清楚，肯定有重要的事情，可又不好主动开口询问。

总编亲自给我续了杯水，又猛吸了两口烟，才缓慢地说："老徐呀，我给你介绍一下，这是我的老同学，打小的光腚朋友——张家驹。叫你来啥事呢？让他给你说吧。"

"是这么回事。"张家驹说，"我吧，是你们总编的同学。这一位呢，叫吴献楠，是我的同学，我们三个是同学加同学的关系。啥事呢？是求你这位资深著名记者来了，你的大名俺们都知道，是慕名而来的。"

"是的，老徐，他们是慕名而来的。你了不得呀，大名鼎鼎呀。"总编故弄玄虚的语调又使出来了，而戴高帽是其中的特点之一。

我这个人不会谦虚，只是点头。不过，心里也明白，他们给我戴高帽不是白戴的。

"我来说吧。"那个叫吴献楠的有些耐不住了，"我是来告状的，告我们恶霸支书的状。"

我马上就把眉头皱起来了，心里说：你们这是走后门来告状呀。只要不是恶人先告状，那就告吧，我洗耳恭听。

吴献楠前面的话音未落，火气就上来了，他越是这样就越说不清楚，东一句"他太霸道了"，西一句"这人是个贪污犯"；头上一句"这人是个流氓"，脚上一句"坏得很"   他到底要告啥？真是让我眉毛胡子什么也抓不住了。

从心里来讲，我虽然会本能地先同情上访告状者，但对面前这个吴献楠却很难产生出同情心理——首先，他的穿着打扮、长相口气等不像是一般的老百姓；其次，这样借助走后门的告状者我遇到的多了，凭经验而论，这种告状一般成不了气候，其所告对象的问题一般不会太大。

就这样，他颠三倒四地说着，我就待在那儿有一搭没一搭地听着。最后，我实在耐不住了，就问他："你们到底想告啥状？告谁的状？"

其实，吴献楠是那个准备告状的，而总编的同学张家驹只是彼此的介绍人。在之前，吴献楠就时不时地说怕自己说不到点子上，还说一见记者就紧张，便想让张家驹替他说，可张家驹躲躲闪闪地不愿意代劳。此时经我一追问，吴献楠就有点结巴起来："我，我，我呢，反正就是想那个，那个，那个，他也太霸道了！"

"你说的'他'到底是谁呢？"我又问了一句。

"那还有谁，你不知道？"吴献楠更加紧张起来。

"我咋知道，你还没说呢，我咋知道？"我有点不耐烦了。

总编看出我的不耐烦，就赶紧递给我一根烟。我知道他的意思，就是让我稳住神、耐住性子听人家说。

张家驹不得不接过了话，说："咳，别绕弯了，就是来告××市××区××街道办事处青石村的书记许伟民的，他拉选票、搞贿选、强奸民意。"

"村书记不用选举呀。"我故意说道。

"咋，咋，不选举？"吴献楠又着急地说，"就是选举，他，他，那个，贿选，拉票，500块钱一张票。"

"书记是上级党委任命的，不是通过村民选举产生的。你们连主体都弄不清楚，告什么啊？书记不用选举拉什么选票？"我嘴上这样说，其实心里大致明白了，因为这一段正是村委会换届期间，告这方面状的人太多了。

这要从背景讲起：按理说，村支书和村主任的职务职责也要实行"党政分开"，也就是不能村支书和村主任"一肩挑"。不过，毕竟中国农村地区的情况比较复杂，尤其是正式实行村委会直选以后，村民就更看重自己手中选票的分量，有些地方的村民甚至只认可选举出来的村主任，这就让由上级党委任命的村书记很难开展工作。因而，有些地方为了顺应"民意"，就做出"没有被选上村主任的不能担任村支书"的规定。如此一来，"一肩挑"就逐渐普及开来。可是，"一肩挑"的直接后果是缺失了相互监督，形成了纯粹的"一支笔"，这就为村内财务等方面的贪污腐败提供了条件，进而形成了新的基层矛盾。

不过，按照我以往的经验判断，这个吴献楠此行的目的应该不只是检举揭发村支书那么简单。所以，我要为让他尽快说出实话做铺垫。

2.

又经过几番斗智，吴献楠依然在支支吾吾。显然，一是他的口才确实有问题，二是他确实不想说出自己的真实目的。

于是，我就单枪直入地问："你们村是不是书记、主任'一肩挑'，而你报名参加村主任的竞选了？"

吴献楠一愣，瞥眼看向已经拉下脸来的总编，又看了看故作不知的张家驹，最终鼓鼓气说："对，对，明人不做暗事，我就是想跟他竞争。俺村的老书记都认为他应该让出一职来，当个书记就行了，可他硬是不让位，你说他霸道不霸道？既然他这样，我就跟他没完，我抓着他好多事呢。"

"也就是说，你来告状就是为了自己当上村主任？"

可能是我的口气有点硬，有点不礼貌，也可能他本来就底气不足，因此他埋下头大口大口地吸烟，也不答话。

我又缓和下语气，说："我们这里一不是党委，二不是政府，三不是法院，新闻单位只是个舆论单位，不当家的。"

他猛然抬起头，硬着脖子说："那也比其他地方好使。"

其实，虽然我认为他想以告状的方式赢得竞选的做法不可取，不过，总比那个被告状者想继续"一肩挑"要好一些，毕竟后者直接涉及了监督机制的有效实施问题，这才是农村基层的主要矛盾。之前我之所以要呛声吴献楠，主要是要让他说出自己的真实目的，总编可以拿我当枪使，而你不能拿舆论工具当枪使，哪怕你是出于好心或正义，至少要让我做到心中有数，让我自己进行衡量和决断。

接下来，我又尽量缓和下语气，问："那好，你先说说自己的情况，以及凭什么要竞选村主任？"

他又深吸几口烟，稳定了情绪，才吞吞吐吐地说："我是一个民营企业家，想带领乡亲们一起发家致富……"

随后，我才了解到，吴献楠确实是一名民营企业老板，与张家驹有生意上的合作，这才找到我们的总编。至于他是否真的想通过竞选村主任而"带领乡亲们一起发家致富"，至少目前还不得而知……不过，在此还要重申一下，我原本就是一个农村孩子，长大后曾在农村基层政权机构工作，后来调入党报做记者一直负责农村版，因此应该有资格先说几句个人看法：在农村，若是贫困时期，村干部有分配救济物资等权力；若是富裕时期，尤其是在富裕地区，村干部的支配权范围就会更大。久而久之，就连孩子都会产生官本位思想，这里除了权力问题，还有高人一等、光宗耀祖的成分，如果权力能够和更大的经济利益比如批地、建厂等挂上钩，那么吸引力就更大了。因此，为了竞选村干部，有些民营企业家甚至不惜血本积极参与，如果他不是党员，就先运作选上村主任，接着突击入党，再转为村支书；如果他本身就是党员，会先由上级党委任命为村支书，再选成村主任。事实上，能够成为民营企业家的都是能人，一方面他们确实能够带领村民发家致富；另一方面，如果监督机制不利的话，他们的"聪明才智"又有可能为轻易地侵害广大村民利益而做垫脚石。

因此，吴献楠告状的目的还需要仔细考量。

"你告人家总得有个内容吧？"我问。

吴献楠此时来了精神，说："当然有！一告他操纵选票，二告他贿选，三告他排斥异己，四是贪污。"

"你这'四告'里面的第三告不好界定，你说他排斥异己，他则说是按原则办事，往往会到最终都扯不清楚。至于第四告的贪污，那是纪委或法院的事，如果他们不先行介入调查，我们报新闻就有可能被指责为干预司法公正。"

"那我就先告他操纵选票和贿选。"

"那你凭什么告对方呢？"

"我有证据。"

"那好，先说说你有什么证据？"

随后，吴献楠反映了3个问题：一是他听说村党委在党员会上要求每个党员为现任村主任拉10张选票；二是村办企业职工连同家属的选民证都由单位领导统一集中管理，统一办理委托填写；三是投票时设党组、片长、村民代表组、村办企业职工等票箱，这样做的目的是方便日后排查，并以此"警告"选民在投票时不要"出圈"。

先不说他"听说"的对与不对，仅就以上情况而言，目前也可以把他的第二告"贿选"排除掉了。而他反映的3个问题，也就是自称"证据"中的第二、第三项，则属于选举规则和流程问题，若没有发生结果尤其是恶劣结果，就很难界定。至于第一项，确实属于他的第一告"操纵选票"，若真如他所说在党员会上进行了"动员"，那么调查起来会相对容易一些。不过，这同样涉及到结果问题，如果没有发生结果，仍然基本等于是零。再说了，以我的工作范围而言，比这种情节更严重、更具新闻性的线索很多，即便我去他们那里了，并通过采访调查证实了，仅凭这些也不够发新闻报道的。也就是说，我若真有此行，那最多起到一个被人当枪使的"警告"作用。

总编显然看到我黑下来的脸色了，并猜出我不情愿去的心理活动，然而却开口道："老徐呀，那就辛苦你跑一趟吧。"此时，我也不知道他是怎么想的，反而他平常就是个出而反而的人，既然他让去，那就去吧。

当然，我心中已经打定主意：既然如此，那就把私事当做公事办，把你告状的事当做真事办，有一说一，有二就说二！因此，我半真半假地对吴献楠说："这样吧，你们先回去，我把手头的一个稿子写完，交稿后就去，好不好？你们今天走，我明天坐火车到。去了后，你们别管我吃，也别管我住，否则让人知道了不好。"

送走他们后，总编又私下指示我："既然老同学有事找来了，碍于面子不得不应付一下，你此去算是替我还个人情吧。至于具体怎么办，我相信你一定能办好。"

我则要把丑话说到前面："我觉这人的主要目的是想当村主任，至于他能不能当上，最终还要看村民和地方政府的态度。我先去看看吧。"

总编拍拍我的肩头，表示赞同，然后加了一句："老徐呀，别人不了解你，我还不了解？只要你出去，哪怕是搂草打兔子，也能顺便带回来货真价实的东西。"

嘿嘿，这倒是实话。

3.

第二天，我乘火车出发了，直奔目的地，票价49元，行程4小时10分钟。

作为大众日报的记者，只要在省内进行采访，不论是表扬稿还是监督稿，都可以直接找当地宣传部要求接待，并安排食宿、交通等。不过，我的最终目的地属于青岛市的高新技术开发区范围，平时来采访的各路记者比兔子都多，人家也接待不过来，虽然我可以凭借山东省党报记者的身份要求"特殊"照顾一下，不过，以我平时采写监督稿喜欢暗访的习惯，还是不打扰为妙。再说了，以我的人脉关系，随便到省内各地的朋友家里借宿几天都没问题，还能顺便聊聊当地的情况。

经过两天的暗访后，我心里有了一些底。到选举那天，我直奔现场，先按照常规程序找到主持选举工作的该辖区办事处人大主任，在讲明来意后，他介绍说，这个村地处经济较为发达的市郊，有部分村民已经通过各种方式转为市民，甚至一个家庭中就有两种居民身份，而《村民委员会组织法》只适用于农村，因此，在此之前就逐一进行了选民资格认证并登记。

随后，我在现场咨询了部分村民，并看了他们的选民证。村民们称，村里登记的可严格了，在家的和不在家的都要登记。

我又来到委托投票登记处，只见七八名工作人员正在紧张地办理委托投票手续，而且一份选民证最多只能接受3个人的委托。我看到的流程是：被委托人先交验自己的选民证，再交上被委托书或相关被委托证明，然后在登记表上摁手印才能领取正式委托投票单；拿着所有手续到发票处领取选票，领几张选票就附给几张编号小票，在正式投票时一并将小票交上。设置编号小票的目的是防止做弊。在现场，我未发现告状人所反映的委托代理"超标"的问题，又询问在场的选民，证实村办企业的选民也都到场参加选举，因此村企统一代理委托投票的问题并不存在。

再到投票处，只见设置了10块计票用的黑板，以及几十个隔断开的保密式写票处，那十几个投票箱上也没有标注有身份识别功能的字样，而且选民在投票时可以向任何一个票箱内投票，没有限制。

在统计票数时，是一组一组有条不紊地进行。下午3点多，选举结果出来：共发出选票2773张，收回选票2767张；按照得票多少依次产生8名候选人，那个告状的吴献楠也在其中。

在随后的采访中，在任的村党委书记、村委会主任对我讲，他完全理解个别村民提出的担心和顾虑，并表示诚心诚意地接受各方面的监督。

接下来，我又采访了成为候选人之一的吴献楠，他对选举的整个过程表示认可，还说原来的担心和顾虑都解除了，如果最终选进村委会，一定会在党组织的领导下做好村委会分配的各项工作，如果选不上也会正确对待。

其实，这也出乎我的意料，原本是被迫前来"灭火"的，无意中却发现一个值得推广的先进典型。回到报社后，我赶写了一篇稿件，很快就刊发出来，标题是《依法选举消传言——青石村村委换届选举侧记》。

在此之后，我始终与青石村保持着联系，关注着它的发展变化，并且深深体会到：村民委员会的选举工作其实很简单，只要严格按照规范的规则和流程走，比任何外在的监督都管用，因为规范的规则和流程本身就是监督机制的根本基础，打牢了这一基础，其他问题基本上就迎刃而解了。

中国 "三农" 报告

上任即遭通报批评和莫名其妙的拘留；想法拿到的公章又被他人拿走；为村账移交打了一场轰动全国官司；垫沙河兴办市场不能如愿；被镇政府宣布免职，最后被开除党籍、逮捕入狱。这就是我要讲的一个民选村官的三年履任经历，以及所引发的山东省乃至全国首例到法院起诉的 "村委会和村账移交案"。

第五章 不要让民选村官走麦城

1.

这人叫崔启明，是山东省××县××镇张家村人，应该说这是个农村的能人，他高中毕业后回乡务农，在科技种田上很有一套，发明了一种地瓜新繁育法，经营起一家地瓜繁育公司和一个相关联的农场。他不仅积累起一定的资本，而且热心村里的公益事业，并积极参与村民自治事宜，颇得村民们的拥戴，再加上他的家族在村里也有一定威望，于是，在1999年5月的村民直选中，以最多票当选为村委会主任。

在正式上任后，他把有关村民自治的法律法规以及相关媒体报道复印下来，在村里到处张贴，到处宣传。据说，他在上任第一个月内，几乎天天组织开会，包括村委会会议、村民代表会议、村小组长会议，以及妇女会议、老人会议、学生会议等，当然还常到镇里、县里参加会议。除此之外，他就挨门挨户走访村民，还表示要把张家村管理好、建设好，为村民多办实事。

　　一个月后，县委党校举办村委会主任培训班，本来第一批名单上没有他，他硬是找到县委党校争取了名额。在培训班上，他除了听课外，还主动与其他参加培训的村主任进行交流，为了探讨村民自治的一些实际问题，他将自己的学习体会《论坚持党的领导与村民自治》以及《村民自治团结协作倡议书》分发给大家，以便深入交流。

　　这件事不知怎么被县民政局的一位领导发现了，随即找到崔启明，很严肃地告诉他："这是违犯组织纪律的行为，是不允许的，你要立即停止这种行为，而且把发出去的材料一份不少地收回来。"崔启明就跟那领导理论："这是我的学习心得体会，与同期学员交流，咋个违犯组织纪律了？况且，我作为中华人民共和国的公民是有言论自由的。"那位领导辩论不过他，就用不容分辩的口气说："你必须收回来，不然，后果自负。"崔启明没有听这位领导的招呼，也没有去回收他散发出去的材料。

　　第三天，突然来了两名公安民警，把崔启明叫到党校办公室，一脸严肃地告诉他："你不要敬酒不吃吃罚酒，给我们列个你发材料的名单，我们替你收。"

　　于是，他散发的材料被强行收缴，随后还受到镇党委的通报批评。在通报批评中有这样字句："崔启明目无组织纪律，私自印发非法宣传材料，不听组织劝告，造成极坏影响。为严肃组织纪律，镇党委研究决定对其进行通报批评。"

　　该通报批评是以镇党委、政府的红头文件形式下发全镇，张家村收到的数量最多，不仅党员、村委会成员、各组组长等人手一份，还被张帖到村里的街上。同时，村支书不仅在全体党员大会上，还召开村民大会进行了宣读。

　　一时间，崔启明成了人们口诛笔伐的对象，村民远远地看见他就躲开了；他想找村委会成员聊聊，对方也不跟他聊；他安排工作没人听，也没人去做；他多次到县、镇反映情况，不仅没人认真听取他的汇报，甚至没人接待他，即便是下跪拦车都没用。于是，他在同年12月赶往北京，他自称不是上访，而是到国家民政部咨询有关法律政策问题。

不曾想，他从北京回来村刚进家门，派出所的民警就到了。他问："你们来做啥？"民警说："干啥？抓你。"他问："为啥抓我？"民警说："我们也不清楚，镇里让抓我们就抓，具体为啥你问镇里就知道了。"接着，就给他戴手铐。他说："能不能不给我戴手铐？这让村里人看见，我以后咋再当这个村长呀？"民警不依，戴上手铐就带他走出家门，并不走近路，而是穿街过巷，走了前街走后街，闹得满街都是看热闹的人，用崔启明的话说就是等于在游街示众。

在这个过程中，他就让妻子给报社打来电话。在通话中，他妻子简单给我说了有关情况，还说她也给国家民政部打了电话，对方明确告诉她会马上派人来调查交涉。

不久，国家民政部所属《中国社会报》的记者李明就赶到了，我们会合后直奔张家村。李明是个30多岁的青年，个头不高，留着小平头，一双大眼睛。见面第一句话就对我说："这也有点太胡闹了吧，毕竟是民选村主任，怎么说抓就抓呢？"

2.

我们抵达张家村，一路打听到在村南头的崔启明家，这是一处典型的农家小院，一圈土打的院墙，一个砖砌柱子的门，院里种着几畦青菜，三间红砖红瓦的北屋，另有两间东屋。

院里、屋里聚集了不少人，我们一进门就被团团围拢。原来，他们正在商量如何"营救"崔启明。别看农村人平时老实巴交的，不过如果遇到恼人的事，有时也会犯冲动，其中一个青年说："既然记者来了，正好给我们做个证、撑撑腰，咱们就冲进派出所，不信他不放人。"我赶紧提高嗓门对在场的人说："这可使不得，千万使不得，千万不能激化矛盾，要冷静，我和李明同志来不是支持大家闹事的，如果你们要闹事，这事我们就不管了。"听到我这样说，大家七嘴八舌地埋怨那个青年，又异口同声地要求我们帮着讨公道。

随后，我们被大家拥着进了那两间东屋，四壁都是书橱，书橱里有各种书籍，这里原来是崔启明为村民办的图书室。落座后，那个青年说："启明哥探讨村民自治之路有什么错？有什么罪？他要搞民主管理，要搞民主理财，要带领大家发家致富有什么错？有什么罪？"一呼百应，大家你一言我一语地讲崔启明的事情，归结起来就是一句话：让派出所放人。最后，我说："请大家相信，我们会尽最大努力的。你们千万不要做出过激行为，我们先去派出所了解一下情况，再给大家回信。"

我和李明来到镇派出所，那位所长挺客气，也挺为难，一再解释抓崔启明不是他能当家的事，是镇里领导下令让抓的，他知道这是一种不负责任的做法，但没办法不听镇领导的。随后，他当着我们的面给镇党委书记打去电话："书记呀，我这儿来了两名记者，一个是《中国社会报》的，一个是《大众日报》的，他们来了解崔启明的情况。我啥都没说，你看咋办？好，你马上到。"

很快，镇党委书记就来到派出所。一见面，他就一脸严肃地问："你们到这儿采访得到我们县委宣传部的批准吗？如果宣传部不来电话，我们不予接待，当然也不予配合。再者，对于正处于法律程序中的案子，我们是不接受记者采访的。"

我先做了自我介绍，又介绍了李明的身份，然后说："你看，人家国家级媒体的记者来了，我们作为本省的媒体不能不配合。至于没有去县委宣传部也是有所想法的，首先我们要先做个初步的采访调查，其次呢，我们也是想把问题解决在基层，如果先到县委宣传部报到，就等于把你们镇的问题直接报告给了县里。而据我们的初步了解，崔启明到国家民政部是进行法律咨询，并不是越级上访告状，也没有无理取闹扰乱公共秩序。至于他在党校培训班内散发学习体会，也应该是符合组织原则的吧？"只见那位镇书记的脸色当下浓重起来，眼神中则透出了紧张，我接着又说，"当然，这只是我们的初步采访调查，所以此次来派出所就是想深入了解一下，除了我们掌握的情况外，你们拘留崔启明还有其他的什么原因吗？"

镇书记连忙否认："那可不是拘留，只是给他办学习班。"

我笑笑说："在派出所里办一个人的学习班？这可好说不好听啊。你也知道，现在法制越来越健全，如果较起真来，从小里说，你们这是非法限制他人自由；从大里说，崔启明因此不能行使村民自治的有关权力，那么，你们这样做就有可能是在破坏村委会选举制度了。当然，这些都是我们的个人理解，不论对与不对的，咱们也算是在交流看法，对不对？"

镇书记听了我这不软不硬的话，马上说："对，对。我们吧，在基层不得不搞一些土政策土办法。就说这个崔启明吧，他当选村主任后总想出风头，总想闹点破坏安定团结的动静。话说回来，我们做的也是有些过头了，有错就改，马上改！"随即，他对派出所所长说，"你去把崔启明请过来，我当面给他赔礼道歉。"

不一会儿，崔启明就被领过来，镇书记迎上前爽快地说："老崔呀，都是我欠考虑，让你吃苦了，我向你道歉，对不起了。你回去后呀，好好工作，把村里的工作抓起来。好，你先回去吧。"

崔启明冲着我和李明深深地鞠了一躬，一句话没说转身走了。

镇书记又对我和李明提出两点要求："一这个事千万不能报道，二这个事不能让县里和省里知道。不然的话，出了一切后果由你们负责。"

既然事情已经看似圆满地解决了，我和李明就答应了镇书记的要求。他要留我们吃饭，被我们婉拒了。然后，我们到张家村与崔启明见了个面就离开了。

回来后，我和李明确实没有发表稿件，但我写了言论，标题是《请尊重点民选村官》，其中没有点地名，也没点人名，只是把有关事情的道理论说了一番。

然而，崔启明一事并没有彻底结束，甚至引发出一件引起轰动全省的官司。

3.

当时，镇书记曾让崔启明回去把村里的工作抓起来。可是，因为他相继被上级通报批评和被派出所"拘留"，上一届村委会借此根本不配合他的工作，也不移交村务工作，崔启明就成了无公章、无账本、无办公地点的"三无"空头村官。

"三无"村官崔启明却不放弃，有人说他是死皮赖脸，有人说他是官迷心窍，他都不在意，他执着地进行着自己民选村官的工作，不住地寻找机会行使自己应该行使的权力。

张家村有一块因煤矿挖煤造成的塌陷地，该煤矿要对村里进行损失补偿，在签定正式协议之前，煤矿方通知崔启明要加盖村公章并由村主任签字。

于是，崔启明找到上届村委会的会计要公章，但会计以种种理由不给他。他就说："论理讲，你应该把公章交给我这个村主任，既然你不交，我也不怨你，因为这是上一届村委会的事，等正式交接工作时再说吧。不过，可不能因为不交公章而不要煤矿的损失补偿了。要不这样吧，麻烦你拿着公章跟我去一趟吧。"

会计听了这些话就跟他一起去了。到盖章时，崔启明转念一想：公章早就应该移交的，否则我以后怎么进行工作，何不趁机把公章收到手里？于是，他对会计说："我是村主任，章得由我来盖，盖完了再给你。"会计只得把公章交到他手里。等协议签字盖章完了，他把公章往自己口袋里一装，对会计讲，"对不起了，这是村委会的公章，我是村委会主任，就应该由我来掌管。你是上一届村会计，所以你的职责实际上已经停止，等本届村会计确定以后再说。"任凭村会计怎么索要公章，崔启明就是不给他。

手里有了公章后，崔启明在村里就能开展部分工作了。他明白，按照村民自治法规定，这公章不能由村主任自己拿在手里。为了妥善保管好公章，崔启明随即组织村民代表协商并投票选举出一名村文书管理公章，并明确规定，不经村委会主任同意和签字，大事不经村民表决，不得随意动用公章。

可是，这个文书拿到公章后，却干了几件令人大跌眼镜的事：第一回，因为他家的儿媳妇怀孕了，属于第三胎，按计划生育规定是不允许申报准生证的，可他私自给自己的儿媳妇盖了申请出生证的公章；第二回，村里的一个人在外面做生意，需要让村里出个证明去申请贷款，结果他收了人家两瓶酒一条烟后，就出了证明盖了公章；第三回，是一个曾有过劣迹的青年想应聘一个单位的保安，结果他收了人家一篮子鸡蛋，就出政审证明并盖了公章。

崔启明发现这些情况后气得不行，找到村文书理论，可他不但不承认错误，反而说："你崔启明凭啥管我呢？公章是村里的，又不是你个人的，你能从别人手里抢过来，我就能当家给别人盖章。"崔启明让他交出公章来，他则坚决不交，两个人为此闹翻了脸，最终村文书躲到外地不见面了。这样一来，崔启明又成了没有公章的空头村主任。

发生以上公章的情况后，崔启明曾给我打电话讲过原委，还问："这事该咋办呢？"我对他的回答是，第一你不应该用欺骗的办法从人家手里抢公章，而应该和原村委会进行正式交接，如果遇到困难，应该通过正常渠道获得镇党委、政府的支持，毕竟你是民选村官，公章早晚会到你这届村委会手里，你不应该着急办错事；第二你不应该再搞个文书管公章，既然公章已经拿到手了，就应该给镇里和村支部说明白，让上级给你做主，商量公章的管理问题。

最后的解决办法是，他搞了个废止公章的声明，并到公安局备案，再重新刻一枚新公章。

然而，这个崔启明确实不是个省油的灯，一波未平，他又掀起一波。2001年1月1日，山东省《村民委员会组织法》实施办法细则正式实施，其中第十一条规定，新老班子不交接的可以到法院起诉处理。看到这个规定，崔启明便急不可耐了。确实也不好再耐了，他自从被选上村委会主任后，一直就被凉在那儿，老村委不交接，村党支部又不支持，这让有些个性的崔启明早就耐不住了。于是，他在1月6日就手持那份文件到县法院去起诉了。

这可是一个非同凡响的举动，我在第一时间得到这个消息后，立即就向总编汇报："我敢肯定这种事件在山东省是首个，在全国很可能也是首个，应该是一个惊动全国的大新闻。而且，对于法院而言，受不受理？怎么个受理法？确实也是个新课题。也就是说，村民直选中的相关具体问题，将在这个官司中得到不可回避的法律解释。"总编听了汇报后，当即派记者部主任张洪海和我一起配合报道，并要求："至少要搞一个本省的一等新闻奖出来。"

不出我的所料，由于这是山东省首例村委会和村账移交案，进而引起国内众多媒体的关注。在2月14日开庭审理时，出了本省媒体，《人民日报》、中央电视台、《南方周末》等重量级媒体也到现场采访。

4.

一般情况下，外地媒体会寻求本地同行的协助，我到外地采访也是如此。因为我对这个案子比较了解，所以暂时成为各路媒体争抢的香饽饽，包括《人民日报》、中央电视台、《中国社会报》、《中国改革》的记者。在此，我先说一下与《南方周末》记者翟明磊合作的事。

我本人对《南方周末》非常看重，也对翟明磊这个记者也非常看重，他很有思想，也很精明。因此，我答应和他密切协作，一起采访，分别在自己供职的媒体属名。也就是说，在本报内我和张洪海合作，对外我和翟明磊协作。我记得，我和翟明磊曾在夜里"潜入"张家村采访村民，他怕被狗咬，所以手里总是提着棍子；在采访即将结束时，当地官员曾到我和翟明磊住宿的山东省第七监狱招待所，以"招待"为由，把我们堵在房间内，最终我们只得来了个金蝉脱壳才离开当地。

后来，翟明磊发表了标题为《"村务交接"案透视》的新闻报道，摘选如下：

2001年2月14日9时，天气非常寒冷，法庭不时传来人们跺脚的声音。民选村官崔××的声音有些紧张："我是村民选出来的，我要对村民负责。我请求法庭依法裁决，将原村委前任会计王××保管的本村账目会计资料、户籍土地资料交付给我，以完成交接。"

《村民委员会组织法》规定，村务交接应在新班子上任后一个月内完成，但新村主任崔××上任已经1年多了，账务还是要不到手上。这在本地区并不算稀奇——镇里60％的自治村都在交接问题上卡了壳，稀奇的是，崔××告上了法庭。

法院有关人士在接受采访时对记者说，这是他们第一次审理这样的案子。

庭上，会计王××的代理人认为崔××应起诉原村委而不是王××个人，崔××认为原村委作为实体已经不存在，而王××作为原村委委员、会计，保存了最关键的账目资料，应是起诉对象。

王××说，他的村会计资格没有被否决，因此他不会交出会计资料，在庭上他出示红色的镇政府聘书表示，他的会计任期是2000年1月到2003年1月。崔××说："小法应服从大法，村民委员会组织法规定重要村务由村民大会决定，此聘书村长一无所知，是不合法的，而且镇政府聘书应服从国家法律。"

记者事后采访得知，据王××称新村委上台后，原支书交给他一个会计学习班通知书，并说是"两委"（党支委、村委）决定让他去的，他学了7天，然后拿到那本红色的聘书。

崔××认为王××做村会计不服从村主任的领导，一开始不仅不交账目，而且不交公章，并说："如果你用公章干了坏事，谁负责？"

崔××把他一年多来要来的两张半所谓交接账目的信纸递给审判员时，审判员问王××这就是交接的账目？王××回答是。满堂笑了起来。

没人相信，张家村4年的账务两张纸就写明白了。

选村官（小标题）

崔××是1999年该村第一任由村民"真正"直选产生的村主任。此前的村主任和村支书是一对亲兄弟，两人村官一当就是20余年。当时每次村上选举，村会计背着流动票箱上门投票，一开口就是"是投×××吧"，自己就填上了，因为村上50%的人不识字，就由他们代写，没人敢反对。

据村民反映，之前村务从未公开过，近四年才在村里的墙头贴出些数字，但绝大多数村民也不敢去问个明白，有一名村民曾因为多次提出疑问，就被原村主任"用压面的粗木棒打了后背"，同样被打的还有一名老人。

不明不白过了许多年，该村终于开始直选村长。在选举前，崔××曾向镇选举领导小组请求，依村委会组织法派宣传车来村里宣传村民自治。镇里同意，但来的宣传车宣传的是"不准村民上访"，而"村民自治"只字未提。

崔××有股倔劲，依据《村民委员会组织法》编印了"村民有什么样的权利"和自己的竞选纲领《论本村的前途》2000余张在村口张贴，并送到每家每户，不少村民第一次知道了村民自治这回事，纷纷传印，一位老教师说这是本村第一次思想解放，终于有人敢说话了。

但在选举前一个月的一天晚上，崔××家的铁门被人用斧头砍了4个大洞，两万斤地瓜蔓被人付之一炬。

崔××说："只要我不死，我就一定要当上村长，为农民说话。"

1999年5月8日，村民直选开始，为防止作弊，村民们纷纷站到唱票人背后监视。结果全村1028张选票，580张选了崔××，领先第二名300票。原村委成员全部不过半数而落选。

"崔××是个正直人，他一心为村里好，脑壳灵。"记者采访近20位村民，个个都对崔抱着很大希望。

当选后崔××一鼓作气，带领村民干了两件大事，用即将被地下水淹没的采矿塌陷地的土填出50亩空地，成为当地一块黄金开发地，崔还领着20来个人，每天14小时，只干了2个月，就在村里修了两条500米的路、400米的沟渠，还修成4个鱼塘。这些事村民都拍手叫好。

交接（小标题）

崔××当选后，向会计王××要账，王回答要镇领导同意并在场才能交，于是崔××多次向镇领导要求交接村公章、财务和会计资料。镇党委书记回答："有什么交接头，跟着干就是了。我们镇干部来的时候，也不交接，不是干得很好嘛。"

崔××称："我们是自治组织，必须对村民负责，否则五分之一的村民就可以联名罢免我，不看到账，老百姓不会答应。"他拿出《村委会组织法手册》说，"一个月之内老班子向新班子交接是法律规定的，一个村长没有公章，不知村里财务，还叫什么村长？"

镇领导让其服从镇里安排，崔××称："按村民自治的法规，我不是公务员，镇里领导不是我的上级，你们只有指导、支持、保障村民自治，作为自治组织，我在不违法的情况下只服从村民代表大会。"

1999年6月23日，镇有关领导将村新老班子召集在一起，会计王××交给崔××两张半信纸，上面草草写着几个村里账目的数字。曾参加此次会议的现任镇委副书记对本报记者说："那就是交接仪式了，当时曾问在座的对交接有无异议，崔××没有反对。"

崔则称："当时说是开个座谈会，根本没有说这是交接，说这是交接是他们的说法，我不知道。"

崔在没有得到镇里支持的情况下开始上访。从省人大、民政厅，一直到民政部基层政权司信访办，1999年12月，该村现象引起民政部的重视。

但12月22日，从北京回来的崔××被本县公安局以"煽动农村不稳定"的名义拘捕，证据竟是崔翻印的党的村民自治政策剪报，其中所谓的罪状是崔××自己编的本县农村发展战略研究所的空头称呼与村民自治协会倡议书。协助民政部调查此事的记者李明认为："那只是民办非企业的空头倡议，没有成员，没有组织，没有违反组织社团法，不应拘捕。"

崔××倒是平静，"在拘留所，我写完了《本村村民自治章程》，画了3幅村民自治的漫画。"

糊涂账（小标题）

从拘留所出来后，崔××继续要账。

初看，崔似乎是个较死理的人。因为该镇60％的村庄没交接，而他却要求一定要一丝不苟按村委组织法来办，并认为财务是不言而喻的核心权力。

崔××之所以如此坚持要交出账目，不仅是自己村官权力的要求，而且是代表了该村老百姓的心声。

在采访中，记者发现，该村老百姓对老班子的意见最大的是："从1992年开始，由于煤矿采煤引起本村耕地塌陷，为此矿里每年赔付本村50万—80万元的塌陷地款，占了村收入的近97％，这笔钱除了头一年老百姓分到少许，近四年每人每年分到150元外（别的相同的村是500元），自从第二年村支书将50亩塌陷地收归村有，这至少500万的款项到哪去了？村里从未公开过，村民真想知道。"

类似的问题还有，1999年村里花20万元安装了喷灌，只用了一次就坏了，有村民证实设备供应商说只收到8万元，这是怎么回事？

按当地规定，凡在本村土地上搞建筑的都必须按造价收取15％管理费，煤矿在村地上建造价至少在1000万元，应交管理费150万，为何分文没入账。

值得注意的是，最近四年的村账务已经于2000年4月15日由有关公司做出审计报告，按规定应立即公布，为什么别的村已公布，本村拖了10个月至今没有公布？不仅崔××没看到，村民也一无所知。原村负责人对此解释是："的确疏忽了，忘了，老婆生了乳腺癌，一直没顾上　　　"

一位村民不解地对记者说："为什么不交账，是不是干部都不用交账？你把账交了，没贪污，村民也不会冤枉你。"

由于不交账，该村正常工作不仅没法展开，一次崔××在召集村民开会的时候还被人打了一顿。对被打的民选村官，村民都不敢白天上他家，因此村账务能否交接成了该村的村民自治走不走得下去的关键一步，2000双眼睛看着法庭。

崔××说："我们镇77个村庄只有四五个村老班子主动交出账目，为什么不肯交接？因为这么多年村里有些干部已经和镇里的领导形成利益共同体，一交账，一查账，问题就暴露出来，这也是镇里如此害怕，不愿意查账的原因。"在崔××看来，"村民自治与贪污腐败是水火不相容的，账务一交接，基层反腐败才有可能，只有基层反腐败了，老百姓才会消气。"

"该村现象已普遍存在。"民政部基层政权司农村处詹成付处长说，去年他们收到了400封村长的来信，这些来信都是讲述当地民选村长交接难的问题，这已是农村基础民主最大的难题。

在崔××不停地上访后，山东省民政厅农村处根据典型案例起草、经山东省人大通过，于2001年1月1日率先在全国实施了《山东省实施中华人民共和国村民委员会组织法办法》，其第十一条第三款为：村民委员会任期届满直接进行换届选举，老一届村民委员会向新一届村委会要求移交：（1）村公章；（2）财务账目；（3）村务档案资料与办公设施。七日之内不移交者，新一届村委会有权向法院要求依法解决

詹成付对记者说，该村的事上了法庭，意味着"中国基层民主的政权交接在山东省乃至全中国第一次打开法律通道，基层法院第一次对基层政权交接形成监督与制衡关系，不论此案老崔是输是赢，都是一个开端。"

与此同时，我和张洪海合写的稿件也刊发出来，标题为《我省首例村账交接案，村主任把村会计告上公堂》。由于与翟明磊的稿件有"雷同"，因此在这儿就不再赘述。

我们的稿件刊发后，引起极大反响，也引起省领导的高度重视，时任副省长陈延明做出批示：农村大众反映的这个问题很重要，请农业厅经管处就这个问题搞一个调查报告(面上的情况，存在的问题，出现问题的原因，解决此类问题的意见和建议)，送我。要注意：此类问题的解决，最终还得靠行政主管部门跟上建章立制工作，使之有章可循，有法可依。

同时，媒体对该案的关注也没有结束，此次是《人民日报》。

5.

在开庭时，《人民日报》记者崔士鑫曾到现场采访，回去后却没有了音信。时隔三个月后，他的一篇《"村官"打官司的背后》刊发了出来，并展现出与我们本报及《南方周末》不同的视角和观点，他是从打官司的背后入手，进而引发出更多更深的思考，应该说是技高一筹，现摘选如下：

发生在山东省××县的全国首例村账交接案并不像人们想象的那样简单，它折射出村委会组织法要在基层真正得到落实，任重而道远。

今年年初，山东省××县一名"村官"将村会计告上法庭。这是全国首例因村账不交接而引发的官司，备受各方关注。日前记者到当地采访，却了解到一些鲜为人知、值得深思的问题。

一场主体不清、半途而废的官司（小标题）

法院受理了此案，并于2月14日开庭审理。因为今年1月1日生效的山东省村委会组织法实施办法规定，上一届村委会应当自新一届村委会产生之日起，7日内向新一届村委会移交印章、财务账目、档案资料及办公设施等，否则新一届村委会可以向人民法院提起诉讼。

这一规定，确定了基层法院可以对基层政权交接进行法律支援，从而为"村官"交接难打开了依法解决的通道。

然而，这起诉讼却又是一起"糊涂案"，因为原告实际上并不是法律所规定的该村村委会，而是村委会主任崔××一个人。3名村委会成员中的其他两个人并不同意起诉。如此一来，依照有关规定此案是否该受理就大有疑问。而且，新一届村委会产生后，并没有撤换原会计、产生新会计，交账又该交给谁呢？

说这场官司是个"糊涂案"，还因为它最后是糊里糊涂地收场。法庭调查尚未完全结束，镇党委、政府就介入了，承诺由该镇村账镇管办公室代理记账，随后将该村15年来的账目封存到镇里。而该村近两年来存在的"一个村三本账"的问题，还是没有解决。

一位干劲十足、不讲程序的村主任（小标题）

该村可以说是个"富村"，每年都有某煤矿支付的近60万元塌陷地赔偿款，村民不用拿"三提五统"，每人还可领到100多元"过年费"。

但在1999年5月的村委会换届选举中，村民们还是毫不客气地将原村委会成员选掉了。显然，他们希望有更多的在村里说话的权利，过上更富足的生活。

直选产生的新村委会共有3人。村主任崔××是个很有特点的人物。他自订报刊，义务向村民宣传村民自治等有关政策、法律，上任后承诺3年不要工资。就连对他不无成见的有关部门领导也承认他"有愿为村民大干一番事业的宏伟设想"，曾苦心设计本村发展规划，如建小商品批发市场、调整种植结构等。

去年上半年，崔××干了一件震动该村、却引起不同看法的大事。村里在镇上黄金地段有一个被污水浸泡多年的洼地，崔××认为应该尽快垫平建市场，而其他村干部却认为应该用价格较低但填埋速度相对较慢的煤矸石来填。在两委没有决议、也没经村民会议讨论的情况下，崔××自己组织人先干上了，用他的说法是："脱开绊脚石，离开村两委。"

垫平这一洼地耗资27万多元。人人都承认垫平洼地是干了件好事，但是对这种干好事的方式，尤其是动用这么多的资金该不该同村民商量，却产生了巨大的分歧。

崔××上任后引起争论的事还不止这些。

1999年5月，新一届村委会上任后不久，崔××提出由他确定村民代表候选人或按各族各姓等为单位推选村民代表，被其他两名村委否决。于是，崔××用大喇叭喊来了村里的部分村民，并不顾另外两名村委的反对，开始选举村民代表。据一名村委介绍，说是按村民小组选村民代表，可有的小组只来了三四个人，竟也把代表选出来了。

这之后，崔××因提出的包括新选会计的建议，受到了其他两名村委的反对，他就逐步地连村委会也不召集了。在"用计"获得村委会公章后，他自己变成了村委会，在村干部中唱起了"独角戏"。村干部之间本已存在的矛盾更加激化。在张家村形成了上一届支部和村委会一本账，新一届村支部一本账，崔××自己一本账的不正常状况，村账务公开也根本无法实行。

当记者向崔××指出他的一些做法违反村委会组织法有关规定时，他却认为，该村情况特殊，都按法律程序来就什么事也干不成。

一个认识模糊、忽软忽硬的镇政府（小标题）

该村的混乱状况，并非一天两天。然而，有指导、支持和帮助该村搞好村民自治义务的当地镇政府却显得束手无策。

该镇对该村不能说不重视，工作组就派了好几次，但都无功而返，主要原因在于镇里的工作思路。他们不是严格按照村委会组织法的内容，认真指导和逐项落实，反而忽软忽硬，贻误了许多依法解决问题的时机。

比如，因与原会计不合，崔××想让会计师事务所代记村账。换村会计应由村民代表会议和村民会议通过，崔××认为他已召开了会议并进行了表决。镇里不是要求他严格按规定召开村委会、一步一步地按程序进行，反而兴师动众地连夜冒雪喊开每个村民代表的门，用车将他们拉到管区"录口供"进行"反调查"。第二天又增派镇直各部门数十名干部进村，两三个人对一名村民，让他们在同意、不同意等的表格上签字，直到深夜，引起了村民的反感。

据介绍，这种"调查"至少进行过两次。然而虽有这样的工作劲头，但当崔××因为村干部矛盾大、村民会议已两年没能召开、希望镇里帮助时，镇里领导却认为开不开会是"村主任的事"。而实际上作为村主任的崔××，在其他两名村委不同意的情况下，本就没有资格单独召集村民会议。

在采访将近结束时，崔××已明白了这一点。他表示准备用1/10村民联名的办法，召开村民会议，评议村委会成员两年来的工作。而镇里也终于明白，该村近两年不召开村民会议，他们也有不可推卸的责任。然而，镇领导还是认为，召开村民会议风险太大，可能出现无法收拾的局面，"怕影响大局"。但如果不依法尽快解决这些矛盾和问题，只怕"风险"和影响会更大。

农村基层工作其实要复杂得多得多，单凭媒体记者永远也不可能达到"全面深入"的报道要求。不过，《人民日报》的这篇文章深刻地点出了深层次的问题——仅针对崔启明的问题而言，可谓是箴言般地点到了死穴。

事实上，当时受理此案的县法院宣布择日宣判，可是等了3个月也不见音信，崔启明在多次找县法院无果的情况下，只得到市中级法院反映情况，最终县法院做出判决：崔启明胜诉，并判上届村委会在1个月内将村账移交给新村委会。崔启明拿到判决书后，兴冲冲地将其复印多份张贴在村里，然而让他没想到的是，上届村委会称已经把村账移交给现任村支书，而村支书却说根本没有收到，两边推磨扯皮，搞得崔启明也没办法。如此一来，法院判决就等于一纸空文了。

在随后的村委会工作中，崔启明犹如堂吉诃德一般总是处处受阻，却又在不断抗争。据他说，在三年任职期间，他受到无数次侮辱甚至身体侵害，仅2002年就报警10次。

最后，他被镇里以届满为由撤掉了村主任职务。按照法律，镇里没有权力撤销民选村官的职务，可镇里就那么办了。再后来，也就是崔启明"被撤职"十几天后，他被以故意伤害罪逮捕，进而开除党籍，判处有期徒刑1年。

出狱后，已经灰心的崔启明干起了企业，而且成了一名企业家。有时，他到省城办事，也会顺便来找我聊一聊。

在写这本书时，他恰好又来了。在聊起当年的事时，他依然唏嘘不已，说："我这个人干啥都好出头，如今村里有什么活动，我还是该出钱出钱，该出力就出力。不过，村民们只要提出再选我当村主任，我都一口拒绝。我是不敢再当了，当然，镇里县里也不允许我当了。"

直到看着他的背影远去，我都不知道该怎么回应他的这番话。

中国"三农"报告

据我的经验，基层的许多问题最终闹成官司乃至事件，往往与基层官员对某问题的基本认识有关，因为他们会出于某一认识而强硬执行，或视而不见乃至推诿扯皮，最终导致事态不断扩大，甚至能到不可收拾的地步。这种情况，在著名作家刘震云的小说《我不是潘金莲》中有着深刻的体现。

第六章 "小问题"缘何成为大官司

1.

那天晚上11点多钟，我正准备睡觉，手机响了。

"徐老师，他们来抓我了，你要想法救我呀。"紧接着，手机里传来"哐哐"的敲门声，伴随着呼叫声："李祥福开门，再不开门我们就不客气了！"然后，手机就没声音了。

是谁去抓李祥福？肯定是公安呀。公安为啥要抓李祥福呢？肯定是他犯法了。可是，他犯的什么法呢？我一整个晚上都反复地想。

第二天一早，我打电话给《大众日报×内参》编辑贾春国，贾春国说："他妻子给我打电话来了，说今天上午就赶到济南，让咱们想办法救李祥福。"

"她说清楚是具体为什么事吗？"我问。

"还不是原来那些事吗，他把县里得罪了，县里能放过他？等他妻子来了听听情况再说吧。"贾春国说。

这事闹到这一步和我不能说没关系，我心里感到愧疚。这还得听从头说起。

李祥福出生在沂蒙山区的一个农民家庭，初中毕业后就和农业打起交道，而且自学了不少农业科技知识，曾就读中央农业广播学校果树专业，成为当地有名的土专家，被县委、县政府评为"科技致富能手"，并创立"向阳红"石榴品牌。

提起向阳红石榴的由来，还有段小故事。那是1984年中秋节前的一天，一位农业专家无意中发现朋友自家种的石榴不错，便告诉了早有深交的李祥福。李祥福凭着多年的农技经验，感觉到这是一个有发展前景的品种。于是，他引种了五棵石榴树，第二年就结果了，而且果大色艳、粒大肉厚、汁多味甜，还不裂果。李祥福这个沂蒙汉子，随后对该品种潜心观察与栽培研究，直至其性状基本稳定，即十年后的1993年，一个石榴优良品种诞生了。

1994年，该县石榴研究开发中心正式成立，李祥福出任中心主任，随即建立起育苗培育基地，并与当地林业生物育种中心开展技术合作，以及与村队合作发展示范基地，还聘请省果树研究所专家、教授做中心技术顾问。第二年，他又与省果树研究所科技咨询服务中心达成技术合作协议，联合创办了山东省果树研究所向阳红石榴发展中心。这一切，都得到了县委、县政府等有关部门领导和省果树研究所专家教授的支持。李祥福也从中看到了更大的希望。

发展才是硬道理，而发展也从来不会有坦途。在品种培育与推广期间，李祥福曾遭遇了令人闹心的"三变心"：第一变，是合作示范基地的果农变了心。到收获季节，由于品种优良，措施得当，全国各地参观者络绎不绝，便有果农开始高价出售果品、低价倒卖假苗，甚至否认李祥福与他们签订的示范基地合作合同，当地侵权"向阳红"商标或更换名称的就有十余家。第二变，是单位个别员工变了心。他们另立门户并利用"向阳红"的牌子搞起假苗生意，给真"向阳红"的声誉造成了极坏影响。第三变，搞品种品牌宣传推广的人变了心。他们不做主体宣传，在利益驱动下搞片面报道，助长了侵权势力的发展蔓延。这些都给了向阳红石榴开发造成极大威胁，公司也因此遭受很大的经济损失。

李祥福并没有退却，他靠高科技、高质量、严要求，又重新赢得了信誉和客户，并先后获得省级多个奖项，直至2002年被国家林业局评为全国种苗质量信得过苗圃。

2003年，国务院三峡库区经济建设暨对口支援工作会议举行，共签署50个支援合作项目，山东省占据4个，其中唯一的农业项目是由山东向阳红公司承担，包括无偿提供50万株向阳红石榴优质种苗及先进的栽培技术，并在三峡库区建立起5000亩的示范基地。这不仅展现出李祥福的企业家气魄，也体现出沂蒙老区爱国精神的传承。

我和李祥福相识，是源于那篇我和李昌平受温铁军指派合作采写的农村财务调查稿件，刊发后引起很大的反响，大众日报农村版便开展了一项"李昌平对话村官"的活动，参加者有乡官、村官、农民、企业家等，其中李祥福是自愿报名前来的。在会上，他争先与李昌平对话，涉及农村经济的方方面面，包括农产品的维权问题。

会议结束后，李祥福又找到我交流。本来我就对其发展历程产生了兴趣，随后就作为选题向主编汇报。接下来，我赴实地采访了3天，不仅拜访了向阳红的"原始主人"刘秀海，还访问了该县石榴研究中心、种植基地，以及当地果农和前来采购树苗、果品的客户。最终，写成标题为《李祥福和他的向阳红石榴》的长篇通讯。

在我看来，李祥福的经历堪称是当地农村经济发展中的典型事例之一，因此，他就成为我长期关注的采访对象。

2.

在与李祥福的交往交流中,他时常会把一些想法告知我,比如探讨怎么和农民处理好技术推广与维权的关系,以及如何与村、乡搞联合经营等问题。在那一阶段,我们互相联系挺多的。

有一天,李祥福打来电话说:"徐老师,我和一家侵权公司打官司了,后天就要开庭审理,我想请你过来,一是旁听审理,二是能否给搞个报道,为我们伸张正义。"我说:"这事我得请示一下领导。你听我的回信。"

在农村,长久以来在农业技术上侵权的问题比较突出,主要是因为农业技术一般具有较强的可操作性,一看就会,一听就明白,侵权很简单,维权却很难。就是因为这一问题具有普遍性,如果抓到一个典型事例,那应该是具有一定新闻性的。

随后,我请示了总编,总编给我做了两点指示:一是对于我们的采访对象,越是熟悉越要冷静,不能感情用事;二是要深入采访,不能偏听偏信。

审判庭的大门在9点才开,而且进入审判庭也不像别的地方那么严,既不看证件,也不问来处,自管进就是了。李祥福已经坐到原告席,可法官和被告却不见踪影。直到10点,被告仍未现身,法庭只好宣布休庭改日再审。

在向庭外走时,我寻机向一名法官询问:"被告不出庭咋办?"

他回答:"这事很正常,他不来也许是遇到了什么困难。"

我问:"如果是无故不到呢?"

他回答:"如果屡传不到的话,我们可以进行缺席审理,他既然放弃了申辩权,就不能怪法院了。"

既然法院没正式开庭,相关的新闻报道就暂时不能写不了。我想,既然来了,干嘛不进行相关采访呢?只有记者不愿做的新闻,而没有不能做的新闻。比如，"向阳红"被侵权是真的吗？有哪些具体的侵权行为？再往深里想，侵权者为啥要侵权？是用哪些办法侵权的？被侵权者为啥不防止侵权？被侵权后应该如何应对？等等。

随后，我向李祥福索取了起诉状和律师的辩词，又问了一些相关情况，然后独自直奔李祥福的所在县，先在县委招待所住下，然后电话向县宣传部报到。很快，县宣传部长就带着分管副部长及新闻科长来了，在了解我的来意后，便打电话请来分管农业的副县长。

事实上，他们对向阳红石榴侵权案都非常清楚。按照他们的说法，县里不是不管，而是不好管，因为这事牵扯的人太多，面太广。虽然大家都清楚向阳红商标是属于李祥福，可这个商标又是全县许多农民致富的抓手，俗话讲法不责众。

最后，那位分管农业的副县长说："总不能把全县所有种石榴的都给管住吧？再说了，都管住了，农民们怎么脱贫致富呢？我们曾不止一次给李祥福做工作，让他别那么较真，要为全县人民的致富做出点牺牲。可他不听话，还说侵权行为会给向阳红石榴带来灭顶之灾。他既然不配合县里的工作，咱也没办法，他愿意打官司就打吧。"

听话听音，显然这位副县长对李祥福有一定的意见。当然，他是出于全县现实发展的角度考虑的，乍听起来，也有一定道理。因为针对李祥福一事而言，确实存在法不责众的问题，也确实涉及"是要一个人富，还是要全县人民共同致富"的问题。对此，任何基层官员都会头痛的。

我则主动谈了自己的一些看法，比如，保护向阳红石榴的合法权益不仅是法律问题，也是经营问题；不要认为侵权是发家致富的办法，要辩证地看，只有保护了合法权益，全县统一打出这个品牌才是全面走向大市场的好办法；如果不加强品牌管理，市场乱了就会陷入全面的被动。

据我的经验，基层的许多问题最终闹成官司乃至事件，往往与基层官员对某问题的基本认识有关，因为他们会出于某一认识而强硬执行，或视而不见乃至推诿扯皮，最终导致事态不断扩大，甚至能到不可收拾的地步。这种情况，在著名作家刘震云的小说《我不是潘金莲》中有着深刻的体现。而在基层实践工作中，作为一名负责任的记者，除了以旁观者的态度进行监督报道外，有时也会"被迫"以法律政策宣讲人或调停人的身份出现，结果往往会起到事半功倍的效果，搞得皆大欢喜。因为记者作为"局外人"介入进来，各方一般会心平气和地听下去，只要矛盾没有激化到一定程度，不想真的相互顶牛顶到两败俱伤，各就会因为都得到了"面子"而罢手，进而坐下来协商解决办法。再说了，任何国家的法律都是在没有办法的情况下，才以强制力的形式出面维护所谓的"正义"，但无论宣判结果如何，均会造成社会资源的一定损失。因此，我针对李祥福一事的具体情况，出于要把问题解决在行政层面的目的，说出了以上的个人看法。

然而，那位副县长虽然同意我的说法，但仍强调："地方工作很复杂，向阳红这个品牌虽说是李祥福搞起来的，可并不是没有全县人民的贡献，我们既要处理好维权问题，更要处理好全县人民发展的大局，不能为了一个李祥福就不让全县人民经营向阳红石榴了。"

既然如此，我就提出想围绕"向阳红品牌维权引发的思考"写一篇稿子，因此要进一步调查采访。那位副县长与在场的县宣传部领导交换意见后，表示同意，不过一再强调希望我从正面思考，千万别帮倒忙。我随即趁热打铁提出："既然要做正面的思考，那最好是请县里的领导陪着我一起来做了。"

那位副县长马上表态："好，好，我们一起，一是请你这大记者给我们做做正面宣传，二是借助你的影响力共同协调因维权造成的矛盾，包括给侵权方做做工作，也让李祥福跟着，让他们见见面，沟沟通。"

3.

在分管农业副县长、县委常委宣传部长和有关人员的陪同下，我开始了调查采访，从一个乡镇到一个乡镇，从一个山沟到一个山沟，从一家经营公司到一家经营公司。最后，我们来到李祥福投诉的那家公司。据李祥福称，这个公司从1999年开始假冒向阳红品牌大量销售石榴苗，至今给向阳红公司造成了200余万元的经济损失。

该公司的老板热情地迎接我们，只见他留着平头，一身绿军装，笔挺的身躯，说着半生不熟的普通话。在来之前，我已经了解到，他是一名军转干部，在部队时是副团级，转业后曾任县委科委副主任兼县扶贫办主任，而且他与李祥福本是好朋友，并曾为向阳红石榴立下汗马功劳。按那位副县长的话说："没有他就没有李祥福和向阳红石榴。当时，李祥福只是个爱搞科技的农民，是他发现了李祥福并帮其搞科研、搞栽培、搞基地。在县里成立科研所后，他是所长，李祥福是技术员。后来注册公司，因为他是公务员，不允许经商，才让李祥福出任公司董事长。几年前，他办理了内退，便成立自己的石榴培育公司。一开始，他和李祥福合作的挺好，据说李祥福当时同意他使用向阳红品牌。再说了，这个向阳红当初也是他主持创立并申办商标的。没想到，两人居然闹到了法庭。"

那人一见到李祥福也跟来了，当下就对他吼起来："你真是个小人，把我告到法庭去了，告我侵权，要求我赔偿，你小子真不是个东西，我侵你的权？你侵谁的权！这向阳红本来就是我的，虽然是你发明的，可没有我她能成长起来吗？是，不错，我是用向阳红的商标了，不过她也是咱们县的共同财富，怎么成了你个人的呢？就算是向阳红石榴公司改制了，改到你的名下了，可你不能把商标一起改制呀。你告就是了，我不应诉，也不出庭，就是法院判了我也不执行，看你小子能把我怎么着？"

李祥福也有些火了，不过一口一个老领导地喊着，说："向阳红商标本身就是我们公司的。你要有法律意识，你这样做不仅对我们公司不好，也有损于向阳红石榴，有损于咱们县。即便是共同用这个商标，也应该经过法律认定。不管你以前对我怎么好，也不管你以前帮了我多少，这都和向阳红商标没关，都不应该成为你侵权的理由。如今是法治社会，这个状我是告定了！"

"你告就是了，我就不执行！"那人又吼道。

这时，那位副县长发话了，先是对李祥福说："你不能少说两句，当着人家记者的面非得把家丑外扬呀？如果你觉着眼里还有我这个县长，你就别吵了，有事彼此商量不行吗？我不支持你上法庭打官司。不要再吵了！"然后，冲着另一方说，"他不懂事，你也不懂事吗？吵吵什么，有话好好说不行吗？你呢，用人家商标就应该履行个手续。既然矛盾出了，不得已上了法庭，打了官司，那就得服从法院的判决。这事不要吵了，下来再说，别当着记者的面瞎吵吵。"

最终，这事弄了个不欢而散。

回到报社，我是左右为难，这稿子要不要写呢？要怎么写呢？最终，我决定从侵权、维权的辩证关系角度写一篇中性的稿子，谁也不批评，谁也不表扬，而是分析其中的辩证关系，侵权有哪些理由？有哪些不当？维权有什么理由？有哪些好处？二者应该怎么协调，地方政府应从中发挥怎么样的作用？怎么调解？上法庭的做法可取吗？以法维权应该怎么做？等等。刊发稿的副题是：对向阳红石榴维权案的思索；主题是：本是同根生相煎何太急。

最终，李祥福的官司毫无悬念地打赢了，市中级人民法院判侵权方赔偿5万元，不过就是没有执行。据说，省高院执法局为此还专门给市中院发过文件，但仍然没能执行。

在此期间，李祥福又经历了另一件"窝裹事"：之前，向阳红公司曾向县计委、县农委和县农行提交一份贷款报告；在上述官司执行期间，市农行已经审核批准该贷款报告。然而，该县有关部门却迟迟不予办理，终使这笔贷款终止发放。

李祥福为此事找我反映，我实话实说道："不好办，官司赢了都执行不了，贷款不成又能咋样？媒体也不是万能的。"接着，我推心置腹地嘱服他，一个企业要发展，一个人要发展，一件事要做好，没有方方面面的支持是不可能的。他也承认自已在处理关系方面有不周到的地方。

然而，在我们进行这番对话时，谁也没有想到一系列更大的"窝裹事"正向李祥福相继砸过来。

4.

为支援三峡库区经济建设，李祥福的向阳红公司与湖北宜昌市建立了对口支援合作关系。为此，市经协办申请拨付150万元资金支持石榴苗木培育，其中中央财政50万元，地方财政50万元，企业自筹50万元。然而，中央财政的50万元已经下拨，可县政府承诺的50万元配套资金却一直没有兑现。不仅如此，中央财政下拨的50万元资金也没给企业，等于是截留在县财政。

在眼见无果的情况下，李祥福带着投诉材料找到我。

虽然中央财政拨款的数目看似不多，可这个问题的性质严重呀。我的神经一下子就绷起来了，一再问他："这事当真？"

他说："绝对假不了！"

　　我拿着李祥福的投诉信，第一站去了省财政厅，农财处的刘处长接待了我。他一看投诉信，立马就急了："有这样的事？胆子太大了吧！这笔款项我知道，省财政厅接受后已经戴帽下拨给县财政。自建国以来，这是我们省首个由中央财政针对一个农业项目的资助。别看钱不多，可它的份量非常重呀。记者同志你放心，我们马上调查此事。这还了得！中央财政的拨款必须落实到企业，县财配套的款也必须落实到企业，含糊不得。"

　　随即，刘处长拨通县财政局局长的电话，开口问："中央财政下拨的那笔资金到了吗？到了。配套资金配上了吗？没有！为什么没有？没钱？50万都没有？中央财政的钱为啥不下拨给企业？为什么配套资金不到位？你马上到省厅来说明情况。"说完，就把电话扣了，然后对我说，"记者同志，等他们来了，我再问问具体情况。你放心，谁也不敢截留中央财政的钱。你先回去吧，我们会和你保持联系的。"

　　我这个人有一套自认为很奏效的采访办法，那就是突然打去电话，让被采访人员在毫无准备的情况下回答问题，这样往往能得到最准确的答复。当然，要视情况准确选择被采访对象。

　　出了省财政厅，我就直接打电话到县财政局农财科，接电话的是一名男性工作人员，我问他贵姓，他说："不贵姓，你有啥事说就行。"

　　我单刀直入地问："中央财政下拨给向阳红公司的资助款咋还不给呢？"

　　这位不贵姓的工作人员不假思索地说："给什么给？早花了，发工资了。"

　　我接着问："怎么能发工资呢？"

　　"财政上都急疯了，逮住钱就花，管他什么钱呢，发了再说。"

　　"哪上边追究起来咋办？"

这时，对方才想起来问："你是干啥的？干嘛问这个事？你从哪儿知道的？"

事后得知，省财政厅把该县县长和财政局长好一顿批评。可是，过了一个多月，李祥福给我打电话说那笔钱一直没有到位。在这种情况下，我写了一份《内参》，标题是《山东省惟一农业项目受中央财政资助款被××县截留》。对此，时任分管农业的副省长做出批示："请省财政厅督查，将此款落实到位。"

然而，这笔款项依然没有到位。据李祥福称，该县财政局长对他说："这款就是不给你。你不是会告状吗？告就是了。"

正所谓：一波未平，一波又起。

向阳红公司自筹资金在该县科技示范园租赁了56亩土地，作为苗圃基地，正在31万余株两年生石榴母株、2748株五年生石榴苗长势良好之时，该县又展开县城南区工业园的建设，一个道路各宽100米的十字路口恰恰被规划在苗圃基地内，一下占去27亩，苗林被强行推掉，经有关专家评估，损失达960余万元。

事情发生之后，李祥福又一次找到我，忿忿地说："这次我非得讨个公道不行！你去现场看看，我那苗圃被强行推掉了，太让人心疼了呀！我不仅要他们赔偿，还要告他们破坏青苗罪。你是记者，你一定得帮我呀，你总不能不同情弱者吧？"

在李祥福的再三要求下，我又一次赶奔过去，准备采访苗圃被毁一事。

然而，那位县宣传部长接到电话后，开口就不客气地说："你怎么又来了？你是不受我们欢迎的记者，谁让你来的？你马上离开，不然出了安全问题我们不负责任！"说完，就把电话挂了。

对于遭到这样的"待遇"，我早就司空见惯了。接下来，我到现场进行了采访，在民间进行了调查，又请教了有关专家和律师，拿到了所需要的第一手材料。随后，写出一篇标题为《我省惟一援助三峡农业项目向阳红石榴遭遇厄运》的《内参》文章，引起时任山东省常务副省长的重视，并做出批示："建议××县委、县政府给予合理补偿或者调换土地，认真对待此事，将处理情况报我。"

结果是，先后两位时任副省长的批示不但没有被该县落实，李祥福又被迫迎接了更大的厄运。

5.

李祥福被逮捕了，罪名是"虚报注册资本"。他被抓的一幕，已经在本章开篇有过记述。

随后经向律师咨询，我了解到：虚报注册资本罪，是指申请公司登记的个人或者单位，使用虚假证明文件或者采取其他欺诈手段，虚报注册资本，欺骗公司登记主管部门，取得公司登记，虚报注册资本数额巨大、后果严重或者有其他严重情节的行为。该罪的主观方面只能由故意构成，过失不构成犯罪，即对于确实不知道公司登记条件，或者因工作疏忽造成注册资本虚假的，不构成犯罪。在中国经济体制向市场经济过渡的过程中，确实出现了公司虚报注册资本行为，一旦进入市场往往因为资信不足而孳生如诈骗、虚开增值税发票等犯罪，扰乱造成市场秩序。

可是，李祥福的向阳红公司已经经营十几年了，怎么会出现这种问题？

就在我百思不得其解的第三天，李祥福的妻子带着女婿、女儿来省城，找到我和内参编辑贾春国。

李祥福的妻子一见面就哭起来，一口一个"徐老师""贾老师"地说："求求你们可要救救他呀。"然后，她就不知道要怎么说了，女儿也只是跟着摸眼泪。女婿是名大学毕业生，思维还算是比较有条理，他说："公安把我岳父抓走后，当晚就用上刑了。他们按虚报注册资本罪抓的人，还抓了相关会计事务所的会计和做价评估师。随后，又说我岳父跟公司的小刘会计相好，是流氓。他们不仅把我岳父按在床上强行抽血，还强行对小刘会计刚满周岁的儿子进行了抽血，说是要做亲子鉴定　　"

听着听着，我和贾春国都含起了眼泪，贾春国更是浑身哆嗦起来，连连说着："太不像话了，太不像话了，简直是无法无天了。"沉一沉，他又说，"就目前这种情况来看，舆论监督是不起作用了，只能靠法律了。这样吧，如果需要的话，我倒是认识几个专业律师。"

李祥福的妻子、女儿、女婿眼见已经走投无路，随即连连称谢。

很快，两名律师就到了，他们只是大概听了下案情，当下就信心百倍地表态："这官司打不赢不收任何费用，明天我们就到县里去。"

虽然我仍关注着这一事件的发展，不过时间一长，难免就会松懈下来，渐渐地就被其他繁重的采访任务所占据。。

大约一年多后，我接到贾春国的电话，他说："李祥福出来了，来济南了，晚上请咱俩吃饭。"

会面的地点在一个小饭馆，李祥福第一句话就说："二位大哥，我实在没钱了，只能在这小饭馆吃个便饭了，算是答谢二位大哥的一片好心了。"说着话，那泪水就在眼眶里不停地转。

我点了几个小菜，当下就付了费用。

眼前的李祥福不论是体态举止，还是穿着打扮，都与以前那个踌躇满志的企业家判若两人。据他说，他在看守所里被关押了1年零2个月，向阳红公司虽然没有倒闭，但已基本瘫痪，家里的存款都花光了，连二女儿上大学的学费都交不起了。

"上千万元的损失呀！如今家里的大人孩子看不起我，周围的人们都在骂我，这还不算，我简直成了所有经营向阳红石榴的人的敌人。我虽然被无罪释放了，可今后还咋活呀？我今天来，除了要特意感谢二位大哥，也是想找人絮叨絮叨，要不也没人愿意听呀。"他不停地述说着，语气黯然到了极点。后来，他揭起上衣露出躯体上的一块块伤疤，"不管怎么打我，我都不认供，因为我根本就没有犯罪。后来，公安把案子移交给检察院，检察院一再退回要求补充侦察，要不是县里有人压着检察院，根本就不至于到法院。到了法院后，法官非常同情我，还悄悄告诉我这官司应该是无罪释放的。现在，我真的是被无罪释放了。"

我和贾春国听着他的叙述，陪着唏嘘一阵，又劝慰一番。其实，我们也只能做到这一点了。

李祥福端起酒杯，说："来，喝酒！今天能见到二位大哥就是高兴事，干了这杯！"

我们都一饮而尽。

两年后，在写这部书的时候，我又给李祥福打去电话，想了解一些最近的情况。他在电话里说："去年底换届后的县委、县政府给我解决了相关问题。一是明确我是无罪的，该恢复的名誉全部恢复了；二是被毁果苗的赔偿问题也解决了，只是赔偿款暂时还没到位，但公司能正常运行了；三是我们和三峡的合作也正常了，该结算的款项也结算回来了。谢谢你呀徐老师，经过这场折腾我明白了好多道理，怎么去适应环境，怎么去适应市场，怎么去为人处事，确实有很大的学问。"

中国"三农"报告

他当过乡党委书记、市驻京办事处主任、市计委副主任、市发改局副局长。可是，自1975年复员回到临清市魏湾镇丁马村，次年担任村支部副书记后，又担任村支部书记，就一直没有离开过这个岗位。因为，他有一个承诺：村里的老少爷们请放心，我一辈子和你们患难与共！

第七章 丁马村的"三不像"

1.

那是1975年农历元月16日的晚上,从部队复员回家乡正准备到市里机关上班的魏保岭,被村里被老支书叫到家中,经过一番彻夜谈心,他决定还留在村里并出任第三生产队队长。

当时,第三生产队是村里最穷的,公共财产只有两头牛,其中那头老黄牛瘦的全是筋,要让人用杠子抬才能站起来。那时候,中国还是社会主义计划经济时代,人们要集体劳动挣工分,而丁马村一个工不值两毛钱,因此只能"吃粮靠统销,花钱靠鸡腚"。

如今,村里的公共资产凡是带"丁马"名的算下来少说也有七八个亿,这一切不能不说都与这个魏保岭有着直接的关联。

在农村基层,魏保岭可谓是经历了中国改革开放的全过程,从分田到户大承包到实行家庭联产承包责任制,从办村企到搞起名牌公司,先后建起棉纺厂、冷冻厂等七家企业，这在全乡乃至全市都是首屈一指。除此之外，他还通过不懈努力办起全国最大的中华甲鱼原种场，创新养殖办法，让丁马甲鱼与黄河、古运河、马颊河、徒骇河的甲鱼相结合，培育国际佳品，并与中国人民解放军总医院联合搞科研，让丁马甲鱼变成绿色胶囊，名扬海内外。

据了解，他自家的积蓄还不到十万元，在城里都买不起一间房。他说，公司账上的钱都是公家的，他与公家有着非常清晰的界限，而且他留着所有的工作笔记，一年一本或几本，已经有几十本了，在上面每一笔账都记得清清楚楚，什么时候查账都可以。他还说，这些工作笔记已经是他的精神财富，百年之后整理出来就是自己一生的交待。

这样的好人好事当然也是媒体报道的一个点，所以，我的一篇《有一种人生叫伟大——采访魏保岭有感》被刊登在《大众日报》农村版的头条。那是在2008年12月24日。

没想到的是，没过半个月，时任主管农业的副省长做出批示："魏保岭做人做官可敬，创业精神可嘉，发展经验可扬，请省委组织部厉部长阅，请组织部门深入考察。"

一篇"普通"的稿件能够得到省级领导的批示，对于《大众日报》农村版而言，可谓少之又少。由此，总编找到我，要求按照长篇通讯的模式再去采访魏保岭。常看报纸的读者应该知道，"长篇通讯"的分量是很重的，而且对记者的素质要求也很高。

随后，依照之前对魏保岭进行采访的素材，我拟定了长篇通讯的三个报道方向：第一篇写如何让农民不再像农民；第二篇写如何让农业不再像农业；第三篇写如何让农村不再像农村。

2.

如何才能让农民不再像农民?

魏保岭认为,最大的打造工程就是文化。

在很小的时候,魏保岭就蒙发过离开农村不再当农民的想法,而且曾经是那么的强烈,他选择当兵,就是一次离开农村不再当农民的实际行动。当兵的那几年,没人再叫他农民,他也体会到了不当农民的感觉。可等复原后,他选择留下来,在丁马村重新加入农民的行列,他最大的希望就是要把丁马村的农民变得不再是"农民"。

"农民"本来就不应该是落后、贫困、愚昧的代名词,只是因为历史原因,让中国农业的生产工具、农村的生活环境、农民的文化素质处于相对落后的层面。随着改革开放的不断深化,农业已经日趋现代化,农村环境已经日趋城镇化,而让"农民"这个词汇从根本上改变含义,当然要从农民的文化入手。按照他的话就是:"没有文化的农村不是真正的新农村,没有传统文化的文化不是真文化。"

就这样,他带领乡亲们不仅从经济上不断打翻身仗,还在文化上精心培养与塑造。国学大师季羡林的出生地在王官庄,与丁马村相距不到十公里。于是,魏保岭将季老请来指点迷津。那几天,魏保岭一步不离地跟着季老,不失时机地聆听教诲,当季老欣然题写下"发家致富陶朱遗风,利国利民天下称颂"时,魏保岭似乎顿开思维。

季老题词中"陶朱遗风"的"陶朱",即曾辅佐"卧薪尝胆"勾践的商圣范蠡,他曾在山东省定陶县经商,自称"朱公",因此后人称之为"陶朱公"。范蠡具有非凡的经商头脑,又是诚信经商的楷模。据称,范蠡依据南斗六星和北斗七星发明了秤,后来发现有人故意缺斤短两,就又加上了福禄寿三星，意为"缺一两折福，缺二两折禄，缺三两折寿"。而"遗风"是指前代或前人遗留下来的风教。

正是受此启发，魏保岭将其延伸至传统文化的全面领域，他查县志，找史料，请名人，访专家，把丁马村历史整理出来。其中，"丁"为兵，"马"为兵的坐骥，五代后唐明宗李嗣源曾屯兵于此，故得名"丁马村"。随后，魏保岭又根据改革开放后丁马村的发展变化，归纳总结出新时期的"丁马精神"：艰苦奋斗，创新无疆，注重科技，科学发展，以人为本，和谐共建。

说起艰苦奋斗，好多村民都感慨不已。有个叫丁士友的村民说，魏书记讲的"丁马精神"真是振兴丁马村的法宝，只说当年的创业就靠着艰苦奋斗，渴了喝凉水，饿了啃窝头、吃咸菜，吃在工棚，睡在工地，冬天冻得只哆嗦，夏天热得喘不动气，累得人站都站不住，如今想起来腿都打颤。

是的，在魏保岭当上三队队长后，就带领大家挖沟整地，他曾在一年内换过3个铁锨头、4根铁锨把；后来，他带领18个铁汉，硬是靠着一双手，一锨一锨的挖，一镐一镐地刨，在寸草不生的400亩旧窑坑里建起丁马甲鱼养殖场，再后来，就发展成为高科技含量的科技生物有限公司。

不仅仅是魏保岭，其他村民也是"丁马精神"的一部分。

有人说，有天下着雪，为了解决增压泵提水的问题，魏洪峰下到井下清理砖头，不小心掉到水里，被捞上来时都快冻成冰棍儿了，但他不怕，直到把问题解决。

又有人说，当年18个铁汉之一的李凤普因为在养殖场干的多，就很少照顾自家的地，等拿着镰刀去收秋时，甚至弄不清哪块地是自己家的。

再说近期，由于生产甲鱼系列保健食品需要高标准的厂房，而国内市场还没有生产设备的专业制造商，于是，他们自己设计图纸，再寻找相关设备制造厂家，最终依靠艰苦奋斗的精神愣给弄成了。

在农业基础建设方面，先后建起了现代化的机井、喷灌、扬水站。

在长远规划上，魏保岭一直想尽办法让村里人学文化、受教育、懂技术，而且重点从娃娃抓起，即便是在全村全力创业阶段，仍尽量、尽快积蓄资金办教育。1993年，先于国家做出决定全部免除学生的书费、学杂费；1996年，一座花园式的地级规范化小学在丁马村拔地而起，新教室，新操场，新课桌，孩子们别提多高兴了。十年后，丁马村又投资170万元，新建起一座规范化的教学楼，并配置了实验室、图书室、仪器室、微机室。

在丁马村，学校是全村最好的建筑，最美的地方，老师则是最受尊重的。村里决定给每位任课教师每月增加100元生活补助，另外对在统考联考中成绩优秀的教师进行奖励。每到教师节，魏保岭都会到学校看望教师，进行慰问。为了提升师资力量，2012年高薪聘请了4名研究生、12名本科生到丁马小学任教。另外，还先于别的学校实行学生成绩奖励制度，凡是在统考联考中名列前三名都要进行奖励，以此激励孩子们品学兼优。至今，从丁马村先后走出290名大中专学生。这，在乡里乃至全市已经被传为佳话。

村里人说，魏书记关心学校比关心赚钱都上心。

魏保岭重点做的另一件事，就是想尽办法加强科技文化教育，提高村民的综合素质。

农民离不开生产，生产离不开技术，技术离不开学习，并且"在实践中学习，在学习中实践"，所谓的"治穷先治愚"就是这个道理。

如果说丁马村的发展过程分为先战天斗地，用汗水改变自然条件；第二步就是战愚斗昧，用脑子改变落后的生产技术；第三步就是战才斗智，用科技创造丁马神话。

根据实际情况，丁马村党支部将一位有"农业专家"之称的村民聘请为讲师，经过四年的讲座推广农业知识，提高科学种田水平，部分农户的小麦亩产达到 1000多斤、玉米1200 多斤、棉花籽棉600多斤。到后来，有的村民科学种田的亩产比那位讲师还高，丁马庄村的农业连年喜获丰收。而农业大丰收的同时，人的素质也有了大丰收。

当战天斗地有了一些成果之后，魏保岭又提出"近抓棉花，远抓果树"的战略愿景。

针对村民一不懂果树栽培技术、二没有管理经验的现实，采取"走出去，请进来"的办法，先期选出部分村民到外地学习相关技术，再成立自己的技术队伍。在培养本村技术员的同时，还请来专业技术员，不但负责技术队伍的讲课、指导等工作，还会根据果树的长势、病虫害等情况，利用广播喇叭进行定期或不定期的宣讲，使全村果农有效实施科学管理。

大力发展村办企业，是丁马村改变农民固有形象的又一大举措。

在上世纪90年代初，该村的村办企业已建起养殖场、棉纺厂、面粉厂、实业公司等四个企业。这时，人才短缺成为企业发展的棘手问题。1994 年春，魏保岭在村里办起企业管理培训班，亲任校长，并聘请镇经委主任郭秀山、食品厂会计赵寿贵为讲师，参加培训班的人员多数是企业骨干。

随着村办企业规模的逐渐扩大，先后解决了1500 多名本村和外村村民的就业问题，形成"上班是工人，下班为农民"的景象，最大幅度地实现"工农双收"的目的。

当物质生活提高后，提升村民幸福指数就成了魏保岭更加关注的重点。

魏保岭说起在小的时候，曾听一位老革命讲，当年想着等革命胜利了，要一手拿着火烧夹果子，一手拿着炒花生仁，吃一口火烧夹果子，嚼几个炒花生仁。当时，魏保岭就生出一个愿望，有朝一日要带领丁马人过上"吃火烧夹果子、嚼炒花生仁"那样的幸福生活。后来，他对丁马人的幸福观改变为：住小洋楼，走水泥路，穿好衣服，骑摩托车，玩电脑。如今，他则认为：没有物质的享受是穷乐呵，没有文化的享受依然是穷乐呵，而后者的"穷"是指精神上的，这更要不得。因此，丁马村不仅有了娱乐室、医务室，还有图书室；不仅孩子们的义务教育全免费，村民们的文化教育也在按部就班进行，并以村志、村歌、村旗、村标识等为基点，树立起带有丁马村特征的文明新村风。

采访归来后，我加紧写了一篇稿件，副题是：魏保岭创造丁马"文化科技和谐村"启示录之一；主题是：重文化，让农民不再像农民。总编看后直说："好，是好稿。发，发头版头条。"

可是，拿到编委会上看法就不一致了，有人认为：这个稿子的提法站不住脚，"让农民不再像农民"？农民就是农民，这种身份是不可能改变的，只要不取消户籍政策，不取消二元制，农民的身份就没法取消，若农民不再像农民，那像什么呢？

不过，我们的总编是全国新闻一等奖获得者，他有着较高的新闻鉴赏能力，他说："就这么定了，这稿子有高度有深度，是别人没有提过的提法，我们提出来了，而且又能自园其说，这就是好东西，这就是好新闻。大家要向徐老师学习，他虽然年近60岁，可思想不老，思维不老，激情不老。明天发，用一个版。"

第一篇发了，紧接着是第二篇、第三篇。

3.

"让农业不再像农业"将是我要写的第二篇主题。

其实，农业无非是两个方面：种和养。

先说"种"——

在魏保岭的办公室采访时，他让工作人员端上几盆水果。我吃了一口梨，满嘴流汁，甜得舒服，忙问这是什么梨，工作人员非常自豪地回答："这是俺村的绿宝石。"我又吃一粒葡萄，也是那么的甜，甜中还有一种香味，再问这是什么葡萄，工作人员又非常自豪地回答："这是俺村的腾稔。"我是本土人，知道本地梨的品种不少，包括雪花梨、鸭梨、杜梨、小酸梨等，印象中没啥好吃的。葡萄更是如此，我的老家院里就种有一棵葡萄树，结的葡萄小而酸，甚至酸得直咧嘴。今天吃到如此好的水果，实感稀罕。工作人员说："这都是魏书记负责引进来的。"

魏保岭的引进经历，可谓是起点高、持续长。1994年，他通过时任全国人大常委会常委李学智，从浙江金华把优质葡萄品种"腾稔"引到家乡。1996年，从泰安军用农场购进当时的优质麦种"54368"，1999 年又更换为"烟农18"等优质品种，为小麦的进一步增产增收打下基础。与此同时，还及时引进更换了玉米、棉花等新品种。1999年，通过山东农业大学罗教授，对园艺场中的鸭梨全部引进和嫁接了"绿宝石"。2002年，又引进沾化县的优质冬枣　通过一系列的攀亲结缘，丁马村的农业发展了，农民的收入大幅度增加了。

在引进优良品种的前后，丁马村还进行了一系列"土地革命"。1986年，经过"治盐碱、平土地"等一系列大动作，完成了土地的割方划片。随后，全村实行统一浇水、统一施肥、统一播种、统一地膜覆盖等"四统一"管理，为此成立由15 人组成的专业队，购置10台播种机，并在水利部门专家的指导下，打机井共93眼，建扬水站8座，并在园艺场500亩耕地上建起了自动喷灌，形成以河补源、以井保丰的综合条件，使得全村的土地7天可普浇一遍水。同时，还修建桥、涵、闸共113座，安装地下管道 60公里，封闭式闸门300套，对路沟、路渠每年进行开挖维修，彻底解决了遇旱浇水、遇涝排水的问题，并且在路边进行绿化植树，附带取得了可观的经济效益。

在丁马村采访，走在路上，环顾四处，到处都是现代农业景象。魏保岭会这样介绍："这里是工厂，是生产农产品的工厂；这里是园艺，是供人休闲品尝的园艺；这里是试验田，是先进科技转化为生产力的试验田。"

再说"养"——

早在人们大养特养肉食鸡、速效猪、饲料鱼什么的时候，魏保岭已经把注意力集中在原生态上。要知道，高端的原生态来自原种保护，而原种保护需要科学办法，也就是说，"科学保护"和"合理利用"彼此相辅相成。

据了解，我国中华鳖商业养殖始于上世纪70年代，到上世纪90年代，由于人们对鳖的保健营养价值认识的提高，以及消费观念的改变和消费水平的提高，使得中华鳖在市场上极为畅销，进而迅速激活国内鳖养殖业，大小中华鳖养殖场纷纷上马，反而致使中华鳖资源急剧减少，品种混杂、品质较差等问题日益严重，又加之天旱少雨，黄河连年断流，黄河流域野生中华鳖品种已经濒临灭绝。

要说魏保岭在废旧窑坑里养甲鱼是为了保护野生甲鱼，那就有点人为地拔高了。不过，当他发现问题的严重性后，确实开始觉悟了，除了作为本地人，他对本地生态有着朴素的情感，他同时也看到了保护之后将带来的巨大效益。事后，他说："我们把它保护下来，成为全国的惟一，做成全国最大的原生态养殖场，其发展空间势必是很大的。"

于是，从1992年到1994年，为了挽救黄河品系野生中华鳖种质资源，在山东省渔业技术推广站的专家指导下，魏保岭派出一大批技术人员，从黄河、古运河、马颊河、徒骇河等四河系中，精心收集了4.2万只野生中华鳖原种。

在国家和行业无标准的情况下，他和其属下生物科技有限公司制订了严格的野生中华鳖原种选择标准，并按河系分池，放于自然生态养殖池饲养培育，再进行优选。为了选出优良的黄河品系亲本野生中华鳖原种，他们又制定了严格的选用标准，从而优选出 1.5 万只黄河流域亲本野生中华鳖原种。

这就是魏保岭的高明之处，他能科学地创造性地去做，最终得到了上级有关部门的认可。经山东省水产原良种审定委员会的审定，结论为：野生中华鳖为原种。这为我国保存和保护黄河流域野生中华鳖种质资源做出了巨大贡献，也为我国优质中华鳖养殖和发展奠定了基础。2005年，山东省聊城市质检局抓住《地理标志产品保护规定》颁布实施的有利时机，积极引导当地政府进行相关申报；2007年2月，国家质检总局正式批准对丁马甲鱼实施地理标志产品保护。

其实，魏保岭所做的这些工作说起来简单，做起来可就不是一个"难"字可以做注脚了。要知道，魏保岭仅是一个没文凭、没修过专业、没职称的复员兵，而对于原生态甲鱼的繁殖在教科书上都没有。不过，他有着丰富的实践经验和擅于整合人才的优势，进而与同事们一起，先利用优选的四河系亲本野生中华鳖原种分别进行自繁，优选培育出野生子代亲本中华鳖，再分别进行相互交配，繁育出非亲缘关系、基因相同的"黄运"牌中华鳖良种和新的亲本原种。从而，发明创造出"425-1-30"优质中华鳖良种繁育技术工艺。该工艺一个周期为30年，每个周期为4个培育期和12个繁育期，其中亲本中华鳖培育期为5年，亲本中华鳖繁育期为10年，在每个繁育期内，得出4种非直接血缘关系的中华鳖和亲本良种中华鳖。

如此一来，既优选了黄河品系中华鳖品种，又避免了近亲交配造成的中华鳖畸形、品种退化、品质差、免疫力低、成活率低、生长慢等缺点，从而，为保护和繁育黄河品系优质中华鳖亲本原种和良种提供了技术保障。

可是，由于是自主创新，国家有关部门没有鉴定方法，因此，在这方面还得要自主创新。为了确保"黄运"牌中华鳖为良种，魏保岭和同事们建立了4种种质鉴定方法，包括：采用形态测量和结构观察相结合的方法进行选种；采用同工酶法进行生化分析，判定生化遗传特征和遗传结构的特异性；应用多聚酶链式反应(PCR)技术和限制性长度多态(RELP)方法，对多个中华鳖群体的线粒体 DNA(mtDNA)的细胞色素b基因（Cyt b）进行分析，得出"黄运"牌中华鳖在基因组上与其它群体鳖存在明显歧化，群体遗传多样性较高，其生长速度较快；采用双向电泳技术分析中华鳖肌肉组织特异性蛋白，得出"黄运"牌中华鳖蛋白明显高于其它中华鳖，说明保留了其遗传的多样性。

再经2002年至2003 年与野生中华鳖原种子代鳖养殖对比，"黄运"牌中华鳖具有明显的特点：体薄片大，裙边大而厚，背甲土黄色或茶褐色，腹甲淡黄色，体质健壮，活动灵活，免疫力强，生长速度快，成活率高。由此，先后由山东省水产原良种审定委员会分别审定为中华鳖原种和良种，并获得山东省中华鳖原种场认证；丁马科技制定的"425-1-30"中华鳖良种繁育技术工艺，经山东省科学技术厅技术成果鉴定为"国内首创"；丁马科技研发的《优质中华鳖良种繁育技术研究和产业化养殖》项目的科技成果，获得山东省科技进步奖二等奖。

在保护了原种，又繁育了良种之后，魏保岭提出并实施起绿色养殖，也由此带动丁马村走上科技兴企之路。自2001年以来，丁马科技采用自然生态生物绿色养殖技术培育的成品中华鳖，一直被中国绿色食品发展中心认证为"A"级绿色食品。

在深加工方面，魏保岭也有着大胆的决策：把甲鱼深加工成为保健品，让土甲鱼变成绿色胶囊。

这事谈何容易？中国保健食品行业已经走过20 多年风雨路程，在严酷的市场洗礼中，既成全了部分保健品企业，也让部分企业折戟沉沙。"三株"萎蔫、"太阳"下山，"巨人"倒地 但是，仍有更多的保健品企业抢滩登陆。有资料显示，上世纪80年代以来，欧美及日本的保健品销售额约以每年12%的速度增长，近几年更是以每年17%的速度递增。与此同时，我国保健品的销售额也以15%到30%的高速度增长，销售额达1000亿元，这也使得保健品行业的竞争更为激烈。

不过，在魏保岭决定进军保健品行业的时候，国内外对甲鱼产品的深加工仍处于起步阶段，利用甲鱼开发生产保健品的企业更是寥寥无几。因此，魏保岭又担当起甲鱼保健品的领军先锋，相继开发出了甲鱼胶系列保健食品——丁马牌依元胶囊、甲鱼胶胶囊、元甲益生胶囊、甲鱼油软胶囊和系列方便食品。后经山东省科技厅组织的专家鉴定，结论为"达到国内领先水平"。

作为国内水产行业的明星企业，魏保岭领导的丁马科技先后获得7个全国"惟一"，以及1个"全国第一"等国家级荣誉。

虽然已经取得在国内外领先地位的科技成果，但魏保岭没有就此满足，在2007年9月20日，投资6000多万元建起现代化深加工系列产品生产线，主要生产甲鱼胶、鳖甲粉等10余种保健食品和功能性食品及即食食品，不仅为人们的健康做出重大贡献，也创造出巨大的经济效益。

对此，魏保岭认为，农业必须摆脱传统的发展模式才能长足发展，必须打破常规的生产才能产生效益，必须摒弃落后的经营才能搞好经营。也就是说，效益的最大化也应该是农业的追求。

采访归来后，写这篇"让农业不再像农业"的稿件，我只用了两天时间，而总编更干脆，仅浏览一下就签下意见：明日见报。

签完字，总编问我："老徐，我猜你已经胸有成竹了，第三篇'让农村不再像农村'就不用去采访了吧？"

我笑而不答，因为这是明摆着的事，他就是想省下旅差费，以及不让我找机会闲下来，而相关素材确实已经"堆积"在我的采访本上。

4.

在"让农村不再像农村"方面，魏保岭也曾走过弯路。

在农村地区，往往有以下并不鲜见的现象：有的村，纯农业的粮、棉、果、菜都丰收了，可就是摆脱不掉"农产品效益低下，农民收入上不去"的情况；有的村，把农业放下不管了，盲目地上工业、上项目，到头来倒闭的倒闭，关门的关门，坑了银行贷款，坑了工人工资，更荒了集体土地；还有的村，单纯地把市场经济理解为市场，人为地圈地或占马路搞商业市场，结果成了聋子的耳朵——摆设。

魏保岭也曾差点掉入这些误区。在当上村支书的前几年，他一门心思搞农业，认为把庄稼种好了，能改变"吃粮靠统销，花钱靠鸡腚"的日子，那么这个村支书就算是当好了。不过，随着改革开放的深入，尤其是国家对农村经济大力扶植的政策不断出台，魏保岭发现了更广阔的空间，他的"亦农、亦工、亦商三栖协调发展"的思路在实践中逐渐成型，进行形成"用农业资源搞工业，用工业产品做商业，工农一起走市场"的基本模式。最终，将丁马村打造成"文化科技和谐村"。

在"用农业资源搞工业"方面，魏保岭主导先后办起纺纱厂、面粉厂、砖瓦厂、养殖场等9家企业。其中，纺纱厂和养殖场是规模最大、效益最好的。

先说纺纱厂——

丁马村所在地区是全国重点优质棉基地，也是全国最大的县级植棉区，上世纪80年代初期，这里兴起村村上项目的热潮，丁马村就上了纺纱厂。近三十年后，当年的数十家纺纱类工厂，如今几乎仅剩下丁马村一家，并成为临清市的名牌企业。

如果说起纺纱厂的成功，村民们至今仍会对当年的事津津乐道：魏保岭为确保顺利立项，自费外出考察、订设备，坐几十个小时的车没吃东西，一下车就晕倒在地；建厂初期，到外地购原料、搞销售，吃饭每顿不超过3块钱，资金困难时，便拿出全家的积蓄，甚至将一辆小平板车都贡献到厂里用了；纺纱厂的老工人现在还记着，有一次粗纱机出现故障，他一头钻进车间，直到问题解决。

其实，亦农亦工亦商的经营模式看似简单，若真要掌握其中的门道却不是那么容易。比如丁马村地处全国重点产棉基地，且建有国内闻名的纺织城，也就是说，原料可以就地取材，本地的技术力量雄厚，又有传统销售渠道，可谓是天时地利人和全占了。可是，为什么其他的厂子没有发展壮大起来呢？显然是人的因素起到关键作用，那就是魏保岭的好学与韧劲。

再说养殖场——

刚上马时纯属一个农业项目，起因是市里来检查农业，看到村外的那些废旧窑坑就批评为啥不好好弄弄。弄什么呢？魏保岭想起借坑挖坑搞养殖。挖坑，他带头干，累得腰椎尖盘突出，偷偷去做了手术，回来接着干；为了掌握甲鱼的生活习性和养殖技术，他天天蹲在坑边观察，腰疼得厉害就趴一会儿，晚上还要整理资料，常常通宵不眠。几年的努力之后，他居然总结编写出一整套养殖技术理论和管理技术操作规程，成了专家型的领导者。

正所谓：无农不稳，无工不富，无商不活。然而，这些落实到行动上则是难上加难，不过魏保岭把它们全实现了。如今，全村人人都是"亦农亦工亦商"的三栖人。对此,魏保岭会拿自己说事,他说:"你说我是农民吗?是,我是丁马村的村民,当然是农民。你说我是工人吗?是,我是企业的一名职工。你说我是商人吗?是,我天天都在营销。"

确实,工农商在丁马村已经混为一体,这应该就是农村最现代化的经济发展模式了。

不仅如此,魏保岭还请来建筑设计院对全村进行统一规划,并且按照城市模式划出商贸区、加工区、养殖区、生活区、办公区等。其中,办公区除设有党总支办公室、团支部、大小会议室外,还有工会、老龄委、协会活动室、青年民兵之家、治安巡逻队、消防管理室、人口学校、电化教室、科普服务站、计生办、远程教育办公室、先进教育活动办公室等。

成立于1999年的"老龄委"可以说是别具匠心,成员由老党员、老干部、老退伍军人组成,并且有自己的章程、任务、固定的活动时间。除了正常的谈心、学习交流、活动、锻炼之外,他们还协助宣传党的思想政策、解决邻里之间的纠纷,以及乡村文明建设中存在的所有问题,而且有权评议村支两委的工作。

在基础建设方面,丁马村累计投入新村建设及公益事业资金达1200万元。借用魏保岭的话就是:为什么要发展?为什么要致富?为什么要建设社会主义新农村?都是为了人,为了父老乡亲,一切都要以人为本。

除了物质和组织结构上的保障外,在村风建设中,丁马村积极创建"十佳文明户"、"五好家庭户"、"遵纪守法户"等活动,并户均一册颁发了精神文明读本,使村民的思想素质不断提高。而且喜事举行集体婚礼,丧事简办已成时尚;尊老爱幼,老有所养,老有所为已蔚然成风。

为了活跃人民群众文化生活,村里分别还组织了宣传队、腰鼓、龙灯、高跷等文艺演出队,既丰富了村民的精神文化生活,活跃了村集体的气氛,也杜绝了封建迷信及聚赌等不良风气的滋长。

我在采访中，曾将幸福指数作为重点的访问内容之一，得到的反馈是普遍的高。为什么会出现这一现象？显然，始于丁马村党支部和村委会始终坚持"统筹兼顾"的原则，归纳起来有三个主要方面：一是统筹兼顾企业与集体、村民的关系，丁马村的村办企业并没有进行社会上的那种改制，属于"公司兼营制"，在利益分配上，对企业承包者实行"交上集体的，发给村民的，剩下才是自己的"。二是统筹兼顾农工商的发展关系，即"工业反哺农业，农业供给工业，工业振兴商业"。三是物质文明、精神文明、政治文明的统筹兼顾，实实在在的地把实际的做成精神化，把精神的做成实际化。

总之，在3篇主题为"让农民不再像农民"、"让农业不再像农业"、"让农村不再像农村"的长篇通讯刊发后，引起巨大反响。为此，山东农业专家顾问团、山东县域经济研究会以及临清市委市政府共同召开"三农论丛"，对丁马村现象进行现场研讨。

后来，魏保岭作为典型代表，登上中央电视台七频道的"聚集三农"栏目；又被中央电视台评为"2009中国十大三农人物"。

5.

在丁马村"三不像"稿件发表以及魏保岭现象研讨会后不久，大众日报社新闻研究所《青年记者》杂志的编辑找到我，说根据领导的指示来向我约稿，要求就原创新闻的系列化运作问题写篇论文，并特别提出要以丁马村系列报道和其配套的活动为主线，兼论一些经验，而且一定要深入浅出。应该说这种事是作为记者的一种荣耀，因为《青年记者》杂志在国内新闻界颇有影响，能在此发表论文是件不容易的事。我答应了。经过一番思考，我写下题为《记者不是"黑瞎子"——浅谈原创典型新闻的系列化运作》的文章，现摘录于下：

有一句大家都知道的话："黑瞎子掰棒子，掰一个丢一个。"于是，就有人把记者比作"黑瞎子"。记者今天写了一个稿发表了，明天又写一个稿发表了，最后，就剩下新写的那个稿了。不能说每个记者都如此，起码是有的记者如此。

记者不是"黑瞎子"，不能掰一个棒子就算了，不能写一个稿就算了，抓住一个新闻，尤其是一个典型新闻，要多掰几个棒子，好好地掖在腋下，吃一顿大餐。这一顿大餐就叫作"原创典型新闻的系列化运作"。

这样的大餐笔者吃过好几顿，那感觉比"黑瞎子"只剩一个棒子的感觉好多了。有的同行说笔者是"黑瞎子"掰棒子，掰一个吃了，再掰一个吃了，直到吃不动了，吃饱了，然后放放，等有机会再掰，再吃。笔者和"黑瞎子"的区别在于，"黑瞎子"掰了棒子掖在腋下，不吃而是掉了，笔者是掰了棒子不掖在腋下而是吃了，所以就没有"黑瞎子"掰了白掰还落个饿肚子的情况。人不能混同于"黑瞎子"，除了"黑瞎子"掰棒子的本能外就得多点聪明，当记者是个聪明活，根本就不能跟"黑瞎子"那么憨。

什么叫原创典型新闻？形象地说就是自己发现的又是自己亲手"掰"的那个"棒子"，不管是集体还是个人，只要有典型意义就行。笔者曾先后"掰"过4起：青岛市崂山区石老人社区及党总支书记曲孝琢、临清市魏湾镇丁马村及党总支书记魏保岭、夏津县金秋种业公司、山东省精神卫生中心。

什么叫系列化运作？形象地说就是一个"棒子"一个"棒子"地掰，吃一个再掰一个，前后串起来形成一个系列。原创典型新闻的系列化运作就是，发现一个典型进行放射性地思维，从多个层次和角度，采取多种形式和手段，进行原创式的系列化运作，进而取得"一石多鸟"的效果。

在大众报业集团开展的创新年活动中，农村大众报创新性地开展了"全员立项"活动，笔者提出的"原创典型新闻的系列化运作"方案，得到了编委会的认可，批准立项后便付诸实施。

先说一个例子：

笔者所开发的其中一个"原创典型新闻"是临清市魏湾镇丁马村党总支书记魏保岭，其"系列化运作"包括以下几个方面：

第一个阶段为：发、采、写、发。即发现典型、采访典型、写稿子和发表，最后落实到发表上。

这个典型是在一个山东省科研成果研究会上发现的，然后经过对所在地方宣传部的了解而确定下来。采访先后进行了两个多月，四次深入到村。稿子共写了四大篇，其中有《有一种人生叫伟大》一篇5000多字的言论，配上两幅照片，发一个整版；《重文化，让农民不再像农民》、《重科技，让农业不再像农业》；《重和谐，让农村不再像农村——魏保岭创造丁马"文化科技和谐村"启示录》三大篇，每篇6000多字，发了三个整版。共以四个版的篇幅，采用言论开篇、启示录跟进的形式，言论从理论上高度提炼精神，启示录在重实事中提出有建设性的启示。

第二个阶段为：报、送、批、重。即报给领导、送给部门、得到领导批示、引起有关部门重视。

稿子发表后，笔者呈报给了山东省委书记、副书记、分管的副省长；同时笔者将报纸送给了山东省委农村工作领导小组办公室、省发改委、省农业厅。得到省委、省政府领导的批示。山东省农村工作领导小组办公室主任王泽厚打电话索要材料，后列入山东省农村工作的典型总结其经验。

第三个阶段为：联、请、会、配。即联合中介组织、请一批专家、召开理论研讨会，进而达到其他媒体配合报道。

笔者与山东省农业专家顾问团、山东省县域经济研究会等中介组织进行了联系，实现了和农村大众报联手；笔者把报纸和有关材料寄送有关专家请他们参与活动。接着组织召开"三农论丛"临清专家现场研讨会（聚焦魏保岭），活动由山东省农业专家顾问团、山东县域经济研究会和临清市委、市政府主办，大众日报、齐鲁晚报、山东电视台、山东人民广播电台、聊城日报等主流媒体参加，聊城市领导和临清市主要领导以及临清市乡镇村的有关领导参加会议，参观、考察、研讨会期两天。这样一来，引起了其他媒体的重视，得到了他们的配合，产生了良好的社会影响。

第四个阶段为：理、发、推、树，即把理论研讨会上的专家发言整理成理论稿子、发表在农村大众报的"三农论丛"上、推荐给国家级和省主流媒体、在地方树成典型。

研讨会后，农村大众报用两个整版"三农论丛"专刊刊发了领导和专家的讲话和论文，配发了会议活动情况。进一步把原创典型的报道推向高潮，与此同时，请中央电视台农业频道拍摄了专题片，送农业部审定后在中央电视台播出，请山东电视台农科频道拍摄了专题片，在山东电视台农科频道播出，大众日报的记者也进行了专题采访。聊城市和临清市下发文件号召向魏保岭学习，山东省发改委也表示将魏保岭做为系统内的典型，山东省农业厅、畜牧厅也分别对其进行了表扬。

这样一来，原创典型新闻的系列化运作取得了"一石多鸟"的效果：一是采写了一批好稿子，本报和外媒共发稿子11件，其中有的稿件可审报好新闻评选；二是树了一个好典型，魏保岭因此成了省、市、县（市）的典型；三是得到了领导批示，引起了有关部门的重视；四是和兄弟媒体建立了业务联系，得到了兄弟媒体的支持；五是和专家及社会中介组织建立了联系；六是提升了农村大众报的品牌影响力。

记者怎样才能不做"黑瞎子"?

首先,不能有"黑瞎子"的思维。

发现典型要放射性地去寻找,多找几个做比较,不能看见一个"棒子"就急于去掰,脑子里要多想几个问题,比如,这个典型的意义大不大?意义大,能不能给予支持?因为,多版面发稿,任何总编都得考虑"成本"。笔者选的几个典型都具备这个条件,从某种意义上讲,石老人村抓了个"都市农业",丁马村抓了个"让三农不再像三农",金秋种业抓了个"科技推广应以企业为中心",山东省精神卫生中心抓了个"特殊岗位,诚挚的爱",主题都很好,一喊就响。

其次,稿子要写出眼泪来。

就是说稿子要写得生动感人。采写典型报道需要的是功夫,不能写那种广告式的稿,也不能写那种纯表扬式的稿,更不能写那种没人看的稿。要用言论去打动人,用启示录去启发人,写细节,写故事,写思想,写新意。

再者,要把典型推出去。

省领导批示了,主流媒体报道了,有的内参都发了,那么,再把中央媒体请来进行宣传就很有可能了,这叫"栽下梧桐树,引得凤凰来"。

这样一来,记者想做"黑瞎子"也不可能了。不愿做"黑瞎子"的记者,都应该学着摒弃那些单调的思维、一根筋的作风和不愿去做的清高。

中国"三农"报告

科技推广中的"肠梗阻"问题,"网破""人散"问题是在市场经济条件下出现的突出问题,怎么解决?夏津金秋种业创出了一条好经验。

第八章 科技推广应以企业为主

11月份的一天晚上，看中央电视台新闻联播，中间一条消息报道的是全国科技推广高层论坛会，会上提出的一句"企业为中心"的话，让记者好为自己采访对象的先见之明而感慨。

在盛产棉花的"银夏津"，山东金秋种业公司董事长张友秋接收采访时像一个理论家似地提出"科技推广应以企业为主"。记者问他这个话是谁说的?他回答"我说的。"再问他"有什么根据?"他回答"实践。"

好大的口气，好牛的回答，好一个实践出真知的企业家!采访就抓住这个主题进行。

于是就写出了四篇《金秋启示录》。

启示之一的题目是：让成果变成名牌。一个民营企业，一个设在鲁西北的农业科技企业，能登上"中国名牌"的金榜，谈何容易？这应该说是"科技推广应以企业为主"思想带动的成果。企业为主怎么为主？没有金刚钻岂敢揽瓷器活？"活秋牌"成了"中国名牌"，谁不服气？企业要进行科技推广有名牌在手岂不顺风驶船？科技创新才是新，胡总书记十七大报告二讲科技创新要以企业为主体。他们的创新精神让人钦服。质量过硬才是硬，他们的产品质量让人信服。百姓的口碑才是丰碑，名牌加丰碑，这样的经营理念让人赞叹。企业好不好？质量行不行？市场认不认？看看金秋是怎么把成果变成名牌的就一切都明白了。

启示之二的题目是：企业客变主，能治"肠梗阻"。记者有个同学在乡农技站，近年来很不像样子，见到后就说"远看像个要饭的，近看像个逃难的，仔细一看原来是农技站的"。农技推广工作线断、网破、人散成了不争的实事。科技成果再靠计划经济时期的行政推行行不通了。在市场经济条件下，应该如何做？成了上下都在探索的问题。山东金秋种业的可贵之处就在于"铁肩担道义"，"替天行道"，本是政府的事，让过去依赖政府的事，现在企业要挑起来，谁让他干了吗？谁要求他干了吗？并没有。那么他为什么要干呢？记者的有感就在这里，一从觉悟上讲，张友秋这个出身农家深知农民不容易的企业家是个有良知的企业家，是个有着政治觉悟的企业家。这样的企业家并不是很多，他能从取得利益最大化上面侧重到以社会效益来带动经济效益，靠为百姓办好事而赢得企业的发展，高就高在这儿。他有句名言，叫"做生意先要做人"。这就是做人，做一个对人民有用的人，做一个造福人民的人。说到做人，接受记者采访的人都说他是个大孝子、大好人，其中有两个例子让记者很感动。一个是说，他孝敬父母，老太太有点老年癡病症，他不管老娘怎么着，他都百依百顺。二是说到企业里服务的一位老专家过世了，他亲自抬棺，亲自料理发丧他。就这么做人的一个人，能不把百姓的事做好？为了把百姓的事做好，他将企业客变主了，变成自己的事，像干自己的事一样干了。二从企业经营的角度讲，这是一种大经营，有句名言说，做小生意靠灵活，做中生意靠机遇，做大生意靠做人。他这是做人所以也就是在做大生意，大经营。企业家都在经营企业，怎么经营却大不相同。君不见有的只为赚钱啥都不顾，什么职工可以不发或少发工资，劳保福利待遇啥都没有；什么社会责任可以不顾廉耻，不管公德，只要赚钱什么来的快干什么，什么赚的大干什么；企业管理搞黑社会式的，家族式的，尤其是一些私营企业完全把自己混成了资本家。企业是要良心的，企业家是要良知的。想把企业搞好最关键的是把企业家自己修炼好。张友秋是个私营企业家，他之所以高人一筹，就高在自身心性的修炼上。他能够提出并积极探索科技推广以企业为中心，就是做人的主要表现。这样做没有什么不好的。山东金秋种业从注册资金100万元到现在的几千万元，就是做人带来的结果。从县教育局退休后到金秋来工作的一位老人说得好："友秋这样的人社会上难找，跟他打火计心里踏实。"这样一个人，带领着这样一个企业，把科技推广当成自己的事，当成正儿八经的事。其结果，政府高兴。省委常委、副省长王军民多次在有关会议上表扬，赞扬他们为科技推广做出了应有的贡献。百姓高兴，数以万计的农民跟着受益，可数出的效益是农民每年增收2亿。

启示之三的题目是：企业产学研，结合就不难。企业产学研和产学研企业化不同，不同的地方就是企业自己搞产学研和产学研自己办企业，以企业化形式搞产学研，这个不同是质上的。记者调查时发现研究部门和大专院校搞的企业，好多都搞的一般，为什么呢？一位老领导说："书生干不成大事。"虽不准确，但也有道理。搞研究的专家就是专家，教书育人的教师就是教师，让其搞企业有点那个，不适应，干的一般那是必然的。记者的有感在于产学研应该把企业放在前面，让企业成为载体，让企业从原来的快，来的好。只要你们愿意放下架子和企业搞好联合，最好是融入企业，那么你就到发财的时候了，你就到出成果的时候了，你就把产学研的问题解决了，山东金秋种业这样做了，实践证明做得很好。比如，科研经费他们由原来利润的5%改为营业额的

5%，近几年就提取了900多万元投入到科研上去。这不仅是一种胆量，更是一种智慧，舍得花钱不是空话了。一个私营企业舍得拿钱搞科研，不仅是为了自己的发展，更是对社会的贡献。山东金秋种业把产学研巧妙地结合在一起，经验值得学习，值得书上一笔。如果我们的农字号企业都能像金秋一样，科技成果转化成生产力，科技一帆风顺进农田还是问题吗？

启示之四的题目是：企业"软投入"，全程搞服务，这是经验之谈。成果要转化，农民是受体。受体要把科技成果转化成生产力，受体素质低下的困惑。不解决受体接受能力的问题，科技成果就不可能转化的了。张友秋从实践中认识到，企业要和农民结合得好才能实现成果转化。于是便不惜余力地搞全程服务。目的是让农民接受得了，运用得了。不然再好的科技成果只能是墙上画马——不能骑。这些年来，山东金秋种业把营销战略定为全程服务，不无道理。种子带着良方，带着操作技术一起提供给客户，出售产品的同时，替你着想到了如何种得好，如何高效益。不是"东西卖出去了，咱就不管了"的那种急功近利。记者的感受是这家企业把生意做到极致了。他们的服务到了周到细微的程度。这是现代最先进的经验理念，也是最负责的经营方式。单从经营上很难说企业怎么样，但从效果上说企业就是最棒的了。如果每一家涉农企业都能这么做的话，还愁科技不好推广吗？最让人感动的还有一点就是舍得投入，之所以称为"软投入"，就不光是资金或硬件能代替的了的。知识的投入，技能的投入，信息的投入，人文的投入等，哪一项都是单纯用金钱买不来的。这里好像成了一所学校。成了培养农民的学校；这里好像是讲习所，是教育农民的讲习所；这里好像是航母，是农民致富的出发地。跟着山东金秋干的都富了，用山东金秋种业的人都富了。有个乡镇的主要领导说，与山东金秋种业合作，成为山东金秋种业的基地，比单纯招商引资好得多。这是富民工程式的招商引资，不仅富了农民，也同时富了乡镇和村庄。

采访山东金秋种业受到了一次教育：一个民营企业家有如此高的境界，一个私有企业有如此高的素质，那种急农民所急，忧农民所忧，企业和农民捆到一起搞经营，和农民一起走市场，与农民共荣，与农民共赢，这是何等的科学发展，和谐社会呀。试想有这样的企业为民服务，农民能不说政府好吗？能不说共产党好吗？一个地方，一个区域能不安定？能不繁荣？夏津县这个曾是贫困县的地方如今脱贫致富了，与拥有山东金秋种业这样的企业合作不无关系。

采访山东金秋种业得到一次感情的洗礼。看看那些整天跟农民打交道的人，是那样地为农民负责；看看他们对农民那种朴素的感情；看看他们上心上意地为农民谋利益，感情的世界里就有了最纯朴的情感，心里头就有了欣慰。让人们都来接受这样的洗礼吧，官员们、学者们、商人们都看看山东金秋种业是怎么为人的，学着点，也去这样为人，那是老百姓的福呀。

记者采写的"金秋启示录"，虽然还有好多词不达意的地方，虽然还不能最准确地把山东金秋种业的精神表达出来，但毕竟事实胜于雄辩，相信会给你带来些启示的。

金秋种业启示录之一：让成果变成名牌

作为一个种子企业，拥有科技成果并不难，哪个这样的企业没有几个科技成果？数一数少说也有几十个，可又有几个成了"中国名牌"呢？成果变成名牌绝对不是一句话，绝对不是一厢情愿的容易事。十年磨一剑，需要磨呀！这个磨的过程也不是人人都能磨出来的。她需要灵气，需要智慧，更需要实实在在的真功夫。科技需要创新，不创新就不是科技。科技创新在新的基础上再创新，科技越是创新就越新，只有不断创新才能有创"中国名牌"的可能。

质量需要过硬，不是一般的过硬，也不是什么质量认证所能代表的。质量过硬，而且不是一般的过硬，才能有所得"中国名牌"的希望，不然是不可能的。

口碑呢？科研单位的口碑是专家的口碑，固然很重要，但重要的是百姓的口碑。专家的口碑只能停留在鉴定书上，论文里；百姓的口碑来自扎扎实实的实践中。没有百姓的口碑，再好的科技成果也转化不成生产力，这道理太简单不过了。

山东金秋种业有限公司，可贵之处就在这里。在这里你看到的是一个民营企业怎么扛起大旗的，看到的是"中国名牌"是怎么打造出来的良苦用心和执着，看到的一种"种子精神"：破壳、发芽、成长、开花、结果。

就是这一粒种子改变了世界，改变了一个"金秋"，改变了一个种业，改变了一个有着600年植棉历史的"银夏津"和有着600年植棉历史的棉农们。

不容易呀，"中国名牌"，在棉种行业就那么5个。5个中就有"金秋"的一个。可敬啊，"金秋"，可敬啊，不断创新的金秋人。

科技创新才是新

"金秋"能获得"中国名牌"的经验是什么？更重要的是给人以什么样的启示？如果说写获得"中国名牌"的过程比较容易的话，那么总结给人们的启示就需要点思索。记者的思索就像象块砖，抛砖引玉，引出了什么呢？首先应该是：科技创新才是新。

计划经济年代，记者曾采写过一篇题目叫做《功归农科队》的通讯。说得是临清市刘垓子镇尹庄村农科队与省棉花研究所配合，从繁育鲁棉1号到鲁棉12号受益的过程。这个典型后来由于棉铃虫的严重发生，引进美国岱字棉种公司33B，再后来在市场经济中逐渐消弱了。农科队坚持到今虽然也有建树，但终归还是没拿到"中国名牌"。思索他们，记者认为缺少的正是"才是新"这个问题。"科技了吗？科技了；创新了吗？也创了。"但关键是"才是新"上没能达到更高层次。这儿就引出一个道理：获得一项或者几项科技成果，对一个科技型企业来讲并不难。如果没有科技成果，也就称不上科技企业了。难的是在获得科技成果的前提下，能不能继续科技创新，能不能再"才是新"上出新。没有这个"新"，离"中国名牌"还差着不小的距离。拥有新成果与科技创新，还不是一个概念。

金秋人的领导人物张友秋，原是县良种棉加工厂的厂长，曾任过山东省农业厅优质棉基地协会的顾问，而且也做过农资销售。他对种子在农业生产中的作用，深有体会。2001年他创办金秋种业时，棉种市场几乎是美国抗虫棉种33B的天下。张友秋说："中国农田里中美国棉种，心里很不是滋味。咱中国人不笨，金秋难道不能撑起国产棉种的一片天？"他奠定了在棉种行业搞科技创新的思想基础，下决心扛起推广国产抗虫棉种的大旗。当时，抗国产大旗就是一种科技观念的创新。当得知中国农科院生物技术的研究所的科学家，已将具有自主知识产权的抗虫基因导入我国棉花主栽品种中，并育出了抗病、抗虫、高产、优质的抗虫棉新品种时，他决心要抢先。

新世纪的第二个秋天，"金秋"基地里就传出了喜讯：以中棉所41号代表的一批国产抗虫棉新品种繁育到大面积示范获得成功。消息传到中国农科院棉花研究所，中棉所41号的育种人郭香墨研究员立即率专家组到现场进一步核查，复查结果与金秋的报告完全吻合。具有优良性能的中棉所41号，通过金秋良种良法配套栽培，其大面积丰产表现比郭研究员原设计的目标还要好。这就是一个科技成果的在创新。当年夏津县刘辛庄基地植棉能手尚成栋种植的8亩中棉所41，亩成铃88375个，创下了亩产皮棉157.8公斤的高产纪录。在2002年8月26日与9月3号在山东省夏津县分别举行的"国产双价转基因抗棉虫新品种中棉所41现场观摩新闻发布会"、"国产双价转基因抗棉虫新品种中棉所41现场观摩暨经验交流会"上，中国农科院棉花研究所所长、国家"863"计划现代农业专家组组长喻树迅庄严宣布：以中棉所41为代表的一批国产转基因抗虫棉新品种，整体水平有了很大的提高和改进，许多农艺性状已显著优于美国抗虫棉。

"金秋"之所以扛起了这面旗，靠的就是科技创新，就是在原有科技成果基础上的再创新。如果没有这样的创新，科研单位不会青睐于她，不会把他们最先进的、最好的、也是最新的成果交给她。没了这一点也就没了原创的基础，还谈得上以后的什么"中国名牌"？

有了以上的起步，"金秋"将科技创新、科技进步作为培育名牌的动力，围绕核心技术创新，先后建立了"山东省开放式植物组培工程技术研究中心"、"德州金秋棉花研究所"、"金秋种业农大生物技术研究室"等科技研发机构。

说到这儿就引出另一个话题，"金秋"在没有自己的研发机构前是和科研单位合作的，是一个附属式的关系。当然也能搞科技创新，但总归没有自己坐起来方便。仍然受限于对方，对方的新成果不一定都是给你自己的。可以给你，也可以不给你。张友秋谈到这个问题时说：从附属到为主，不仅是个组织形式的改变，更重要的是一种责任。企业直接承担起了科技研发特别是实用技术成果推广的责任，由附属于科研单位到自主于自己，好多具体问题，诸如经费、试验田等都自然得到解决。同时对自己产生一种压力，科研成果的市场竞争力怎样，是否会形成新的生产力，直接关系到企业的生存与发展。那么企业在研发推广上，就会产生巨大的推动力。自己动手开展原始创新，才是保证科技创新的基础。

　　如果说，"金秋"科技创新的第一个层次是利用科研单位的成果与科研单位合作进行创新的话，第二个层次便是自己有研发机构又借助于科研单位成果一起创新。在这个层面先后引进消化、吸收鲁棉研18，中棉所41等7项抗虫棉育种新成果，推广面积200多万亩。先后承担上级科研部门安排的科研项目25类、60项600多个品次，先后与中国棉花研究所，山东农业大学、山东棉花研究中心等科研院所建立了密切的关系。

　　在实践中"金秋"认识到：仅仅依靠引进、开发和推广别人的科研成果，难以牢牢把握市场的主动权。对科研单位的现有成果，是依靠，而不是依赖。一边引进、一边消化、吸收别人的成果；一边瞄准目标，进行科技成果的原始创新。原始创新，这个名词的提出不是一般层面的东西，这需要经验的积累，条件的积累，更需要思想上的积累，当然也是胆量的积累。艺高才能胆大，没有自己的努力，这个大话是不敢说的。

　　通过年年攻关，"金秋"育成了一批优良的抗虫棉行新品种。其中，常规抗虫棉新品种"鑫秋1号"，衣分高达45%左右，也就是说与多数棉田衣分相比，百斤籽棉多轧8—9斤皮棉，同样产量效益提高20%。抗虫棉杂交棉新品种"鑫秋2号"皮面质量好，可以纺60支纱。以上两个品种已通过全国区试。2006年常规抗虫棉新品种"鑫秋1号"一突出的高产优质性状，顺利通过国家农作物品种审定委员会的审定；2007年9月杂交抗虫棉新品种"鑫秋2号"又通过了国家农作物审定委员会专家组审定。转基因抗虫棉"鑫秋4号"以其在省区试的优良表现，又被推荐到国家区试。一系列科技创新成果问世，标志着金秋种业在科技创新才是新上，又上了一个新台阶。

　　夺得"中国名牌"的产品正是"鑫秋"品牌。

　　以上三个层次的科技创新，已是不同凡响，金秋却又向更高的层次发展。金秋自主承担的开发式植物组织培养工程技术研究课题，获得了成功。改项技术2005年8月31日在北京通过了鉴定。由中国工程院资深院士陈俊愉教授组成的专家鉴定委员会认为：该项技术处"国内首创"、"国际先进"水平。目前这一新技术的试验已经获得成功。

"鑫秋"，自己的品牌，自主的创新，了得吗！"金秋"有自己的名字了。当这一天变成现实的时候，夏津人自然把三个秋字联为了一体：

张友秋创办了"金秋"，"金秋"打造了"鑫秋"，秋秋相映，一派秋的风景，丰收的象征。秋秋相随，一路开起顺风船，银夏津的秋色，洁白无瑕，好美。

质量过硬才是硬

马克思把商品出售即实现价值的过渡这一过程形象地比喻为"惊险的一跳"。这个比喻准确生动地描绘了每一个生产厂商在面对无情的市场时内心的一阵不安和悸动。但是，金秋中也是一跳却看不到那种"惊险"，有的只是淡定从容。试问，凭什么可以不惧市场，可以如此的胸有成竹？答案是斩钉截铁的：质量，过硬的质量。没有过硬的质量，任何企业都将失去生命，而质量过硬正是金秋种业在市场上能够站稳脚跟，保持领先地位硬梆梆的最直接原因。

"打造'中国名牌'，除了科技创新之外，最关键的是质量，因为'中国名牌'的评选第一位的就是质量，质量上说不过去，科技创新再新也白搭。说俗点，你再先进、再科技、再新颖就是质量的不好，种子一种杂了，发芽率低，出苗率上不去，种出来的棉花品质就一般，那绝对不可能问鼎'中国名牌'的，不然的话'中国品牌'就没什么含金量了。"

张友秋谈这番体会时反复强调质量。质量就是企业的生命，生命在他这儿已经演绎成了实实在在的创优过程。所以本来平常的事儿也就显得不平常了，不平常到了用生命都不好意思概括程度。

"金秋"的产品质量有多硬？农业部质量监督主管部门的抽检结果显示，金秋种业的2万亩种子基地田间纯度达99.1%，净度大100%，发芽率达94%，三项指标均超过了国家颁布的国标一级种子标准，综合指标位居全省第一。2006年10月，金秋种业在夏津的55万亩优质棉标准化示范区，经过籽棉测产、衣分测定、农药残留等108项指标的严格考核，以96分的高分通过国家级"大考"，成为我省首个国家级优质棉标准化示范区。

没有规矩，无以成方圆。金秋首先从标准入手，建立了企业技术标准64项、工作标准44项、管理标准70项，形成了完美的质量标准控制管理体系，并制定了企业质量手册，组建了质量管理团队，陆续通过ISO9001：2000国际质量管理体系认证、测量管理体系认证等权威体系认证。

金秋种业抓之质量简直是抓到骨头里去了。怎么抓？一是抓生产质量。二是抓质量管理。三是抓质量防伪。

质量控制需要全程的生产环节进行严密控制，任何一个过程的疏忽大意很可能造成最终质量的下降。不少种子企业往往只把注意力放在后期的种子加工工艺，但是金秋从前期的引进种子直到包装运输都力求完美，一丝不苟。首先，金秋严把种子引进关，一律从科研单位、育种专家和自己的自主产权的那里拿到第一手的种子，绝不夹杂任何中间环节，从源头上保证了种源的高品质。种子企业往往不会太注重大田的种子繁育，但金秋却在打田这个环节上花大力气，下大投入：严格遴选繁种基地，中间不得夹杂其他品种的棉田；根据不同品种的外部形态分别在棉花苗期、蕾期、花铃期逐行严格去杂，保证所繁种子田间纯度在98%以上；封闭式采摘，统一发放布包，地头收购，绝不让棉种进村入户以保证纯度。在别人往往忽视的环节上滴水不露，怎么让人不放心？

现代西方成熟的营销理论已经不认为企业是单纯的出售产品实物和服务了，而是传递给客户价值，让客户获得满足。因此，单纯在产品质量上下功夫已经不足以应付竞争了，还必须进一步提升金秋产品的价值和棉农的满意度。问农民，买农资最怕什么？十个会有九个会说：怕假冒伪劣。金秋了解农民的心理，在防伪系统上精益求精，包装上设有两重防伪码，一个激光防伪，一个电话防伪。只需拨打免费的800电话，输入16位密码，是真是假一查便知。这样就让假冒伪劣无机可乘，从某个角度来说，就是提高了质量，完善了服务，不仅让农民买到好种子，还买了个踏实安心。

金秋种业对质量的苛求，造就的不仅是高质量的种子，而且还让先进的农业科技成果香火得以延续。以前也有企业对科研成果进行转化，但是由于目光短浅、利欲熏心，导致管理不善，繁育过程失控，假冒伪劣横行，老百姓苦不堪言，对这类产品失去信心，一个原本前途光明的科技成果中途夭折。金秋的种子质量过硬，不仅对自身负责，对棉农负责，也是对所有科研工作者的研究成果负责。有了这样的企业，哪个科研成果会愁转化推广，又有哪个科研单位不放心？

百姓口碑是丰碑

有人会问"中国品牌"与百姓口碑有什么关系，张友秋的回答是"关系大着呢"。你这样想，百姓的口碑哪儿来，不是从天上来，也不是从地上来，是实实在在的质量上来，你说你的产品再好，百姓一种便清楚到底好不好，牛皮不是吹的，泰山不是垒的，一个品牌，一个种子不是风刮来的，一个连百姓都不认可的东西能获上"中国名牌"那还不是天大的笑话？

现代商品社会，虽说口碑传播不是品牌传播的主要途径，但在我国农村，这条路径却可以说是至关重要的。好口碑的产品，不做广告也一呼百应；坏口碑的产品，做尽广告也无人问津。既然金秋种业在农业科技成果转化这条路上创造了名牌，在百姓中的口碑自然也是响当当的。企业获得良好的口碑，得到的利益不是虚的，而是看不见摸不着但又至关重要的"软实力"。

在夏津，说道金秋，知道的很少不说好的。农民喜爱金秋，除了喜爱公司的优质种子，还喜爱的是企业本身的文化，可以说农民们喜欢金秋的"人品"。这不是单纯的爱屋及乌，而是它的所作所为让棉农感到暖心，不拿棉农当外人，当自己人一样关心。夏津县平均的农地租用价格为每亩500元左右，但是金秋种业租用农民的的土地时，给出的价格是每亩500元左右，但是金秋种业租用农民的土地时，给出的价格是每亩800元。有人笑老总张友秋"傻"，张友秋说："涉农企业应让农得实惠，只要有效益，犯得着跟咱们农民算那个小钱吗？"这语气，这气魄，让人听着舒服，让人听着敬佩！农民朋友能不认金秋的好吗？党的十七大报告中所倡导的"人文关怀"在金秋种业的身上得到了很好的体现，并且多年来一直默默践行，已经融入到了企业文化的备注中。现代市场经济，最成功的那些跨国公司的企业文化中看重的就是以人为本、人文关怀，金秋这家民营企业也奠起了这面翔农民的大旗，赢得欢呼喝彩一片。人文关怀不是虚的，而是一个又一个的细节：客户来买种子，报销部分车费，提供伙食补贴；技术员局域网时，要求必须配以讲解，给农民培训到位；面向棉农的培训班，不收教材费，课时费，住宿费，每天还能得到4元钱的生活补贴　　细节看似简单，但农民打心眼里感激。

传统的农业科技成果转化体系瓦解，政府图里退出，留下一片真空，企业怎么办？留下真空，百姓受苦；填补真空，投入和风险大。金秋种业倒不犹豫作为一个企业给老百姓服务甚多，甚至想政府之所未想，为政府之所未为，让人佩服。2002年夏津县遭遇雹灾，事发不到两小时，金秋种业的专家就赶到现场，组织农民救灾，并编印《金秋科技报》，在县电视台反复播放自己拍摄的《科技5分钟》，把灾害损失降到了最低。

现代企业理论中有一种论调：市场中之所有会存在企业，是因为有人为了更大的收益而乐意承担更大的风险，这是企业存在的基础，即所谓"风险论"。金融理论也认为：风险和受益相互牵制，此消彼长。但金秋的做法看上去却与这些观点相左：培养的农民工人等于零投入、零风险、有报酬；资金投入和实验风险由企业承担起来。金秋为什么这么"傻"？还不是为了呵护脆弱的农民收入，为了让农民更容易接受新的科技成果，为了更长远发展，为了百年事业，这是企业为科技成果转化和推广所必须付出的代价和必须担当的风险。金秋种业，勇气可嘉！

我国正在由传统的农业社会向现代的工商业社会转化，工业化是不可阻逆的潮流。金秋的事业就是顺应了这个潮流，把自身的经营投入到时代背景下轰轰烈烈的改造传统乡村运动中去。金秋长期租赁了1.6万亩棉田进行良种繁育，这使近6000名农民从土地中解放出来，有2000名种田能手成为企业农工，3500余名农民经过培训成为产业工人。张友秋说，这些人利用掌握的新技术想在亲友、街坊中传播，如每人每年带动5户，当年就可以传播40000多户，占夏津县总户数的十分之一。旧农村变成了新农村，旧农民变成了新农民，科学技术得以传播。这不正是在改造传统乡村、传统农民和传统生活方式吗？不正是在做历史的推进器吗？金秋种业的这些功绩，不仅现在被人津津乐道，许多年后，也绝不会被人遗忘。

金秋这个吸收加工科技成果并物化为现实产品的"大车间"，在面对它的衣食父母时，做得一如既往地专心和用心。百姓们的口碑，为金秋树了一座永存的丰碑！

金秋种业启示录之二

企业客变主能治"肠梗阻"

在历史的长河中，农技推广历来都是政府的事。行政推广是几十年来的基本做法，企业只是附属于政府的客地位，俗称叫做当好农技推广的"桥梁"和"纽带"。当市场经济到来之后，这种传统的模式受到了挑战，进而，原来已患有的"肠梗阻"越加严重。怎么办？如何走出误区？成了有志者的最大追求。

驻在夏津县的山东金秋种业有限公司就是一个有志者。她自成立那天起，就把在农技推广中如何解决"肠梗阻"的问题，当成了企业发展的主要问题来抓。记者结合着社会存在的一些问题，向你报道山东金秋种业的做法。相信这种做法要比单纯只说山东金秋种业要深刻的多，这样做就更有利于认识金秋所作所为的价值。

"线断、人散、网破"

"远看像要饭的，近看像逃难的，仔细一看原来是农技站的。"11月初，记者会老家上坟时碰见小学时期的同学，现在河北省临西县李马店乡农技推广站任职的郭东升。他面对记者审视的目光说出这样的话：乡一级农技站、农机站、兽医站等原计划经济时期的几大站，基本上都名存实亡了。农技人员有的被抽调乡里做其他工作，有的停薪留职单干去了，还有的吃着工资干自己的事去了。所谓的"线断、人散、网破"，人一散了线自然就断了，网自然就破了。比如原来乡里有块试验田，农技站在那里搞些试验。后来地分给农户了，那试验田自然也就没人管？农技站的人也就没地方工作了。"肠梗阻"咋来的？急这么来的。科技再好，没有农技站推广了，到了下边也就没有人管了。他说，今年县里要求脱光麦棉套种，棉薯套种，结果雷声大雨点小，为什么？"肠梗阻"了，中间环节堵住了，他带记者走进农田，正在摘拾棉花的郭大姐告诉我们："现在农民种地没有技术没人管，全靠自己学。高科技的学不了，就捡大陆货种。俺这棉花还是鲁棉12号呢，俺知道当前最好的棉花事中植棉2号、鑫秋1号，可咱不敢种呀，那技术掌握不了，就这咱都弄不好。"她盼着政府的科技服务能到百姓的田间低头。她纳闷电视上，上级老在喊科技兴国，咋到下边就不是那么回事了呢？

滨州某县外地移民租了几十亩地种上了棉花，结果该出苗时却发现出苗率极低，平展展的黄土地上看不到几棵苗。于是，他们找到种子经销商，交涉无果便投诉给了记者。记者经过调查发现：种子经技术检测没问题，原因是播种时间过早，播种深度过深造成的。投诉的人对此除了后悔自己不懂技术外，埋怨政府对他们没进行科技服务，他说他们不只一次地找县农业局、科委、科协等部门，都没有得到满意的支持，种子销售商说，种子再好，没有技术也不行，农技推广难，难在哪里？难在没钱。政府财政紧不肯拿那么多的钱搞科技推广，尤其是取消农业税后，乡里更没钱了；难在没人，难在"线段、人散、网破"；地都分到农户了，各自为站了，原来为集体服务的农技站还有啥存在条件？

记者在调查种了解到：原来几乎每个集中产棉县都有的棉花原种场，大都分田到户或改制私有了，原来有的村里的农科队大都解散了。鲁西某县曾有一个享誉全国的村级农科队，1958年成立，经过十年"文革"，改革开放后相继承担试验成功鲁棉1号到16号，引进美国33B等科技成果，几十年都是省、国家棉花研究单位繁育基地。老支书退休后不久，因经营不善，已大不如以前，由于机制所限，科技推广能力几乎只限于本村。另有邻县的一个农科队早已地分、人散，彻底失去了科技推广的功能。

"这是我国农业生产几十年的难题，改革开放近30年尚未破题。"提出"农民真苦，农村真穷，农业真危险"的《我向总理说实话》的作者李昌平在与记者交流认识时，列举了大量科技推广"肠梗阻"现象后共同认为：出现"肠梗阻"问题的症结有三点：计划经济时期形成的科技推广体系已远不适应市场经济条件，单靠行政推行的办法已不怎么奏效，政府职能尚未形成市场主体，研发的不搞经营，经营的纯管销售，产学研各自为政，各吹各的号，各唱各的调。作为受体的农民在分散种植的同时，技术水平差，抗风险能力差，投入能力差，科技素质差。

问题都明摆着的，关键事怎么解决，日前召开的全国产学研高级论坛会上提出："科技推广要以企业为中心"，用市场化的手段把科技推广到农民，让科技一帆风顺进大田。

有着600多年种植历史的夏津县变行政推动为行政引导市场运作，让企业由客体变成主体，7个种业企业成为科技推广的中心，较好地解决了"肠梗阻"问题。近几年全县种棉面积稳定在60多万亩，良种推广面积占90%以上，80%的收入来自科技推广带来的效益，农民人均收入增长部分70%是科技推广带来的增加值。

记者深入该县山东金秋种业调查时发现：这里基本形成了以市场为导向，以企业为主体，以科技成果为主线，以基地和营销网络为载体，科技成果经筛选试验，良种良法配套，培训服务一体，基地示范带动，上连科研院所，下连基地农户的科技推广新模式，企业——营销——基地——农户互动，通过这一体系把气象、栽培管理、病虫害防治、施肥、新品种等信息即时送到农户。

"织网、结链、良方"

聚拢培养科技推广人才，在企业里组建起一支科普队伍，重新织就一张科技推广网。山东金秋种业2001年建立时，就把县里闲置下来的17名具有从事农技推广工作40年以上的"土专家"收入帐下。以此为基础吸收了一批农技站、农科大中专毕业生、科技院校下派的科技人才，

同时聘选若干高中生和员工送学院学习。自己的企业也开办了科技学校，把企业70％以上的员工培养成科技推广员。他们把这些人员按区域、乡镇、村庄、基地分布出去，织就其一张上下左右互相联动的科普网。用这个网再去培养科技示范户，一个科技示范户再平均带起4个植棉户，一项技术从头到脚一竿子插到底。

企业将返租获得土地经营权的土地基地；把原拥有土地经营权的农民作农业工人；基地再连农户应用新成果、新技术的风险由企业承担，农户零风险应用科技成果，织就科技推广利益链。他们利用土地由农民自由流转的政策，把分散的农田连为大片，集中进行科技示范，形成航母效应。原夏津县科技局长告诉记者，全县各企业从农民手里租用的科技基地田数万亩，山东金秋种业更是高人一筹。公司以高出农民自由流转土地每亩500元的标准，用800元的价格长期租用农民土地1.6万亩。这一项就给出租农民增加收入800多万元，实际上就是企业分享给农民科技增值的利益。另外，再加上原自由的良繁基地和农场2万亩共有4.1万亩。在这些土地上以找招聘的形式年工资收入每人7500元接受1100多名农民为农业工人，经培训使其成为技术员。由他们做给农民看，带着农民干。1户带4户，一个山东金秋种业在当地就带起5万多个农户，自公司成立以来，累计推广新品种新技术300万亩，现在每年品种面积200万亩，农民在不断增加投入的前提下，每年增加收入2亿元。

党的十六大以来，党中央、国务院十分重视农技推广工作。各级政府也把农业技术推广放在相对重要的位置，拨专款安排职能部门以各种形式开展农技推广的成效，科技推广风险的承担却与推广人员无关联。

一旦企业作为主体，则农业科技成果的推广风险规避承担，能否迅速转化为生产力能否最大限度提高社会利益，与企业的生存与发展关系重大。

企业承担试验推广风险，农民只享受新技术带来的实惠。企业把良种配上良方，农民自己管照此精神细作。科技推广引用"傻瓜"技术，易懂、易学、易做。山东金秋种业的董事长赵友秋对记者讲，科技推广为啥出现"肠梗阻"，很大程度是科技风险造成的，农民不敢冒然去接受新成果，怕弄不好就毁了一年的收成。企业把这个风险承担起来，推广起来就容易多了。企业在成果引进推广上，按试验、示范、推广的程序，不断筛选适合本地生态条件的新成果，进行试验示范，总结出与之相配套的实用技术，再推广给农民。他举了这样一个例子：国产双价转基因抗虫棉"中棉所41"遇到抗黄萎病能力差、易早衰的问题。为了便于推广，他们组织专家摸索出一套"因地因时看长势适当化调、后期增施盖顶肥、适时浇水、喷施叶面肥保根保叶，控制早衰；预防为主，化学防治为辅与营养壮苗相结合，控制黄萎病"一套良方，然后才实施推广，效果很好。千亩大面积展示田亩产皮棉达到157公斤，高产地达到165公斤，超过了育种人设计的高产指标。从此该成果得到大面积有效推广。2002年，全国农技推广中心中国棉花研究所分别于8月27日和9月3日，在山东金秋种业召开了国产双价转基因抗虫棉新品种中棉所41现场观摩暨新闻发布会，现场观摩暨经验交流会。威县梨元镇西丁集村棉农张春方说："这样的推广办法不可能再有'肠梗阻'，最受俺们欢迎了。"

金秋种业启示录之三

企业产学研结合就不难
"缺位、错位、越位"

科研院办企业，农业大学办企业，是为了产学研的结合，而在成功经验的同时也有教训。那就是没有企业和经营管理的经验，往往使美好的愿望变成失望。企业办科研、办学怎么样？虽然她没有科研院所的那么专业，也没有大学办学的那么的地道，但她有着基本的企业管理经验。产学研既然把"产"放在第一位，道理可能也在这里。作为"产"这一环节的企业，成了产学研结合的基础，应该说是一种创新。山东金秋种业就大胆地进行了这样的创新。记者还是站在社会问题上去报道金秋，她给你的启示应该说是不菲的。

产学研结合，是科技推广中的老话题了。多少年来都在探索怎么结合、如何合理的问题。山东省棉花研究中心书记王留明11月17日接受记者电话采访时这样说：作为"产"环节的企业，往往缺少科研能力，只好依赖于科研院所提供的科研成果组织生产，所以常会出现互为各自利益着想的矛盾，也存在接受被接受的技术性制约；作为"学"环节的学院往往教学脱离实际，学而非用，与提高科学技能，推进科研成果转化存在着自然的屏障。一方面生产者需科技素质的支持却得到的不理想，一方面教育者想为科技推广做出应有的贡献而有点"隔靴抓痒"；作为"研"环节的科研院所，往往苦于科研经费，受生产力、经营方面的制约，成果转化成生产力而应给自己带来收获难成现实。产学研三个环节常常在如何协调关系，处理好三者利益上叹息，其在出现的结合难，于是也就成了社会问题。

作为良种棉加工厂厂长出身的张友秋层曾一度思索着一个问题:问什么美

国抗虫棉33B自1995年打入中国市场以来，历经七八年时间仍然畅销不衰，且占有中国棉花市场半数以上的份额？然而我们的一些国产抗虫棉的寿命却十分短暂，有的刚刚通过审定进入市场，还没站稳脚跟，便在激烈的市场竞争中很快销声匿迹了？为此，他在基层做了大量的调查研究，请教过一些农业科技界的权威人士，结合繁育推广实践中遇到的问题，对国产棉产品种寿命短的现象，有了初步的认识：除了计划经济时期沿袭下来的产学研体制、品种审定、管理推广方式等跟不上市场经济变化等因素外，其主要原因就是产学研结合不好造成的。在产的方面，繁育推广体系呈小规模、大群体各自为政状态，科研与生产、教学与生产脱节，科研单位为获己利，不用企业这个中间环节而采取广种薄收，到处布点做法，致使从事繁育、推广经营的多、乱、杂。一些不具备繁育推广条件的单位，盲目乱引滥繁，致使种子来源不明，质量无保障，甚至出现以次充好、以假乱真的现象，加速了优良品种的混杂与退化，影响来了优良品种的声誉。其二，由于产学研的脱节而不适应农村经济形势。在农村实行家庭联产承包责任制，产学研脱节的情况下，一般都是农户承担繁育种子的任务。繁种单位因为没有中间企业环节缺乏严密的保纯措施，对一些农户为追求利益采取惨假行为，缺乏有效的控制措施，致使优良品种的混杂退化日趋严重。这些问题的存在与产学研结合不好有着直接的关系，与美国33B利用企业化推广，实际上是产学研一起运作的做法比较，就出来了问题。一位在科研单位就职的老专家对此深有感触，他研发的某一品种在科研单位虽然立了项，却因经费少而难以为继，转而与企业合作又遇到好多利益方面的问题。他对记者讲，科研单位不企业，企业单位不科研，学院两边不靠，三张皮的问题不解决，科技推广就不可能搞好。

中国工程院院士、东南大学校长顾冠群接受记者采访时说，回顾我国产学研合作的发展历程，虽然取得了令人鼓舞的成绩，但还存在一些等待解决的问题。如：产学研合作机构不够完善，还不能体现各自的责任、职权和利益；产学研合作链尚未完全形成，影响了产学研合作的效率和效果；产学研合作各主体的定位不够明晰，各自的特长和优势没有充分发挥。不少合作方都存在"缺位"、"错位"或"越位"的情况；产学研的层次偏低，未能有效的促进企业核心竞争力的提升；产学研合作的国际化程度不高，对世界相关行业、产业的贡献和影响微乎其微。

如何进一步推进产学研合作的集成创新，这是政府、大学、科研院所、企业及社会各界普遍关注的问题。顾冠群认为可以从三个方面来考虑：一是通过科技创新平台建设，推动产学研合作的集成创新；二是组建战略联盟，促进产学研合作的集成创新；三是充分发挥政府（省市县）的作用，引导产学研合作的集成创新。

"补位、定位、固位"

顾冠群说的"通过科技创新平台建设，租价战略联盟，在政府发挥作用的前提下，产学研合作集成创新。"在这里有了体现。

走进山东金秋种业的科技楼，除了试验室、组培室、各种先进的试验设施等，顶层的专家帮、生活设施一应俱全。他们既不是金秋本土专家，也不是公司外聘专家。近期到这里工作生活的专家就有：中国棉花研究所郭香墨、毛树春研究员，山东农业大学刘英欣教授等，他们都是棉花科技界的知名专家。这些专家到山东金秋种业来，不是特意为其工作的，而是在产学研合作的前提下，做各自的研究课题，对山东金秋种业的义务只有一条，就是科研成果有限供山东金秋种业有偿使用。

这家一良种棉加工厂、农资经营起步的民营企业，起初并不具备"研"

和"学"两个环节，为了"补位"他们先后建立了"山东省开放式植物组培工程技术研究中心"、"德州金秋棉花研究所"、"金秋种业农大生物技术研究室"等研发机构，为产学研科技创新搭建起技术平台，吸引了大批国内知名专家加盟。10多名农业专家成了公司的顾问，40多名农业大学院校毕业生加入。同时，他们和中国农业大学、中国农科院、中国棉花研究所、山东农业大学、山东棉花研究中心等联合把产学研结合起来，在引进鲁棉研18、19、中棉41，承担省农业良种产业化—棉花项目，国家国产抗虫棉新品种的商业开发和研发攻关项目的同时，研究培育出了拥有自主知识产权的"鑫秋"系列抗虫棉新品种，他们生产经营的棉花良种，2007年呗授予"中国名牌产品"。

产学研结合，他们在把"研"引入产环节，以产为基础容研为一体上，还掌握一个原则：仅仅依靠引进，开发和推广别人的科研成果，他们是依靠而不依赖。一边引进、消化、吸收别人的成果；一边瞄准目标，进行自主研发。除了企业自己选育的棉花新品种鑫秋1号、鑫秋2号、已双双通过国家审定，具备"国内首创，国际领先水平的开放式组培"，通过了省科技厅组织的专家鉴定。

产学研结合，他们把"学"引入"产"环节，以产为基础融学为一体上掌握：送人上学与自己办学相结合；骨干学与农民学相结合。开办起科技学校，分期分批招收学员，学习棉花栽培、育种、植保、土肥、农业气象、种子加工和市场营销系统知识，重点培养动手操作能力。最近一期招收学员31人，可是设计1500个课时，学员全部留到公司工作。在农民学上，除了招收一些骨干来学外，分期分批培训2万人次，仅今年就有5000多人接受了培训。这种学与生产紧紧连到了一期的做法，非常起作用。

据了解，我省的科研院所，大专院校大都办有产学研为一体的企业，省农业科学院的这类企业几十家不等。第十五届山东省产学研洽谈会推出科研成果一万二千项供企业选择。前十四届产学研洽谈会，平均每届有三千多加企业和一百多所高校、科研单位参会参展，参观洽谈人数累计已超过25万人次，达成合作协议（意向）5199项，签订正式合同2000多项。产学研联合已经成为山东的一种理念和品牌。

记者在现场看到，今年的洽谈会内容丰富，形式多样。洽谈会组委会有关人士表示，今年产学研洽谈会围绕国际产学研合作、制造业强省建设和企业自主创新"三大主题"着重突出成果展示、交流洽谈、论坛与专题讲座"三个重点"，力求在"拓展合作领域，提高合作层次，扩大合作实效"方面实现新突破。

金秋启示录之四

企业"软投入"全程搞服务
贵在"结合"二字

山东金秋种业有限公司董事长张友秋打电话一再叮咛："农技推广必须强调全程服务，不然的话只能半途而废。"这话说起来好说，真正做起来却是千头万绪。结合着社会问题的报道山东金秋种业，只想寻出她的全程服务。看了《大众日报》曾在一版发表过的有关山东金秋种业的报道《科技日报》的有关报道，引用了其中的部分内容，结合社会问题进行报道，这样做会更增加其报道的权威性，也就是说山东金秋的做法已经受到了作为山东省委党报的《大众日报》和作为科技权威报的《科技日报》的肯定，其价值值得重视。

记者老家的白哥种了10亩地，年毛收入只有7000元，出去农药，肥料等投入成本（不含劳动力）利润不到4000元。问他为啥效益低？他回答，有科技含量的，咱掌握不了技术没法种，种的都是些大路货；比如咱种的大豆亩产只有200斤，人家科技新品种每亩能收皮棉200多斤。如今都知道种大路货效益低，可种效益高的咱又没技术，看着眼馋没办法。

农民科技素质低是农技推广难的主要症结。科技成果有了，良种也生产了，产学研都重视了，政府也推行了，到最后却因为农民科技素质低而最终搁浅了。某乡农技站站长说，棉花营养钵育苗麦后移栽和麦棉两熟双高产这一项技术，行政推行了几十年就是得不到成功。除了推广办法不力，最关键是还是农民科技素质低的问题。

山东金秋种业在陕西省渭南地区做了一个试验。他们在渭南设立了山东金秋种业科技推广站，在渭南的7个县、市普遍建立棉农合作社，设立了16处农技推广分站。总站聘请了一名技术推广总监，每处分站设立一名农技推广员。在全区公布了总站和分站的电话热线。棉农遇到技术难题，可以及时电话咨询。今年，渭南地区棉花亩产籽棉平均达到了600斤以上，高产地区达到了700-800斤。这个成功的试验，提供了宝贵的经验。

农技推广难，难在哪里？难在没钱，难在没人，难在"线断、人散、网破"，更难在农民科技素质低下上。这是我国农业生产几十年的难题，改革开放近30年尚未破解。

科学普及和农技推广，社会公益，弱势产业，理所当然地政府包办，这是我们的思维定式。从这个意义上说，山东金秋种业这家民营企业办了政府该办的事。

向棉农预报农事，指导棉农抵抗冰雹的袭击。2002年6月14日凌晨，一场冰雹袭击了夏津县。受灾面积达30万亩。事发不到2个小时，山东金秋种业的专家就赶到现场，组织农民在地头分析灾情，制定应急技术方案，编印《金秋科技报》，在县电视台反复播放自己拍摄的《科技5分钟》，及时解除了农民毁棉种粮的念头，把灾害损失降到了最低。报纸、电视、网站，还有专家的现场服务，金秋种业几乎调动了所有的现代传播工具。

办科技小报、制作科普电视节目、进行科技培训。走进山东金秋种业，俨然一处科普基地。《金秋科技》报彩色印刷，应时的棉花科技知识挤得满满当当，每期印刷数达到5万份；公司有专门的演播室，拍摄制作棉花科技知识电视节目，花钱到各地电视台播出；在公司网站上，不仅发布科技知识、气象预报、还根据农时季节，指导棉农采取技术措施。"良种不是一般的商品，而是高科技的载体。良种还得有良法，配套服务才能增产增收。"这是山东金秋种业的发家经，也是张友秋把握市场的法则。说实在话，相当多的基层政府，办不好或者办不到这样的事。

引起我们思考的不止如此。计划经济时代，天天嚷着为人民服务的国营、集体企业，没有这样做；而在市场经济时代，时时算着赚钱的民营企业，却干起了这个"赔本的买卖"。从这个角度说来，科学普及和农技推广由政府包下来，又是一种思维错位。农技推广难，不在钱，也不在人，就是难在了政府包下来。

剖析金秋种业的做法，贵在"结合"二字。

一是把技术和产品结合起来。包括农业领域在内，新兴技术不断涌现，新产品的"科技含量"越来越高，技术服务成为越来越多企业的销售策略。把科技服务纳入到农业领域的产品竞争，让种子产品搭上技术服务的快车，这是金秋种业的先见之明。

二是把农业技术的研究开发和农业生产结合起来。没有自己的研究开发力量，就主动为大学、研究所提供研究条件，在先进的农业技术和农业生产之间搭建桥梁。借以树立品牌，建立信誉，这是金秋种业的聪明之举。

三是把农技推广和市场行为结合起来。单纯的农机推广难以获得应有的市场认同和经济效益，这已经为实践所证明。而种子具有很高的技术配套要求，单一的产品销售也不能获得一家一户的农民认可。把两者结合起来，相得益彰，这是金秋种业的明智之处。

"软投入"是最好土壤

山东省科技厅农村与社会发展处处长、理学博士赵友春在谈到"软投入"问题时说：科技进步是突出资源和市场对我国农业双重制约的根本出路。必须着眼增强农业科技自主创新能力，加快农业科技成果转化应用，这样基层农业技术推广体系建设才会落实到实处，科技对农业增长的贡献率才会大大提高。近年来，省财政每年投入1000万元专项实施"农业科技成果转化资金计划"，通过项目实施，形成了180余万套技术体系和规范，有力地促进了农业科技成果向现实生产力转化。

科技推广不是一时一事一个环节的问题，要想取得理想的效果，作为种业企业全程服务是非常重要的，不然就达不到推广的目的，就会夭折，就会出现"肠梗阻"，半途而废就在所难免的。山东金秋种业的"软投入"就是搞全程服务，他们是怎么做到的呢？记者到企业进行了一番实地考察。

在山东金秋种业公司技术研究中心大厅记者看到，从河北威县来的50多为棉农围住技术员阚子瑞，请他讲解"鑫秋1号"种植方法。这个品种是金秋种业自主创新、通过国家审定的当家品种。阚子瑞沙哑着嗓子说："春节前，每天来这里的棉农100多人，最多一天300多人。"

河北省威县梨元屯镇西小庄村的任凤华专门经销棉种。她告诉记者，她是这里的常客，她用面包车拉来5位棉农："年前我们买了3吨，今天想再买1

吨"

梨元屯镇干集村棉农张春方听完讲解，看完录像，又参观现场，忙得额上冒了汗。他对记者讲："买种子不是卖别的，亲眼看到种子加工全过程，再选择最合适的，就放心了。人家公司给报销一半车费，还有5块钱伙食补助呢。"

记者跟着棉农从开发式植物组培研发中心出来，正碰上金秋种业有限公司董事长张友秋。他说："一些农科成果推不开或推广速度过慢，主要是少了一个环节，就是没有做到结合本地条件进行试验、探索、示范、推广。去年8月份开始，我们换了营销模式，把棉农请来，让他们参观，由技术员帮着选购。"山东金秋种业有限公司专门划出770亩地作为实验田，设置不同生态区。安排了各种对比实验，以筛选出适合当地棉农的种植品种。公司要求技术员导购时，必须准确了解棉农的种植条件。力求种出最佳收成。这样，就把销售过程变成;了培训过程。

山东金秋种业是全省最大的常规抗虫棉销售企业之一，在省内外建立了4万多亩的良种繁育基地，种子销往山东、河南、山西、天津、安徽、江苏、陕西、湖北、河北等省市。其中16000亩基地是从农民手中长期租用的。张友秋驾车领着记者在各个种植基地转，不时停下车跟棉农打招呼，问长问短。夏津县雷集镇双庙村村支书朱秉勇听说张友秋来了，非要拉着回家坐坐："公司租了俺村1000亩地，成了棉花良繁基地，一亩地付给农民800块钱租金。原来种粮食一年的纯收入有500来块，还要买种子、打药、追肥。现在再也不用操这份心了。"

"我经常下来转，在地头跟棉农谈，面对面，有针对性，农民有啥担心，有啥难处，企业可以解决的就马上解决。咱得替农民多想想，否则人家凭啥用你的种子？还不是相信你嘛！搞科技推广，要硬投入，更要软投入，也就是非物质形态的投入，软投入是最好的土壤。"张友秋说。

常下来转的公司科技特派员、夏津县科技局局长孙希东不时插话："我们公司还组织了8支电影队，每年一开春，免费到农村放映。放故事片前，先放棉花一播全苗技术科普片，很受欢迎。"据了解，金秋公司成立6年来，免费培训棉农2万多人次。

去年山东金秋种业是爱心销售良种400多万斤。按每年推广棉种150万亩计算，良种良法配套每亩净增效益120元以上，在不增加任何投入的前提下，每年可为农民增收近2亿元。去年10月，夏津县55万亩优质棉标准化示范区，经过籽棉测产、衣分测测定、农药残留等108项指标的严格考核，以96分的高分通过国家级"大考"，成为我省首个国家级优质棉标准化示范区。

考察山东金秋种业犹如上课，上一堂农技推广应该怎么办课。地处经济不尚发达的鲁西，一家不大的民营企业，山东省主管科技的省委常委、副省长王军民实地考察后，在大会小会上连续表扬。王省长表扬的不是企业办得好、发展快，而是这家企业把自己的发展和农民的利益紧紧绑在一起，走出了一条企业搞科学普及和农技推广的新路子。

今年的中央一号文件，明确鼓励探索多种像是的农业技术服务。山东金秋种业的做法，可谓"顺乎君心，合乎民意"。如果有一天大批金秋种业这样的民营企业，活跃在种植业、养殖业、加工业的各个领域，还有什么"线断、人散、网破"？山东金秋种业值得支持，值得弘扬，值得推广。

中国"三农"报告

相传，早年间在崂山的午山脚下，老渔民和女儿牡丹相依为命。海龙王见牡丹年轻貌美，便把她抢进龙宫。老父亲日夜在海边守候，直盼得腰弓背驼，仍执着地守候着。龙王施展魔法，使老人身体僵化成石。牡丹得知消息后，拼死冲出龙宫，快接近父亲时，龙王又施展魔法，把姑娘化作一座巨礁，孤零零地定在海上。从此，父女只能隔海相望，就有了"石老人"和"女儿岛"。

第九章 石老人村静悄悄的改制

1.

我关注石老人村不是因为那神话传说，也不是因为到那里游玩看海，而是偶然听说石老人村两委想尽办法保住那山和那海的事，所以引发采访调查的兴趣。为啥？因为其中牵扯一个社会问题：在城市化进程中，不少村庄被"吃"进了城市，由"城边村"变成了"城中村"，村名成了有名无实的空名，甚至被改称某某社区或街道。于是，"城中村"怎么样才是理想的发展？村民怎样才能失去土地却不失业？村集体应该怎样继续存在下去？

就在我准备通过朋友联络石老人村书记曲孝琢时，他恰好到省城办事。就这样，在朋友的引荐下我们见面了。

面前的曲孝琢西服革履，不过，那黝黑的皮肤和举止言谈都保留着农民的特点，说话也是直来直去，跟我握过手还没说客套话，就对我和那位朋友开口道："你们给我出个主意吧，我听说市里要把我们那座午山收上去，说要在这山脚和山坡上搞房地产，这可咋办呢？这可是老祖宗留下的呀，不能在我手里丢了呀。"我的那位朋友是《中华锦绣》杂志社的社长助理，曲孝琢原本是特意来找他想办法的。围绕这个话题，我们便开始聊起来。

曲孝琢书记原是村办教师，算是那种有文化的村干部，一谈话，我就觉着他的头脑特别好使，懂政策，也懂社会，没等我们给他出主意，他就先介绍起来：

这几年，城市在迅速扩大，就像贪吃的大老虎一般不断吞噬周边的村庄。石老人村原本属于远郊的边沿村，可似乎一夜之间大老虎嘴就逼近了，邻近的村庄已经被吃掉了，连点骨头都没剩。目前，已经有开发商找过来了，而为开发商说事的各色人等包括部分领导也多得快暴棚了。如果我答应了，马上就能成为千万富翁，你们信不信？他们开什么条件的都有，用什么法子的都有，这不，他们又想用政府招商引资的名义征用我们的午山。这可咋办呢？我和"两委"班子以及老少爷们都在想尽办法保住土地，至少我不能办对不住祖宗的事，不能办对不起子孙后代的事。我想了个办法，请你们听听看可行吗？单说市里不是要招商引资上项目吗？我们村里也搞，我想在午山上搞几个项目，正儿八经地申办，正儿八经地搞建设。什么项目呢？搞一个"农业观光园"，再搞一个"科普教育基地"。那个"农业观光园"要和省农科院一起搞，里面种上世界名花、名草、名棉、名粮、名茶、名瓜；同时，再和大学、中学、小学共建设"科普教育基地"。这样算是一石三鸟，一我们的土地保住了，二我们的村民有活干了，三我们也有自己的产业了。

听他这样一说，我就来了精神。典型就在眼前，当记者的怎么有不报道之理？我立马向他提出了采访要求。

曲孝琢当然同意，但他说："采访的话，就采访我们'两委'班子，以上我说的都是初步想法，还不能说出去，等有了眉目，我再请你来采访。"

我也表示同意，不过说："我不能打无准备之仗，要先去搜集一些素材，即便是要报道，也会避开你的项目计划。"

几天后，我到石老人村进行了一番采访。没想到，这一去就捞到一个大典型。

2.

从石老人村采访归来后，我加紧写了一篇《石老人：发展才是硬道理》，发了一个倒头条——

如果把改革开放30年作为石老人村走向辉煌的整体年代来计算的话，1977年至1987年的10年应该算作为起步前的基础，因为，那10年是大集体、生产队管理的10年。如果从曲孝琢担任村委会主任的1987年作为石老人走向辉煌的开始年代的话，在原有10年的基础上应该算作起步，那么起步的元年就是20年前的今天。那时候的今天起步艰难在哪儿呢？说起来有社会共性的，也有石老人个性的。

第一难：没有钱

说基础，一个数字就明了，1987年全村总收入只有38万元，而全村的总花费却是60万元。这就引出来第一个起步艰难难在资金上的问题。石老人3000多口子人，集体积累却是负的，1982年土地承包给个人，集体资产该分的能分的也分了，社会上普遍存在的问题就是原有村集体大都成了空壳。

集体口袋里没钱，石老人要起步，放到哪个村官身上也吹不上牛皮去。

曲孝琢回忆当时的情况时说，老父亲反对我当村官，我再三请求，才答应可以先试三年，放弃自身企业经营去干村委主任，一个穷村官，集体没钱的村官，想干点事谈何容易？全村人均4分薄田，外加100余条小渔船。自己因做生意有点小钱，村里也有几个"能人"有点钱，但就是把自己的钱都拿出来也是杯水车薪呀。当时起步想钱想得常常失眠，记得村委决定利用海水资源搞海产品养殖，干部们凑钱，去荣成县买扇贝苗，钱少得都让人家笑话。穷要面子死要脸，没有钱的滋味不好受呀！

第二难：人心散

说人心散有两个方面：

一是，分田分地把人心分散了，如果说集体的时候还有一些凝聚力的话，那只是大家在一起混事儿，大家一起干活儿，村看村，户看户，大家都看党支部。本来好好的一个大队，一个小队，一改成村，一改成组，一分地到户，各干各的了，散了的心一时间很难拢起来。曲孝琢刚当上村委会主任时开个集体会都有困难，本来村就大，人就多，开个群众会喇叭上喊，派人挨门叫，就是集合起来也是仨一堆俩一伙的。吃，你管不着人家了；喝，你管不着人家了，各家各户各自为战，哪儿还用得着你村官？再说，你村官管的尽是些得罪人的事，如计划生育整天让人家去结扎、流产。村民看见村官就烦，你再想把大家的心聚起来几乎是不可能的事。

二是村大、人多、姓杂，虽然有两个大姓，但毕竟不是一个大家族。在农村一般的习惯是一个姓的跟一个姓的近，有什么事一个姓的商量。为了家族的利益往往会一个群体在短时间内形成，为了争利也会短时间内形成帮派，为了互相制约还会出现姓与姓之间的联盟。也就是说，人心散表现在大家很难团结起来。实行家庭联产承包责任制后，村民客观上开始过上自给自足的日子，越是自给自足越各打各的小算盘，各有各的小九九，看海边，虽然发展起来1700亩的扇贝养殖，但搞些统一性的东西也有不少难度。看山上，可耕的田该分的分了，不可耕的随意开发的有，偷伐树的有，弄得山上大疤小疮的，统一弄弄吧，就是做不通工作。看村宅，乱搭乱建随处可见，石头屋、砖头房，有的占海滩，有的占道路，有的占公共场所，很难管的。作者如今还记得，当年去青岛崂山路过石老人，就问导游："哪儿是石老人村？"导游一指路两边说："这低矮破旧的地方就是。"从此，作者的脑海里记下的石老人就是低矮破旧的石老人。

第三难：观念落后

石老人是个古老的村庄，从文化的角度说沉淀了相当丰厚的文化。纵观改革开发以来，往往是那些有着深厚文化沉淀的地方发展越是迟后，从理论上说，专家认为文化的沉淀成了发展的包袱。石老人就有这种包袱，回忆当年的情况，原村委会办公室的一位退休老人告诉作者，归纳石老人观念落后有三点：一是封建思想，束缚着人们的思想，很多事情不敢想，不敢干，不敢越雷池半步。二是极"左"思想，"文革"中这村里就有点乱，到1991年建冷库、商场、饭店的时候，有些人还在说是搞资本主义呢。三是小富既安的观念，说实话，石老人并不是很穷的地方，尤其是分田到户后，温饱问题很快就解决了，一部分能人也先富起来了，于是"老婆孩子热坑头，一条渔船吃不愁"的思想占了上风，那种自给自足式的自然经济占据了议论话题，谁一提改革发展马上就遭到非议。曲孝琢当了村官之后受到的主要挑战就是观念方面的。因此，要打赢改革开放这一场战役，首先就得打赢思想上、意识上的攻坚战。

交响乐：前进中的徘徊

不同的发展阶段会有不同的徘徊。石老人的发展大致可分为四个阶段：分田到户后的能人致富阶段；发展村办企业集体资本积累阶段；旅游经济初期发展阶段；都市农业休闲经济形成阶段。

这四个发展阶段有一个相互肯定之肯定、否定之否的徘徊式发展规律。仅说第一和第二个阶段，那么，第二个阶段就是在肯定第一个阶段的优势，即"让一部分人先富起来"，同时又否定这个阶段的片面性，即在能人致富的基础上发展集体经济，靠能人经济嫁接村办企业，去实现集体经济的资本积累。这两个阶段是曲孝琢当上村官后的前十年，也是石老人起步发展的十年。

在能人发展阶段，曲孝琢算是其中之一，那个时候他搞商贸公司，一年能赚个五六万元。他作为带头人，带领先富起来的乡亲搞经营，到1995年初，村里建成了两个冷库和电镀厂，还有商场、饭店，以及海产养殖和118条捕渔船等。

确实赚钱了，大家确实富了，但在这两个阶段的过程中，石老人在是否发展集体经济、是否办村企上徘徊过。比如冷库项目上不上，投资那么大，能不能赚回来？人们就有不同的看法。当然，石老人最终从这一徘徊中走了出来。

接下来是第三个发展阶段，即旅游经济的初期阶段。在第二个阶段发展到一定程度时，石老人感觉到了问题，先是海产养殖遇到自然灾害，后是村办企业随着大环境的变化开始遇到程度不同的困难。而海产养殖不好自然带来冷库的效益不好；电镀厂虽然有效益，但污染的问题也常常使人头疼；鲍鱼池也是问题，破坏海礁不说，那么多的管理房还污染着海面。不能再在这个模式中发展下去了！

意识到问题后，石老人就要改。不过，在第三个阶段即旅游经济初期，关于"如何发展"的问题就徘徊了三五年。最终，还是大力发展起来，也取得了客观的效益，可是问题也跟着来了，比如旺季淡季的问题，一到旺季，现有设施接待不下，一到淡季，就会陷入几乎无事可做的地步。这一瓶颈如何突破？必然地又徘徊起来。于是，就迎来了第四个发展阶段，即都市农业休闲经济形成阶段。

理论创新：从"下里巴人"到"阳春白雪"。

创新并非是专家的专利，这在石老人又一次得到证实。要说石老人在徘徊中的跳跃式发展模式有什么理论基础，这些渔民出身的"下里巴人"并不清楚，起初只知道寻找一条最适应他们发展的道儿，其过程大致为：

一、从"靠山吃山，靠海吃海"、"分田到户，各自单干"、"让一部分人先富起来"，跳跃到"村办企业，壮大集体"。在这个阶段，他们跳过了贫穷，解决了温饱，形成了初步的资本积累。

二、从"招商引资，以地换钱"、"搞房地产开发"、"急功近利，一夜暴富"，跳跃到"留住青山、土地、海岸"、"对得住祖宗，对得起子孙"。他们顶住了各种压力，一下子跳到旅游经济上来。在这个阶段，他们跳过了资源流失，跳过了"美丽陷阱"，上升到旅游产品的开发上，也就是从原始的自然经济模式上升到了自由经济模式。

三、从"旅游经济"，跳跃到"都市农业经济"、"休闲经济"。这一跳使石老人从"下里巴人"上升到"阳春白雪"。

"都市农业"是上个世纪五六十年代由美国的经济学家首先提出来的，英文本意是"都市圈中的农地作业"，是指在都市化地区，利用田园景观、自然生态及环境资源，结合农林牧渔生产、农业经营活动、农村文化及农家生活，为人们休闲旅游、体验农业、了解农村提供场所。换言之，都市农业是将农业的生产、生活、生态功能结合于一体的产业，是与旅游相结合的新兴产业。

至于"休闲经济"可不是一个简单的名词，曲孝琢谈起这个词便有好多理论：美国学者认为，在农业、工业制造业、服务业和信息业推动的四次经济浪潮掠过后，就是休闲时代到来，时间大致在2015年后的100年左右。这一阶段，休闲经济将居主导地位。

机制创新：从"墨守陈规"到"自我革命"。

如今，很流行"社会转型"、"机制转轨"等。那么，就农村的机制来讲如何转轨？事实上，这不是想转就转的，也不是想怎么转就怎么转的。

改革开放30年，石老人前10年应该说是基本沿袭着"大队"转为"村庄"后的机制，虽然就历史的角度是进步了，也算跳跃了，但"墨守陈规"10年也是个不短的年份。1987年以后，这里逐步兴办起了村办企业，自然也就形成了"村企合一"的机制，行政的事，村务的事，经济的事，文、教、卫生、"两个文明"，企业经营、管理一揽子工程等等，都要由村"两委"负责。这样又"墨守陈规"了好多年，到了1996年，经上级党委批准成立石老人社区党委，2003年成立社区居委会，这个延续叫了多少辈子的村才不再是村了。村民变成了居民，村庄变成了社区，想继续"墨守陈规"都不可能了。

不过，形成社区、居委会之后，还是可以以新的机制进行"墨守陈规"的。可是，石老人又说"不"了，曲孝琢说："这有点像自我革命。"2006年8月15日，崂山区委和办事处拟改制的社区有6处，却没有石老人，他们主动要求进行"自我革命"，经上级党委、政府和主管部门批准同意后，石老人作为崂山区第一个改制试点，进行了集体资产经营管理体制改革，在依法清产核资、评估量化的基础上，将石老人社区的集体资产全部纳入青岛石老人实业公司，整体改制组建股份有限公司。改制后的股份制公司实行一股制。这是一个最精彩的跳跃，它跳出了"三农"的制约，跳入了现代企业制度，跳入了一个与"都市农业"、"休闲经济"相适应的机制。

3.

这篇《石老人：发展才是硬道理》的文章发表后，得到了石老人所在青岛崂山区委、区政府的肯定，他们号召全区学习石老人并推广其经验。石老人村也就借着这个东风加快了"农业观光园"的建设。

大概过了一年多的时间，有一天，我接到曲孝琢的电话，他说："石老人农业观光园已经建成了，开业半年多了，你能否来一趟，看值不值得报道一下？"

于是，我又一次来到了石老人。

说实话，搞一个观光园的报道，最多也就是个豆腐块式简讯。不过，记者的水平高低就在于能不能发现新闻，能不能从新闻中挖掘出重大主题。

采访完之后，我就陷入思考，因为不能只报一个简讯，也不能只写一个纪实，一定要做一篇有思想性的好文章。

关于石老人农业观光园，说白了就是把原来的午山变成了公园，把原来的农业变成了观光，进而把一座农业山变成了绿色休闲区。再进一步讲，就是把农村变成了城市，同时，把农业变成了城市里的一个产业。由此，出现一个崭新的具有质变意义上的"城中村"。猛然间，我的大脑中冲出一系列主题：村进城、地进城、人进城、农业进城，由此，农村、农民、农业都真正进了城。

于是，半夜里，我披上睡衣写了一篇《石老人走进都市农业》——

"在青岛，在闻名于世的崂山风景区里，一下子把人们的眼球吸引到最具传统含义的农业上来，这就是有着众多神话传说的石老人演绎出的一个21世纪的现代传奇。"青岛市崂山区中韩街道办事处石老人村党委书记兼村委会主任曲孝琢告诉记者："这是石老人走进都市农业的一个缩影。从去年10月至今年7月，我们搞的都市农业在试营业期间接待了十余万人次的游客，直接经济效益过百万。"

中国是一个农业大国，农艺、农俗、农技、农业文化，渗透到生活的各个方面，可是人们尤其是城里人却对此了解甚少。以农业设施、农技活动、农俗文化为载体，展示中国农业，以便在大力推进农村城市化的进程中，让农业走进都市，使其升华为与自然景观、人文景观融为一体的现代农业景观。有了这样的理解，石老人村没有在寸土寸金的黄金地段开发房地产，兴建酒店宾馆，而是别出心裁创办"都市农业"。为其进行创意设计的世界著名环艺设计师法国人安欧姆说："石老人开辟了艺术农业的先河。"

镶嵌在园门口的大型浮雕，以原始农业耕作图案为衬托，代表着祖先们坚韧粗犷的劳动，天、地、人三个篆字，象征着三才汇聚、天人合一的理想境界。园门内的龙凤广场，集中了石老人的美好传说。广场东侧的柿树林，是传统农业与现代科技结合的产物，象征着新世纪的崛起。相映成趣的是一盘农家石碾，粗朴的山石，把田园生活点染得有声有色。农珍棚内集中了50多个国家的名、特、稀、优农作物。在高标准展示大厅内，所有的生产都是机械化操作，自动喷雾，自动降温，实现了农业的工厂化生产。在一座金银山上，建起一个观光园，融自然、人文、农业三个主题为一体，在这里可以休闲、健身、娱乐，还有农业示范、农艺表演等。

美国经济学者盖马尼龙看过后认为，在人类经历了农业、工业制造、服务业和信息业推动的四次经济浪潮后，第五次就是休闲经济，石老人的"都市农业"当属其模式。

这个稿子发了头版头条。具有头脑的曲孝琢加印了2万份报纸，赠送给到石老人农业观光园游览的每位客人。

报道发出后，我们的主编也产生了兴趣，他是个激情四溢的青年人，而且是2006年全国好新闻一等奖获得者。他把我叫到办公室，先给我戴了一顶顶高帽，然后说要搞几个重头稿，就说起石老人，最终说："这样，徐老师，我们组成一个报道班子，你点将，我亲自上马，我来写本报评论员文章，你写一篇主打文章，另外让老将肖春上马写一篇，让新秀刘秀平写一篇，让摄影杨建新拍照片。能搞多大搞多大，在此基础上再配发一篇大众日报《内参》，一下子把这个典型打响。"

在征得曲孝琢的同意后，我们一行7人就来到石老人，展开深入细致的调查采访，根据事先分工各写各自的文章。一个星期后，相继拿出了初稿。我写的题目叫《石老人走进都市农业：发展才是硬道理》；肖春写的题目是《石老人改制：顺风才能扬满帆》；刘秀平写的题目是《石老人模式：都市农业出魅力》。本来说好配发的本报评论员文章由主编亲自写，可他又把任务压在我身上，于是又写了一篇《泥沙淘尽留钢质》。

结果，那天的8个版面：一版是本报评论员文章加海中石老人石的照片，第二版至第七版刊发相关文章，第八版刊发了整版图片，介绍石老人村村民的生活。要知道，这可是本报自1951年创刊以来，第一次用所有版面做一个典型的报道。

4.

在此，我要引用一下肖春采写的《石老人改制：顺风才能扬满帆》，为什么呢？理由有二条：一、农村尤其是像石老人这样的发展到一定规模的村，如何进行改制是当前急需解决的问题，农村进城了，成为"城中村"了，村集体经济壮大了，村办企业多了且发展了，农民大都成了村办企业的工人了，村民变成市民了，城乡二元机制逐渐消失了，改制成了必然，那么怎么改就成问题了，看看石老人的改制经验，想必会有更多启发。二、改制是需要觉悟的，是需要大公无私的，石老人的"一股制"是全国农村改制中首创。什么叫"一股制"？就是不管大人孩子，不管干部群众一律一股。那么其中的法人控股、领导班子控股等问题咋办？也可以看看石老人的改制经验。

文章是这样的——

2006年12月9日，青岛市石老人社区召开的石老人实业股份有限公司创立大会上，社区仅出生月余嗷嗷待哺的男婴曲延聪、最高寿的96岁老太曲王氏，还有社区一把手党委书记曲孝琢，均获得了公司相同的一份股份，股值5.5万元。社区4077位居民人人享有了股权，至此，石老人社区近4个月的改制工作宣告结束。除了创立大会上时时爆出的热烈掌声和股民们手捧蔚蓝色股权证所露出的欢声笑语，整个股改过程是静悄悄的，波澜不惊。

总资产达7个多亿，去掉负债后的净资产总额也达3个多亿，是曲孝琢带领全社区男女老少辛辛苦苦创造出来的，为啥要在"一夜之间"分光呢？为啥在分的过程中又那样的心想事成，没惹丁点麻烦呢？这，就要往前说了。

依山傍海的石老人，自从靠充分调动资源优势，大力发展旅游观光业和房地产业，走上一条良性的可持续发展的路子后，收入年年上台阶，2006年实现经济总收入达到65600万元，集体提留11700万元，居民人均纯收入13800元。有了这些"硬件"成绩，加之党委一班人又很会体恤群众精神需求，搞了丰富的文化设施，人们的肚子吃饱了吃好了，精神也充分娱乐了，石老人的口碑就出去了，社区理所当然挂上了"省级文明单位"、"青岛市社会主义新农村建设先进村"等很风光的牌子。截止到去年，曲孝琢的心理是很满足的，倒不是因为成绩，而是自从20年前上任当村主任时立下的为家乡父老脱贫造福的愿望，终于在改革大潮中扬帆并到达了彼岸。但仅此，还不是曲孝琢的"彼岸"，这个看上去很朴实的脸膛瘦瘦的庄稼汉子，包藏的"野心"还是很大的，为此还伴随一肚子的心眼和胆魄。

体制这个词，本应是研究社科的专家们挂在嘴边的。但凡庄户人能意识到这东西重要的，多属两种状况：一是经济发展到一定阶段，手里有俩钱了，不安于现状想进一步发展，急于挣脱旧有生产关系束缚的，比如现在各地乡村尤其是富村的改制潮。另一种则相反，是吃不上饭了要饿死人了才拼命打破旧体制，否则反正也是死，比如当年的安徽小岗村。其实，所谓体制的改革，往往是人们用于改革对象的总代用名词，其中暗含的，决不仅仅是表面上某个机制的推翻、改变或修修补补，而是深含着生产关系上的种种内容，许多甚至是"要害"性的，小岗村分田承包即如此，它成了中国农村改革的先行者和"样板田"。这其中，整个的生产关系已经重新反思，而不单纯是我种我田，我吃我粮的所谓"体制"变化了。

曲孝琢大概深谙此中奥妙。2002年左右，他关停并拍卖了一批村里的企业。其中，有电镀厂等污染性企业，也有经营不佳的一些企业。前者好理解，一切服从旅游品牌大局嘛，后者为什么不能寻找原因，再行振作呢，干吗非要"杀无赦"呢？曲孝琢有他的头脑，因为，以他的眼光，他的嗅觉，已明确预感到石老人经营体制必顺潮流而改。而改制，核心问题就是资产，这是任何改制都绕不过去的，可以说，只有资产问题解决好了，其他才能顺理成章，甚至迎刃而解。

一般来说，资产越多实力越大，参与改制的资产越多，改制就越彻底。但是，资产(包括改制资产)未必越多越好，这里面就牵扯资产的质地问题。我们知道，能够用于增值的资产才符合真正的资产属性，否则只能叫做不良资产。增值多，前景好的资产叫优质资产。在石老人，得天独厚的旅游资源开发，正是顺延了青岛市东部瑰丽海岸线的大旅游开发，使之形成一个美妙的统一体。可以说，石老人开发的不是一个沿海村落，而是将青岛品牌高高举到自己头上，这是多么划算的一件事啊。这样的开发，既使目前投入大，既使未到产出期或高峰产出期，也是绝对的优质资产。因为这些正开发为资产的资源，有着无限的产出和增值预期。反过来，村子里的一些企业，既使有的目前尚能盈利，但持续发展的动能不足，有的甚至即将成为负债资产。当这些负债一再累积的时候，就会发生资不抵债而成为负资产。一旦改制，不要以为石老人只将优质资产揣到腰里就万事大吉，那些不良资产同样也要往腰里揣，这当然就削弱了总资产的质地，使得看起来胖胖的熊腰，实际里面注了不少水。怎么办？当然是尽快剥离它，这就是曲孝琢下决心关停拍卖的主要原因。

曲孝琢是聪明的，他看出了大势，也预先做了"手脚"。

那么，石老人不改制行不行呢？那时的石老人，经济的发展是突飞猛进的，百姓的满意度也是很高的，当一幢幢漂亮的住宅楼沿海拔地而起，过去住低矮平房的村民喜气洋洋往里搬，惹得许多买不起房的青岛市民驻足观望，啧啧称叹时，人们会想，此时石老人还有必要做大动作吗？的确，村民想，曲孝琢更想。石老人既使不做大动作，就这样老老实实，一步一个脚印地走下去，前景依旧辉煌。但是，再往前走呢，当走到与石老人相邻几公里的海尔那样的地步呢，还是"石老人社区所属企业？"恐怕就是一个问题了。

我们知道，一定的生产关系不仅仅是生产力发展到一定地步的必然，反过来它又制约生产力的进一步发展。当时的石老人，无论村办经济实体多么繁荣，都离不了政府这无形的影子，都是一种行政管理的模式。比如说，曲孝琢干的多么出色，其个人发展的模式，依旧是干出政绩，向上提拔，一级又一级，直到退休。这在过去很长的时期内盛行，即使现在情况有所改变，但村官仍然是和村里的经济实体仅有着暂时的关系，如果个人要发展，这种关系早晚要扯断。由此很可能形成短期政绩膨胀,有资源的对资源进行掠夺性开发,没有的也搜寻虾路蟹道,这种反面的却又是必然的例子到处都是。

可是,为什么很多村领导却依旧干的出色呢,那只能归于个人的品德和素质了,曲孝琢就是这种类型。但即使如此,那种行政式的经营方式,依旧难以从根本上摆脱产权不清、机制不活、后劲不足的弊端,有人形象地形容这种模式为"二国营",曾经风靡一时的苏南模式即为典型代表。现在,苏南模式已走到尽头,这是生产力发展的必然,乡企改制就是要打破这种模式。这里抛开个人得失,仅从企业发展上说,"二国营"也是和真正的经济运行规律相悖行的。石老人经营的所有实业,名义上是属于村民,实际上到底属于谁,终究有些含浑。这同现实的所谓国有资产所有权的所有者缺位是一个道理,只是范围大小而已。

村民人人拥有资产,人人又没有资产。作为资产的代言者村委会又是一级政府的设置,很显然,在现有体制下,村委会首先要向上一级政府负责,自治只是一个十分有限的权力。在这种情形下,企业的发展是不可能完全按照市场规律运行的。比如,当政府要企业从经营利润中分取一部分,用于承担社会公益性事业时,用意虽好,却破坏了正常的发展规划,给企业增加了额外负担。还比如,企业的经营对象也时常被政府拉郎配,名曰帮扶,实则不同程度剥夺了企业自身经营权。曲孝琢曾诙谐地说,石老人现有的资源,是他和村委会硬抢下来的。最典型的是依靠大佛山的农业观光园,本来是被开发商看好的,他们不干。后来又被市里看好了,要许配给一位大开发商。这下曲孝琢傻眼了,权力是硬抗不得的。思来想去,他们只好耍了个心眼,将地一圈,声称已经有了开发项目。然后急火火从江南引来茶树,名曰南茶北移,游人自采,是个挺有创意的项目吧。既然有了项目,别人也就不好插腿了。

与此相比,前些年房地产开发一哄而起,许多村的地都被蚕食了。当一幢幢高楼雨后春笋般矗立的时候，很多村兜里揣着钱，自己已无多少立锥之地。作为向上负责的村委会，瞬间就可使政绩膨胀，村民瞬间也可致富，但是，下一步又该如何发展呢？坐吃山空呀，后代要骂祖宗的。但是，如果按照完全的公司化运营，当资源通过合法渠道归属公司资产的时候，就不可能将生产资料变卖掉了。除非破产，想变卖也很难，外人想征调也很难，因为有董事会制约着，还有股东大会制约着。一句话，有法律制约着。任何个人的行为，都不可能超越公司规定的权限，说到底，市场至上，经营发展至上，股民利益至上，而不是单纯的权力至上。

石老人的老老少少应该是幸运的，至少摊上了一个有超前眼光、又不计个人得失的好当家人。这也是他们行使自己手中"神圣的一票"的好报吧。曲孝琢也是幸运的，至少村民们理解自己，支持自己，没有为眼前利益所障目，也就有了石老人红火的今天。

前面所说体制不改，石老人到头了的话，不能简单理解为经济的停滞不前，因为发展其实是一个综合性的指标。生产资料的所有，决定着人们的相互关系依存，决定着其中分配的权利大小。体制改革在决定了所有权问题后，剩下的问题都因此决定。比如，生产中人们之间结成的一定关系，实际就受着股权的制约，而分配问题，照样是一路画葫芦。石老人目前的利益分配，人们之间的关系组成，依旧是行政式的，福利式的，松散式的。作为村委会的决定，既使最大限度出于公心，最大限度公平化合理化，也难免缺乏一个科学的客观的尺度来衡量。经济发展了，收入提高了，矛盾可能也累积了。比如，当你为60岁老人发放养老补贴的时候，家有残疾人的家庭又该咋办？还有，这些补贴的钱出自村里，又有多少合法的依据来决定发放到谁的头上，发放多少？只好靠领导层拍脑瓜决定了，难免引发矛盾，甚至引发腐败。或者说，可以由村民讨论决定呀，可以村务公开呀。是很好的办法，却又都是一定时期的适时产物，局限性很大。前一个方式因家族、利益群体的范围、话语权的大小而难以完全公正，甚至争吵不休，最后还要领导层出来拍板定音。在乡风纯朴乡官公正的村子里，这容易实现，有些媒体对此也津津有味的报道和提倡。但主观良好的愿望往往在社会不断的变化发展面前碰壁。今天人们之间的关系，已经越加趋向于利益关系，过去封闭的村庄，被形容为世外桃源的美好地方，一天一天在消失。

石老人的乡风不能说不好，石老人富了后，各种用于乡亲们的福利多如牛毛。仅养老保险一项，每年集体就补贴240万元。还有合作医疗补助、五保老人补助、还有人人有份的过节费补助　都得到大家的拥护。但石老人永远不可能独立于社会之外，人的欲望亦如此。随着城市化进程的加快，各种现实价值观的侵袭，早晚有一天，人们之间的利益关系要高于乡情甚至亲情关系，这是不以人们的意志为转移的，看一看发达国家也就明白了。而目前所有用于福利的钱，都是在人人有份的集体资产里出，却不可能人人泽及。只能做到相对公平却非根本公平，其将来的变数也是相当大的。至于村务公开，目前情况下更多的只是一种公示，一种监督，代替不了问题的有效解决，搞得不好的甚至是一笔糊涂账。所以，权宜之计只能治标却难以治本。

更要命的，是村民们在这种行政模式中所形成的固有的福利观念：我生是石老人的人，死是石老人的鬼。只要村集体有钱，你就要解决我的困难。这是党给我的温暖！不给，我就有权利去争、去要，甚至去上访。这是一种无可奈何的依赖，也是村官无可奈何的治理方式。曲孝琢要管的，何止是发展生产，经济腾飞，全社区老少的吃喝拉撒、大小矛盾都要装在脑子里，一点算计不到或处理不好都可能出乱子。他曾感慨地回忆道，二十年前上任时，主要任务就是指挥计生人员开着车到处逮妇女上环，鸡飞狗跳。今天主要抓经济了，计划生育也人人自觉了，可村里的其他大小事一样也不能少操心，真恨没有分身术啊。这话道出了政企不分的弊端之一。曲孝琢，你说他是干啥的呢？董事长？社区党委书记？或干脆就是个大家长？都是又都不是。虽然这种看似无理的状况在中国普遍存在，但早晚的趋势是彻底分开。或许，劳累极了的曲孝琢倒希望有一天不再当"官"。

其时，石老人已经具备了无"村官"的条件：社区居民早于2002年初实现了农转非，劳动就业已纳入城市化管理，社区适龄人员已办理了农工商社会养老保险，退休人员已领到退休金。社区的集体经济组织，也以从事二、三产业为主，旧村拆迁安置工作已经完成　换一句话，无论从哪方面讲，石老人都具备了改制的条件，但青岛市崂山区社区改制的名单中偏偏没有石老人。

石老人体制改革是2006年8月15日，青岛市崂山区委下发农村社区集体资产经营管理体制改革的实施意见，中韩街道办事处拟改制的社区之一。改制主要从生产资料开刀，我们前面说过，一定的生产力水平决定着生产关系构成。中韩改制的几个社区，基本以种植养殖加工为主，生产中人们的组织关系很松散，而不同的生产个体和行业关系却很紧密，也很重要。可以说，行业是提供信息、组织生产、技术指导、协同合作，包括后期市场等一系列问题的枢纽。由此，决定了这些社区的改制是以合作社形式为主，它不像有限公司那样，具备一个执行力很强的董事会，权力高度集中。岂止中韩，当时整个崂山区的改制社区中，其他几个没有一个可挂股份有限公司招牌的，能挂这个牌并起到示范带动作用的只有石老人。

以曲孝琢的算盘，改制是大势所趋，但石老人并不太着急。目前行政领导企业的结构虽然奇怪，却也适合了现时期富有行政意味的经营现状，权且谓之"奇形对怪状"吧。别的不说，仅石老人近年最大的手笔，花巨资将沿海岸线3.8公里一带建筑全部拆迁，改造成沿海绿化带，就几乎耗尽了社区每年的全部经营利润。这，还真需要点行政强制手段呢。

既然改制是趋势，晚改不如早改，何况已经下了红头文件的，曲孝琢开始认真研究其他社区的改制经验了。这一研究不要紧，确实吓了一跳，虽然文件上规定的条条很宽泛，有益于不同社区根据自身情况选择执行，但关系千家万户的资产利益问题哪有那样容易解决。比如，个人股可分一股制和多股制。一股制简单，按照确定的股东人数平均量化配股就是了。多股制要复杂得多，在村里时间长，属老资格的可多配股；职务高、贡献大的可多配股，等等。如此，麻烦就来了。老资格的尚不难确认，但贡献大该如何量化？你干了几年村主任，他干了多久村会计；还有村委成员、搞技术的、管民兵的　都算多贡献，结果搞的十分复杂，雾里看花，还惹来众多的非议。有的村干部，从人民公社以后，职务几上几下，每一次都要填写证明人才成。几十年了，有的证明人已去世或离开村子了，上哪儿找周全。至于哪种职务，干了多久，需要加多少分，更是争吵不休。也难怪，这可是实打实的利益分配啊，恐怕也是集体所有制所能带来的最后一块合法的蛋糕了，谁不想多吃两口。

那时候，上访的有，闹事的有，有些社区改制几乎难以进行下去。曲孝琢一看，算了吧，这道走不通，还是一股制来的干脆利落。其实，一股制搞出麻烦来的也有。因为，一股制还有个股权资格确定问题。比如，假如以今天为资格确定日，也即改革基准日之前出生的，哪怕出生在23时59分，也可享有配股权。晚出生几分钟可就惨了，直接损失掉的就是一份股份，折合人民币多少钱且不说，以后的预期收益更难以估算，或说损失难以估算。还有虽不具备上述条件，却又符合上面政策规定的社区嫁出去的姑娘，上大学的年轻人，现役军人，甚至正在服刑的本社区居民，如此等等，若"打擦边球者"都来找，包括孕妇挺着大肚子代替未出生的婴儿来"维权"，也够曲孝琢忙活的。

但是，当石老人改制方案的7个文件于11月19日在社区东、中两个小区的公开栏同时公示时，就像本文开头说的那样，出奇的平静。笔者对这一点尤其不信，不可能公平到如此地步，大家一点意见没有啊，哪怕几句牢骚呢？当然，在对改制办公室负责接待村民来访的两位工作人员分头了解后，确实如此，公示的3天内他们清闲得要命，无一位村民光顾。这一点，恐怕曲孝琢未能完全料到，至于为什么，或许那些天老天爷保佑石老人未有添丁的，或许资格审定工作做的严细认真，无可挑剔，或许   但是，还有一条重要原因，曲孝琢心里明白，只是不好自己说。

岔开话题，讲一个外国故事。上世纪七八十年代，美国三大汽车巨头之一的克莱斯勒公司，受经济形势和日本汽车的挤压，混不下去了，负债累累，几要宣布倒闭。董事会请来著名的经理人艾柯卡，指望他挽救危机。艾柯卡来了后也没啥新点子，无非关停并转，解雇工人，降低成本，同时全力开发适应市场的新产品。但他做出一个出人意料的举动，在公司未盈利之前，将自己的月薪定为一美元。就这一下子，所有不满者的嘴都闭上了。很快，公司走出低谷，迎来辉煌，克莱斯勒仍旧是三大汽车巨头之一，艾柯卡也成了美国人心目中的英雄。

这个故事似乎和石老人改制不搭边，其实有相似的地方。按照上面精神，作为社区现任一把手，集体资产实际经营掌门人，近些年经营效益卓著，实现了资产快速增值的，可以优先获得追加认股权。放在石老人身上就是，曲孝琢作为改制后的董事长，可以获得更多的股份。

这一点，集体所有制和纯粹的国有制企业是不一样的。国有制企业，改制后经营者要想占据更多的股份，在经营中实现控股或相对控股，就要花钱买。且不论股值的评估是否科学合理，是否有腐败现象存在，花钱买股是必须的。为此，有的实力不够的经营者就要想法从银行贷款，或向他方募集，或以其他资产来相抵。但集体所有制情形下，可以托管的形式，暂定这部分资产由董事长个人控制，以使得其在经营中有足够的话语权、决定权。待将来资产增值达到任期规定的目标后，超出部分可进行冲抵式奖励。那么，这部分托管的资产就合法转化成董事长个人资产了。这种机制，无疑是经营激励机制，相对于经济落后，经营较为困难的地方，这办法对经营者压力很大。要想在一定时间内把经济搞上去，使村民脱贫致富，谈何容易。

但对石老人，似乎不太成为问题，原因是石老人现有的基础太好了，曲孝琢带领大家这些年辛苦创业，所投入人力和物力都是巨大的，最具代表性的是占地1209亩的生态旅游健身区，包括11万平米的特色餐饮街，65000平米的五星级酒店，300个泊位的游艇俱乐部，还有已经投入使用的健身区。其他还有参股的索菲亚大酒店，土建已基本完毕的5.7万平米的高新创业园，被国家评为AAA级的石老人观光园，都正在盈利或即将投入使用。至于如火如荼的房地产开发项目，更是在青岛市的黄金地段火的一塌糊涂。对此，曲孝琢心里是有数的，只要他想得到，一切按政策来，他真的可以一夜间变为名副其实的董事长，腰包鼓了，地位有了，风光无限。但是，若真的这样，曲孝琢就不是曲孝琢了。

我们说过，曲孝琢是一个聪明的人，但他又是个厚道的人，聪明加厚道，事情就容易成功。曲孝琢明白，既使自己得到的合理合法，依旧免不了人们的议论，舌头长舌头短的，凭什么曲孝琢祖坟冒青烟。

其实，换谁也免不了遭嫉妒，很可能弄来弄去，自己就不是东西了。最重要的，这样一搞，大家都来力争自己的"合法"利益，改制可能一辈子也商讨不出统一意见。既使勉强推行，争取多数，少数人服从，看上去搞完了，成绩也报上去了，上面也表扬了，媒体也宣传了，却是后患无穷，将来真正难受和麻烦的还是你老曲。

曲孝琢心里透亮着呢，既然当初竞选村干部打的旗号是为石老人的乡亲服务，乡亲们投你票也是看中曲孝琢实诚，那么这杆旗就不能中途倒下。曲孝琢干脆把自己的身份放低，和刚出生的婴儿平起平坐，也是5.5万元一股的股份，就一股。这下子，没有人再好意思说什么了，干了20年村干部的曲孝琢，风风雨雨带领石老人创到今天这般富裕，贡献有目共睹，谁能跟他争功摆资格呀。就这样,曲孝琢"摆平"了众人,就像艾柯卡摆平了克莱斯勒公司,下一步的事就顺理成章了。

截止到2006年8月31日,石老人的资产评估情况是这样的:资产总额为78624.08万元;负债总额为45495.92万元;净资产总额为33128.16万元,其中经营性净资产30922.74万元,非经营的公益性资产为2205.42万元。

改制公司的股权设置分为集体股和个人股。集体股占改制公司总股本的27.48539%;社区居民曲孝琢、孙明爽等共计105名自然人,作为拟设立的股份公司自然人发起人,以其分得的经营性净资产额(每份价值5.5万元)计577.5万元投入于拟设立的股份公司,占总股本的1.86756%;其他社区居民(3972人)所分得的经营性净资产份额共计21846万元,以"青岛市石老人实业总公司工会委员会"的名义投入于拟设立的股份公司,占总股本的70.64705%。

上面的概念加数字让人一下子摸不清头脑,估计石老人的村民也未必都看懂了。但有一点他们是知道的,无论曲孝琢还是他人,每人一股,同股同权。换句话,假如每股将来有百分之十的分红,大家所得都一样。而且,这些已记到个人名下的股权,"生不增、死不减;进不增、出不减"。改制就像分水岭,从这一天起,石老人的资产和外人彻底划清了界限。

有意思的是,由于改制进行的太顺了,以至这样划时代的一件事在石老人竟然像没事一样,不如哪家娶媳妇来得热闹。曲孝琢一看这不太好,仿佛我们对上级的任务不重视,连点响声都没有。于是嘱咐大家在股份公司创立大会上多来点掌声,毕竟,那一天上级领导要莅临检查嘛。于是就有了文章开头热烈的掌声。掌声十分整齐,富有节奏,一浪高过一浪,明摆着早有安排。工商局的领导看到他们顺利的股改却有些担心:这样搞,一人一股,将来管理不好决策呀。曲孝琢笑一笑说,在我们这儿,这是最合适、最公平的了。

世上办法万万千,本没有什么最好。所谓最好其实就是最适合。曲孝琢无意间倒说出了一个真理。

2006年12月26日，石老人实业股份有限公司在青岛市工商局注册登记。

按照预先目标，改制"实现了'三个转变'的要求，完成了由农民向市民、农村向城市、居民向股东转变的新型城市社区改革任务；建立了产权清晰、权责明确、管理科学、运转高效的现代企业制度，促进了集体资产的保值增值；改制后公司的运营状况将与社区居民的利益息息相关，居民通过入股成为公司一名真正的股东，人人拥有分红权，能够切实分享公司的经营成果，保证了居民的收入来源；同时，各种历史遗留问题也通过此次改制得以顺利解决。"

上面的话摘自石老人体制改革工作总结。应该说，这是石老人改制的最根本目的。

转眼间，股改半年了。问及半年有啥翻天覆地的变化，曲孝琢却摇头，没啥变化。既然没变化，当初兴师动众搞股改干什么，就为换块牌子啊，或就为上报那篇总结呀？曲孝琢不慌不忙说，一年以后再看嘛。他这话的意思是，目前还不到检验的时候，做企业还讲求个年底结算呢，心急吃不得热豆腐。

那么，一年以后又怎样，曲孝琢还能变出金豆子来？变不出来，但曲孝琢和他的董事会，打算年底结算后把社区的各种福利通通取消，代之以股份分红。这一举动，看起来是从"结果"入手，因为，股改后生产发展，效益增长才是源头，对上汇报也腰杆子笔挺，何必要从草根入手呢。但其实，这正是含义无穷的一个决定。

首先，曲孝琢面对的上帝变了，过去是向上汇报数字，由上面监督检查。现在呢，石老人股份有限公司不是上面哪一级部门所管的，也不是以曲孝琢为首的社区党委的，甚至不属于传统意义上的石老人。它是谁的呢？很明确：4077名股东。董事会只有对全体股东负责，除此之外，没有第二个负责对象。资产盈利的第一目的，就是为股东带来实际收益，否则，曲孝琢董事长的位子未必能坐的长。

其次，作为股东，可能还未意识到股改究竟会为他们带来什么，出于对当家人的信任，或许只朦朦胧胧感觉会比以前日子要好。但怎么个好法，估计没几个人能说出子丑寅卯。但日子久了，人们会慢慢明白的，相对于过去的他们，现在的地位已经发生了质的变化，他们已经成了公司的真正主人。过去，石老人仿佛是祖上留给他们的宝物，只要我生长在这块土地，就受它的恩泽。即使我的儿子，我的孙子，世世代代都和石老人有割不断的血脉。这种乡情观念是很难被打破的。但现在，股改之后出生的你的儿子，或股改之后你家娶进门的媳妇，已经享受不到这种恩泽了。除非转让，你的股权永远是你的，无人能剥夺，也无人能把它随意扩大或缩小，作为社区书记的父母官不能，股份公司董事长也不能，真是铁打的。

权利对应着利益，石老人的分配方式也必须是股份公司化的。过去那种多如牛毛细如发丝的福利到了寿终正寝的时候了，而代之以股份分红，有多少股份分多少红利。一切都那样的简洁明了。当石老人的股东们实实在在领到股权分红后，或许观念也会发生实实在在的变化，会真正意识到主人的地位。当然现在预测这一点还有点主观，还是先看看一位股东的现实情况：孙秀芹，55岁，已退休。家里有3股，分别是她、老伴、上大学的儿子。目前她的退休金是每月920元，老伴月补助200元。每年春节，他们一家可享受过节补助3000元。这些加起来，全家每年可从社区获得福利5400元。股权分红初步以10%计，三股可获红利16500元，远远超过现有的福利。提到这一点，孙秀芹就乐，还不无幽默地说："幸亏自己年轻时丑，外村没人要，只好在本村找了个老实巴交的。没想到，晚年倒得济了。"

股东所想的，就是股改后自己能不能收入更多些。多了当然高兴，认为股改真是党和政府替老百姓着想。但是万一经营不好收入减少呢？难道还要反过来骂娘，恐怕还没人认真思考过这个问题。由此，曲孝琢下一步的担子其实很重的。不仅仅是抓经营，还有对股东们的启蒙和教育。石老人的股东现在已经是"一根绳上的蚂蚱了"，包括我曲孝琢，干得不好哪一个也别想跑。所谓有困难找政府那是老黄历了，每一个股东都要意识到自己的责任，而不单单是年底拿钱。股份有限公司就是这样，公司发展了，股东都受益。一旦公司出现亏损，也将是所有股东共担。假如公司破产、变卖，股东们那些"有限"股份即资产将会被用来抵债，股东们可能一夜间一无所有。

这些，又和过去的石老人企业性质大不一样。但这些看起来吓人的改变，恰恰也是激活企业的机制。股东授权给董事会，完全按照市场规律来运行企业，不受任何行政的包括人情的等外来因素干扰，经营应该比之过去更上层楼。曲孝琢现在在经营上投入了更多的精力，因为他感到肩上的担子太重了。但好在，这只是一个过渡时期，只为适应和磨合新的经营机制，理顺关系，进一步解放生产力。那么，过渡完了会怎样呢？曲孝琢有过许许多多美好的"畅想"：

畅想一，把社区的工作交出去，真正实现政企分开。等到股东们习惯了股权分红后，一切的行政式福利不再存在，社区的行政工作就变得简单了。到那时，完全可以由行政式的居委会负责石老人的生活，包括娱乐、卫生、幼托、节日活动，甚至住宅小区的物业管理等等，通通不再和股份有限公司沾边。曲孝琢就不再当"村官"，集中精力把公司做强做大。

畅想二，石老人股份有限公司要上市。以石老人目前铺的摊子，结合青岛市近些年发展的趋势，石老人的旅游业目前还只是一朵含苞待放的鲜花，真正盛开的日子在后面。到那时，壮大了的石老人完全可以争取条件上市。一旦上市成功，巨大的社会融资额将为石老人的进一步腾飞创造更有利条件，现有股东手里的"原始股"也会实现同步增值。社会资源的参与和监督，将会使石老人股份有限公司嬗变为真正的社会化大公司。这就是前面所说他最大的野心。要实现这一"畅想"，不彻底改制是根本不可能的。

畅想三，为自己的"从政"画一个圆满的句号。所谓圆满，个人得失是一方面，更重要的，是使石老人走上良性发展的轨道，不再单纯依赖某一个"能人"来治理。股改恰恰有效解决了这一问题。即使曲孝琢之后，找不到可以接班的将才，可以公开招聘经理人嘛，就像当年克莱斯勒招来艾柯卡一样。这，都是董事会说了算，所有权和经营者分开，也是现代企业的重要标志。

畅想完了，曲孝琢对自己的成绩还是基本满意的。他说事业上这点事儿，说说就完了，自己更看重的，还是人生的完整。已经年过50岁了，最希望能有更多的时间陪陪家人。他管老伴叫太太，董事长太太，称谓也算"改制"了吧。一个太太两个女儿，家庭美满。唯一遗憾的，是想要个儿子，当然基本国策不能违，毕竟还是个党员公民嘛。他对自己的生活未来也"畅想"过了：有一天悠闲地陪着太太到菜市上转转，酒足饭饱后开车去打高尔夫　　当然，眼看着石老人在自己之后依旧蓬勃发展，是最欣慰的，也是退休后最好的精神"畅想"。为此，自己目前所做的，正是把各种有利的"风"借来，比如改制等等，劲吹在石老人这面起航的帆上，使之劈波斩浪，永远向前。

在集中8个版对石老人进行报道的同时，我又写了一篇题为《石老人都市农业经验值得推广》的文章，发表在《大众日报×内参》上，时任山东省常委、青岛市委书记阎启俊对此做出批示，对石老人的都市农业经验予以充分肯定。

在撰写这部书时，我又去了一趟石老人。如今，午山的农业观光园改成了石老人观光园，山谷中建起了世界风俗园以及索菲亚大酒店等，而3.8里海岸线上的高尔夫球场、游艇俱乐部、海鲜一条街等正在建设中，

站在石老人海水浴场，遥望站立在大海中的石老人，真是感慨万千！

中国"三农"报告

因为卖棉难,棉农焚烧棉花被派出所拘捕;我采访时也被扣押,"脱险"后又潜回跟踪采访。我一直关注农民的"卖难"问题,部分稿件曾得到时任山东省委书记吴官正的批示。

第十章 着力解决卖棉难

1.

古渡市是著名的棉花生产基地，百万亩棉花、亩产皮棉百公斤，因此号称全国"棉花双百县"。那年大丰收，应该是喜庆的事，然而全市虽然有十大棉花收购加工站，可远远满足不了72万棉农的卖棉需求。

那种卖棉难的场面真是少见，队伍沿着公路排出十几里地，卖一车棉花要等好几天，怎么受得了？于是，就出现部分棉农"弃棉"的情况，把棉花放在收购站外的公路边、道沟里、空地上，人就走了。你说不要了吧，他并没说不要，也许等哪天好卖了再回来；你说要吧，他又把棉花丢在那儿不管了。这种情况还没大事，有位老棉农等了三天三夜后急眼了，划了根火柴就把自己的一车棉花点着了。烟火升起，救火车也就拉着警笛来了。

我正好开车路过，连忙刹车停下来，拿出照相机"噼哩啪啦"拍起来，然后，拿着录音机采访那个焚烧棉花的老棉农。就在这时，在现场维持秩序的派出所民警、乡镇工作人员以及保安人员蜂拥上前，把我团团围住。结果是，我掏出记者证也没用，仍和那位焚烧棉花的老棉农一起被"请"进派出所，而众多棉农得知我是记者后，就跟随聚集在派出所的外面。

派出所所长见此情况，就打电话请示乡长。我本人倒没事，可那位老棉农被指称为"纵火犯"，并被铐在了一棵树上，我见状便提出抗议，还差点儿引发肢体冲突。就在这个过程中，接到派出所所长电话的乡长又向乡党委书记汇报，乡党委书记马上向市委宣传部汇报，宣传部部长一听这情况，连忙调车往这里赶。

先赶到的是乡长，他让我先去给围在外面的棉农们做工作。支持当地政府的工作是应该的，况且这种群体聚集一旦失控，难免会出现任何人都不想看到的情况。当然，我先对棉农们讲了一通道理，希望大家保持冷静，最后说："大家先散了，好不好？你们记住有个记者叫徐少林，我会为大家说话的。"

回到报社后，我的配图新闻《卖棉难棉农无奈烧棉花》很快刊发在《大众日报·农村版》上。在图片中，是一车正在燃烧中的棉花，火焰和浓烟映照着一张无奈的老农的脸。正文内容主要是我在收购站看到的场景，另指出"记者还了解到，棉农拿不到现金，大都是打的白条"。

随后，我又"潜"回到古渡市，名义是参加当地枣花村书画院举办的摄影展，恰巧该市委宣传部长也来了，他随即通知了市委书记王腾飞。

就这样，我和王腾飞直接打了照面。

2.

一见面，王腾飞就说："欢迎你再次来我市监督。本来李部长（该市宣传部长）让我装做不知道你来了，而我觉得呢，卖棉难就是卖棉难，错了就是错了嘛。所以，我决定亲自来邀请你参加我们的现场办公会，这样的话，一是快，二是准，三是能直接受你的监督。"

既然对方如此地开诚布公，那我就没有不参加的道理。随后，我们来到乡里，相关人员包括市公安局长、市民政局长、乡党委书记、乡长、派出所所长等已经到齐。

此时已快到中午时分，大家来到食堂，王腾飞宣布："吃鸡宴和现场办公会正式开始，会议进行第一项，吃鸡，每人一碗，馒头管够，半小时吃饱，不饱者，活该。"话音未落，现场气氛就活跃起来。随后，他又说，"吃完后，请同志们自觉交5元钱，不然，谁挨骂，我不管。"

吃完饭，转入正题，王腾飞开场白道："你们知道记者到咱们这里是来干什么吗？是替农民说话来了，是来看我们这些官员对待农民是怎么样的。到底怎么样？我看我们不怎么样，我们应该想到卖棉难的问题，事实上却没有想到。难道不应该想到吗？今年种了100万亩棉花，又是大丰收，可为什么我们就没想到会发生卖棉难的问题呢？人家记者一来就看到了，而且也采访了，完全帮着咱们替百姓着想，咱们倒好，竟然限制人家的人身自由，这还了得？接下来，请记者介绍一下当时的情况。"

我也没客气，如实讲道："其实，卖棉难并非只是你们这里。按照报社要求，为了采访相关情况，我沿着古运河一路走来，从德州就发现棉农排长队的现象，恰巧路遇你们这里有位棉农焚烧自己的劳动所得。目前，我最大的希望就是赶紧采取措施解决卖棉难的问题，其次希望把那位老棉农无罪释放，因为他是也卖棉难的受害者，理应受到同情，而不应该受到惩罚。另外，我对派出所把老棉农铐在树上的做法表示不赞同。"

接下来，王腾飞点明那位派出所所长发表意见。

所长的头上有些冒汗，不过讲着讲着就放开了，说："记者同志，你也得理解我们民警是不是？你说，我们发现有人放火了，尤其是在公共场所，能不管吗？那老汉点着了一车的棉花，如果不采取措施，引起大火怎么办？有人纵火我们就得管，这一点我认为没有错。当然，当时我们是对你不大礼貌，可我们干的就是武行，在执勤的时候不可能像你们记者那么文明。"同时，他也表明态度不释放那位老棉农。

我当下就和他辩论上了，不是为我自己，而是为了那位老棉农："这老汉的行为的前提是卖棉难，如果卖棉不难的话，他好好地会烧吗？那是他汗珠子砸脚面种出来的棉花，他舍得吗？你是人民的警察，要站在人民的角度想问题！如果敢给老汉定罪，这官司我就跟你打定了。"

火药味太浓了。市宣传部李部长发话道："我说说个人看法。老徐啊，你记者怎么了？我接待的多了，你不是法院，也不是政府，你只是个舆论工具，没权干预地方工作。呵呵，看我这臭嘴，王书记你可别熊我呀。"转而，他又对派出所所长说，"你铐人肯定不对，你扣留记者也肯定不对。今天王书记亲自坐阵，目的是让大家进行沟通，沟通的目的是解决问题，解开疙瘩。"

此时，乡党委书记表态道："我首先在此表示道歉，记者来采访是对我们的支持和鞭策。我认为第一个受处分的应该是我，而且凡是我领导下的同志的错都是我的错，我愿接受组织的处理。"

不管是真是假，至少这位乡党委书记的语气态度是诚恳的。后来我才知道，他是该市最年轻的乡镇党委书记。

王腾飞随后转向公安局长，说："你也谈谈吧？"

局长立马就说："我有责任，执法就要为民，我接受批评。"

接下来，大家都低头不语了。

王腾飞在确认没人再讲后，便用指头敲了敲桌子，说："该说的都说了，该提得也提了，事实已经基本清楚了，现在我发表一下个人意见。第一、卖棉难的问题责任主要在我，我没想到也没做到，却让人家记者帮着发现了，首先我要感谢记者。关于解决卖棉难的问题，昨天我已经在电视上讲话了，要求全市乡村两级政府行动起来，各村代收棉花，先把棉花代收起来，然后有组织地往棉站交。这事很简单，可这么简单的事没有想到也会变得复杂起来。这个现场会后，我还要在这儿召开村支书会议，安排具体工作步骤，一定要把这个乡的卖棉难问题解决了。记者同志，你看这个办法行吗？"

我马上表态："太好了，这样至少能尽快解决棉农们的燃眉之急。"

王腾飞接着说："第二个问题，我建议马上释放那个烧棉花的棉农。还有，马局长（市民政局长），你清楚我为什么让你来吗？那位棉农火烧棉花的做法虽然不妥，不过毕竟是事出有因，而且那是他辛苦一年的收获。既然出现火灾了，该不该进行救济呀？"

我一下冲动起来，抢先说："应该，应该。"

王腾飞笑着看了我一眼，又说："第三个问题，我建议对乡党委书记提出批评，而且乡党委要向市委做检查。至于这名派出所所长，就地免职吧。为什么呢？单凭把老汉铐在树上就行了，这显然是知法犯法，其他的问题接下来再说。"然后，转向我说，"希望你明天一是去看看那位老棉农，二是再到各棉站转一转，看还有没有卖棉难的问题。"

我当下表示同意。

第二天，市宣传部李部长和我一同来到那位老棉农家里。

见到我，老汉两腿一软就跪下了，我连忙也跪下去，一边扶起他，一边说："大爷都是我不好，如果不采访，您老就不会受这额外的罪了。"

老汉连连说："我不算什么，只要乡亲们能把棉花卖出去就行，还要谢谢你呢。"转而，他拉住李部长的手说，"俺在电视上见过你，你给腾飞书记捎个信，俺也谢谢他，平时听说腾飞书记是好人，俺还不信，现在俺真信了。你告诉腾飞书记，等地瓜下来俺给他送过去。"

离开老汉的家，坐上返回的汽车，我对李部长说："这不是王书记给我演戏吧？"

李部长说："这个世界不是一片黑，啥时候都是好人多。其实，王书记平时就是这样，有时我们也会觉得有点那个，不过他做起来却很理所当然。"

随后，他顺口就说起王腾飞的事情：就说最近吧，王书记把他爹接来住，家里洗澡不方便，他就把老爷子背进公共澡堂，又是敲背又是挫澡的，把其他洗澡的人都看傻眼了。要说他这个爹呀，也不是一般的人物，当初是一个县的副县长，在打右派时，上级分下一个指标，他抢着要了这个右派指标，说是他认为其他的县领导都是打仗打出来的，只有他是老师出身，可这一下子就当了20年的右派。王书记也跟着受了连累，从中国海洋大学毕业后，被直接发配到"三线"，在古渡化肥厂当了一名工人。在他被提拔起来做市领导后，他爹被查出患了胃癌，要去北京看病，你猜咋的？他和他爹是乘长途公共汽车去的

干记者的就要有质疑精神，这往往会发现有价值的新闻线索，而且要敢于并巧妙地把自己的质疑表达出来。因此，我说："不会有这么夸张吧？你是不是发挥了自己的文学天才？"要知道，基层宣传部长一般都是当地小有名气的文学爱好者，李部长也不例外，所以，我不仅在表达自己的质疑，也是在"吹捧"他的才干。

果然，李部长较真起来，不过是带着愉悦的语气说："对于王书记的事情，我这区区之才可描述不出来。对了，你不是喜欢暗访吗？你就访一下，看我到底有没有采用夸张的手法？"

李部长和我一边聊天，一边乘车转了几个村子和收购站，再没看到排长

队的问题，每个村都在有秩序地进行收购。卖棉难的问题不存在了。

事后，我依据所见所闻写了一篇追踪报道，标题是《书记亲自抓，村委代收棉，古渡市卖棉难问题解决了》。

既然问题已经解决了，在我和李部长回到古渡市后，还真对王腾飞进行了一番暗访。

3.

按照约定，我开车接上李部长，在他的指引下直奔郊外，在能看到玉米地时，就到了古渡化肥厂门前。

进了大门，路两边是一排一排的红砖平房，每排相隔20米，两排之间的围墙上开有拱形门。这里原本是化肥厂的办公区，后来建了办公楼，平房就改成家属院。每户有3间的，有2间的，也有1间的。其中，3间和2间的都在主房前配半间橱房，公用自来水管就竖在院中，水管下有一个用水泥垒的池子。

我知道王腾飞曾是化肥厂的工人，所以半开玩笑道："你带我到这里干吗？是想让我采访王书记曾经生活和战斗过的地方？"

李部长故弄玄虚地说："我不能干涉你的采访，你现在就去打听一下腾飞家在哪里。"

我真得有点诧异了，反问道："什么？你是说王腾飞就住在这里？"

李部长微笑道："你去问一下就知道。其实，他当市长3年，当书记也快一年了，一直就住在这里。"

我看到路边树下有几位乘凉的老人，便独自走上前问："请问腾飞家在这儿吗？"

老人们都好奇地打量我，其中一位大妈警惕地问："你是干什么的？"

我只能笑着回道："我是记者，不是坏人。"

大妈连忙站起来，抓住我的手热情地说："欢迎欢迎，我领你去。你们该好好写写腾飞。"

随后，几位老人左拐右拐把我领到一处房门前，那位大妈向屋里喊了声："妮子，来客人了。"

话音未落，一个小姑娘从纱窗门跑出来，奶声奶气地说："我爸妈都去上班了，没在家。"

我俯身抱起她，问："你几岁了？"

"5岁。"

"你自己在家怕不怕？"

"不怕，院里街上都有人。"

说着话，我走进屋子，迎面墙上挂着马恩列思毛的伟人像，靠三面墙各摆一张木制三座长椅，中间有长条茶几，看样子吃饭、会客都在这里。东西各有一个里间，东里间放一张双人床、一个书橱、一张三屉桌，桌面上摆了好多书和文件；西里间是孩子的卧房。3间房总共面积也就有40多平方米，不过非常干净整洁。

随后，在李部长的指引下，我开车回到市区，七拐八拐驶入一个很窄的路，我正在发愁待会儿如何调头回来时，发现里面居然藏着一个工厂，大门的牌子上写着"古渡中药厂"。

李部长熟落地与门卫大爷打了招呼，我把车开进去，李部长让我在一个车间门前停下，然后领我进去。

车间里的药味好浓，我一个劲地捂鼻子。这是一个水丸车间，左边是电筛子正在"嘎啦嘎啦"地筛药丸，那药丸像一粒粒金豆子在筛子上蹦跶；右边是一个不断旋转着的大肚子桶，桶上面有一个喷头在淋水，这就是水丸机。

在水丸机前，一个工人正在忙着，高子挺高，也挺胖或者叫魁梧。她戴着白帽子、白口罩，穿着白大褂，套着橡胶手套，正在操作：用碗大的瓢儿从身旁的木桶中舀起药面撒进滚转的桶里，伸进手去搅一搅，拉下喷头往桶里喷水，再撒进一瓢药面，反复进行。

"嫂子！" 部长走到那人跟前喊了一声。

我几乎在同时按下快门，正在转脸的 "嫂子" 被闪光灯吓了一跳。

我连忙说了声："对不起。"

"嫂子" 名叫刘红梅，她立马脱掉橡胶手套，伸过手来跟我握手。

我故意问："你是不是王腾飞的家属？"

"是啊。" 刘红梅不解地看着我。

"参加工作就在这个厂吗？"

"是啊。"

"一直在这个车间吗？"

"基本上吧。"

"这叫什么车间？"

"水丸车间。"

"没想调调工作去坐办室？"

"想是想过，不过办不成，俺家那口子太较真。他不给办就算了，免得生气。其实，当工人很好，上班干活，下班回家，省心。"

我又拍照了几张照片，录了一下像。

刘红梅把李部长拽到一旁，问："他是干啥的？腾飞可不允许我接受采访的。"

李部长应付道："嫂子，不是采访你的，人家是来参观中药厂，看看健脑补肾丸的生产情况。"

开车从中药厂出来，李部长对我说，王腾飞当了市长后又提为书记期间，中药厂先后几次想把刘红梅调到科室，第一次是调到厂政工科当科长，第二次调到技术科当科长，第三次调到工会当主席，都被王腾飞拒绝了，最后他找到厂长真心实意地说："你的好心我领了，如果我不当这个官，红梅完全有能力胜任这工作，可我当了这个官，全市的眼睛都看着我，我不能办呀。"厂里提拔调动的事摆平了，后来又发生过两次市里调动的事，一次是政府办公室主任也就是王腾飞的老同学，想把红梅调到资料室，而且人事局的调令都下了，硬是被王腾飞退回去；另一次是市委档案局想调刘红梅，又被王腾飞挡住了。他对人家说："我要想给她调工作，还用你们操心吗？说不行就不行！至于为什么，这道理连三岁孩子都清楚，就是不能搞特权，搞了就让人指脊梁骨！"

做记者的就应该是贪得无厌，我对李部长说："就这些吗？"

李部长说："当然还有啊，就怕你跑不过来。"

4.

在李部长的指引下，我把车停到一座看着很气派的院子前，只见大门楼、高门槛，红院墙要比其他的高出一截，不过，墙上的红涂料有的地方已经出现脱落。

给我们打开院门的是一位老太太，从穿着打扮来看，就是普通的农村妇女，所以一开始我认为她是保姆。进到院子，我开始四处打量，迎面是五间前出廊的正房，廊柱是大红的，有点像北京的四合院；西房两间是厨房和餐厅；

东房两间是卫生间和洗浴房。在院中间,有一个圆型花坛,月季花开得正艳。在花坛旁边的椅子上,坐着一位白发白须的老者,手里操着一根木雕拐杖。

可能是看我鬼鬼祟祟的,老头、老太太有些紧张起来,但没有说话,只是注视着我们。

李部长对我悄声说:"你自己问吧,问他们咋住这么好的房子。"

我没问房子的事,先和老者套近乎,大声问:"大爷,高寿啊?"

老者大概很长时间没跟人说话了,一听到问话,马上就来了情绪,笑着反问道:"你猜猜。"

"70岁?"

"今年正好80了,呵呵,托党的福啊。"

"是呀,能住那么好的房子,多幸福呀。"我趁机把话引到正题上。

"那是那是。"老者满意地连连颔首,却不往正题上走。

我只得又问:"您能住在这里,应该级别很高吧?"

老者的情绪顿时就高涨起来,说:"我是老红军。你知道吧,'七七事变'前参军的都是红军,我恰好是那时候参军的,所以享受老红军待遇。"

我一听这个,心里想:难怪啊,老红军住在这里也应该啊。可是,李部长为什么要让我问房子的事呢?

李部长想必是实在憋不住了,开口道:"大爷,您先说说转业证的事。"

老者眯起眼睛打量着李部长,然后侧耳道:"你再说一遍。"

李部长走上几步,半蹲下说:"您先说说转业证的事。"

"哦,"老者听清楚声音后,似乎恍然大悟道,"你是李部长吧?怎么又让我说那一段啊。"

李部长这才介绍道:"刚才跟您老聊天的是省城来的记者,想采访你。"

　　原来，这位老者确实是一位老红军，1957年转业到地方正赶上整风反右，因为军人作风不变讲了些真话就被打成右派，一下子下放到农村老家。几经周折，把转业证也丢了。直到改革开放后，退役回村当上村支书的晚辈和他聊天，好奇地追问他哪年当的兵，他说是"七七事变"之前；村支书就问他有啥凭证，他说转业证丢了；村支书又问他有啥人证，他说当年的战友大部分都战死了，而且年代久远也忘了姓字名谁，只记得连长叫耿彪。村支书就说："现在中央有位首长叫耿彪（时任国务院副总理，后任国防部长），也不知道是不是一个人？"他就托村支书帮助联系一下。后来，还真联系成了，村支书带他去了北京，与首长见了面，还拿回了补办的转业证。

　　讲起到北京去见首长，老者依然是津津乐道："真不赖，耿连长还记着我呢。说起来，我算是救过他一命。有一回打仗，一枚手榴弹丢到他的脚边，我拾起来就丢出去了。"

　　从北京回来后，村支书就开始找市里落实老者的待遇问题。上一届书记拍板解决了工资和补助问题，可住房一直没能解决。老者说："不是市里不想解决，不过房改后哪有现成的房呀。后来，腾飞书记上任了，俺就去找他。"

　　据老者讲，当时王腾飞热情地接待了他，并把市委行政科长叫来想办法。行政科长很为难，说现成的房子只有一套，就是调走的上届书记腾出来的那套，可是每届新任书记都住在那里。

　　王腾飞当下就说："就让我们的老红军住进去吧。"

　　行政科长又为难问："那你呢？"

　　王腾飞说："我不是住得挺好吗？让老红军住好房子才是最合情合理的，就这么定了。'

　　就这样，老者和老伴就搬进了这个院子。

老者说："腾飞书记人好啊，逢年过节他都来看俺，还拿烟呀、酒呀、水果呀，他不抽烟不喝酒，却给俺拿烟拿酒，呵呵。"

我给老者拍完照、录完音，才恭恭敬敬地告退。

上了车，我就对李部长说："王腾飞可是个好典型啊。"

李部长说："你不会是要写他吧？当初，咱俩是顶牛顶出这次暗访的。说实话，我没给他汇报这事，还不知道他让不让写呢，平时他就告诫我这个宣传部长不能宣传个人。"

我说："他是你们的书记，管不着我。他想让我写，我还不一定写呢；他不让写，我还非写不可了。再说了，这可不是他个人的事，我们党报宣传典型，他作为党的干部也应该配合不是？"

毕竟参与表扬顶头上司的事谁都愿意干，李部长的情绪也上来了，说："那好，我再带你去一个地方。还是咱们之前说好的那样，我不干预你的采访，只带你去可以看得见摸得着的地方，一切由你访问。"

"好，你就给我指道吧。"

5.

李部长虽然嘴上说不"干预"，不过既然说开了，也就趁着行车的时候给我介绍起相关的情况。

原来，王腾飞是个"一无专车、二无专秘"的领导，因为市委只有一个小车班，实行派车记价制，即领导用车都由办公室统一安排，并进行记价，每月一公布；市委领导也不配专职秘书，一般讲话稿都自己写，大部分讲话不用稿，若是重要会议等，讲话稿一律由政策研究室承担。

说话间，我被李部长指引到市委大院门前。

"这里有什么看头，你不会是想给我摆鸿门宴吧？"我不解地问。

李部长笑道："摆鸿门宴可不敢。再说了，以你的脾气咱想请还请不动呢。"

"咱们可是事先说好的暗访。"

"那是当然。"

"别卖关子了，快说到底是怎么回事？"

"咱们先进去，到时你一边看，我一边给你讲解。我敢说不看不知道，一看让你吓一跳。"

原来，李部长是让我看市委办公地的环境。据他介绍，古渡市是老解放区，1945年就解放了，最早的办公地就是面前这幢始建于明末清初的青砖二层小楼，解放前属于一户地主的住宅。楼梯和地板是木制的，人走在上面"咯噔咯噔"直响，如果一个人在夜间值班，还真够害怕的。目前，这里是该市统战部民委的办公室。

在青砖小楼的后面有六排平房。其中，前两排平房是青砖的，窗户是木棂的，只是没糊白纸而装的玻璃，看样子，应该与青砖小楼是一体的；后四排平房是红砖的，一看就知道是建于上世纪50年的苏式平房。院内的路原来是用砖铺的，前年才铺了沥青，路两边是一棵接一棵的毛白杨树，大都有一抱粗，树冠上多有鸟巢，鸟巢中多是灰喜雀，叫起来"喳喳"的。

由于是老房子，都没有装空调和暖气。夏天时，就用电风扇；冬天时，每个办公室会配给炉子，烧煤的。只要是在这院子里办公的，不管级别高低都一样。市委常委领导唯一特殊的地方，是每人的办公室带有一个里间，作为带班值班时的卧室。

这里唯一让人觉得气派之处，应该就是排房与排房之间的距离，我用步子量了一下，大约有45米。在这范围内，大都种着农作物，主要是玉米。此时正值丰收季节，煦风吹过，玉米杆得意洋洋地左右摇摆着，玉米叶欢快地"哗啦啦"唱着，头顶红缨的硕大玉米穗咧嘴笑着

就在我不停地拍照片时，李部长笑着问："知道为什么要让你参观这里吗？"

我这才回过神来，追问："对啊，为什么？"

他又故作神秘地说："走，我再带你去个地方，到时就告诉你。"

随后，我们来到一所中学门前，透过栅栏看到一座在建的大楼，就差封顶了。

李部长说："这里是我们市的第一中学，那个建设中的是教学楼。"

我似乎有点明白了，就问："你是不是想说，这个教学楼原本应该是市委大楼。"

"你不愧是资深记者啊。"他先表扬一下，又说，"其实，你只说对了一半，因为不仅是市委大楼。"

原来，盖教学楼的钱原本是要用作修建新的市委、市政府综合办公楼，王腾飞走马上任当书记后，就力主"挪用"给第一中学盖教学楼，为此还和带资金上任的市长争执起来。最后，市长还是依了书记。

采访归来后，我写了一篇标题是《采访卖棉难发现清廉官》的通讯，发表于《大众日报·农村版》，随后被多家国内媒体转载。

中国"三农"报告

　　在做记者期间，我无数次帮农民讨公道，这次算是最成功的之一。在记述这个故事的过程中，肯定也会牵扯到近些年的一些类似问题，比如2012年春天，我曾追踪报道假棉种致使万亩棉田颗粒无收的案件。凡是这类案件的过程大都差不多。不过，我觉得用以下这个案例进而诠释，会使问题更清楚明确一些。

第十一章 假种子案追踪

1.

这个新闻线索源自一名乡官的报案，这个乡官不是别人，正是前文提到过的我的三弟徐秋林。他报的是假种子坑农害农案，即某蔬菜种苗公司经售的劣质美国圆葱种，造成临清市尚店乡4650亩地绝产，使4300余户菜农受害，直接经济损失高达270万元。

徐秋林原是临清市机关党委书记，本来工作是比较轻松的，可他偏要下乡锻炼，而且要求去最能受锻炼的"老大难"乡。当时，市里正为尚店乡的集体上访头痛呢，数百名菜农不仅"占据"了乡书记和乡长的办公室，还拥堵了市政府的大门，致使无法正常工作。于是，市里决定派徐秋林去尚店乡任职。

徐秋林临危受命，颇有一点勇士上前线的感觉。事实上，他上班的第一天就被上访的菜农堵在办公室，虎背熊腰的他愣是被激愤的菜农推倒在地，对方还高喊："替我们做主，不然就别到这儿来。"徐秋林对这种过激行为并不抱怨，当然也不生气，他明白受了坑害的群众不可能不过激，他更清楚群众为什么会被坑害，直接原因是乡里越俎代包，不仅强迫菜农种植，而且"代购"了圆葱种。当下，徐秋林向群众保证："我保证为大家讨回公道，讨不回来我不仅滚回去，而且自动辞职。"

这种坑农害农的事件历来是媒体关注的重点。随后，我向报社领导做了汇报，他马上表示支持，让我立即到现场采访，并说："华东九报舆论监督新闻竞赛刚刚开始，你去搞一个跟踪系列，你在前边写，我在后边发。"不过，此次报道我的心情和以往不同，毕竟新闻事件的主角之一是我的三弟，当记者的一提到"私人关系"就犯忌讳，因为新闻要的是公正，最怕公私不分而影响新闻的公正。我把情况向领导进行了说明，他说："没事的，新闻的公正不是因为记者与新闻事件本身有关系就一定会丧失，关键是新闻实事本身要真实，要经得起时间的考验。"

按照常规，媒体之间是排他的，因为任何媒体都想搞独家报道。不过，这次我通知了山东电视台、山东人民广播电台等媒体的记者，另外，我让徐秋林邀请本地电视台、广播电台等媒体的记者参与报道，要录好音像、拍好照片。这样做，一是为了形成舆论监督的强势，二是媒体之间也可以形成监督。

那天，我和众记者来到种植现场，只见一望无际平展展的土地上几乎看不到农作物，不由倒吸一口凉气。要知道，这里原本都是麦田，这个季节的麦苗应该是没膝高了，应该是一片绿油油的丰收景色，可眼下的土地呢，光秃秃的。我蹲下寻找到几棵火柴杆大小的圆葱苗，而且95％以上已经枯死，毫不夸张的说，这里的土地已经撂荒了。听说记者来了，菜农们纷纷赶来，冲着摄像机擦眼抹泪，痛心不已。

莘圆村村委会主任刘振友含着眼泪告诉我们，他们村共种植450余亩圆葱，每亩直接经济损失810元，共计36万余元，这对于我们农民来讲可不是一个小数目，我们全凭土地里收获呢，如果这450亩种麦子，每亩能收700多斤，一年的口粮就够了，这倒好，口粮没了，种的圆葱也泡汤了，这日子可咋过呢！我是一村之长，当初是俺号召大家种的，其实不是号召，而是非让人家种不可，乡里给我们压任务，我们再向村民压任务，谁不种也不行。虽然乡里的出发点是好的，是让我们致富，不过到头来却让大家吃亏了，咋办呢？

在东白固村菜农郭洪展家种的6亩圆葱地里，郭洪展不断高声抱怨，既骂种苗公司售假种子坑农害农丧尽天良，也埋怨乡里干部不顾群众反对强行推行种圆葱，他说："你们乡干部不会种地就别乱当什么家呀，当家当错了坑农害农了你们的良心咋交待呀？不懂装懂，光知道自己出成绩，不顾农民死活。"他还说自家6亩地就得损失1万元，"俺家把血本都赔了，这日子没法过了。"

在乡里我们采访了乡领导，除了徐秋林以外，还有人大主任、乡长、副书记、副乡长等。了解到，这个尚店乡是个人均年收入不足1000元的贫困乡，为了摆脱贫穷，1996年下半年全乡进行种植结构调整，种植了4500余亩美国"超级502"圆葱，1997年得到丰厚的回报，农民自然高兴了，都对乡党委、政府表示感谢，有的村还制做了锦旗敲锣打鼓地送到乡里，乡党委、政府因此还受到市里的通报表扬。

有如此好的结果，因此乡里决定继续种植圆葱，1997年8月全乡菜农共集资34.06万元。如果说头一年集资有困难而且是非常有困难的话，这一年几乎就是一呼百应了。他们以185元一筒（每筒1磅）的价格在济南市某蔬菜种苗公司购进美国"黄皮520"圆葱种1800筒。9月上旬育苗1650亩，出苗后，葱苗又小又黄且出苗率只有60％多；10月下旬移栽到3000亩（原计划5000亩，因出苗率低不够移栽）大田里；到1998年2月底发现，种植的葱苗大部分枯死。记者们亲眼所见，精致的圆葱种包装上没有任何中文说明，也没有附带中文说明书。据菜农反应，相关公司没有任何售后服务措施。

面对几乎绝产的后果，尚店乡上上下下就慌了神，菜农找村里再找乡里，乡里当然是找那家蔬菜种苗公司了。经过多次交涉，该公司总经理于3月9日到尚店乡实地验查，一看就傻眼了，他连忙通知供货商北京某种子有限公司，后几方经实地验查后，表示愿给部分补偿。

如果从理解的角度而言，这么大的种植面积牵扯那么多的菜农，要想做出补偿的决定不是一两句话能说清楚，至少济南某蔬菜种苗公司要向它的上级汇报，而北京某种子公司也要向自己的上级汇报。若从不理解的角度说，这事是明摆着的，就是你们的种子问题造成的，你们怎么能不承担责任呢？关键问题是，相关公司随后既没有采取任何补救措施，也没有对种子进行鉴定。也就是说，这件事被拖起来了。

最拖不起的当然是菜农们，他们心急如焚，纷纷到乡党委政府上访。3月26日，尚店乡党委、政府组成投诉索赔小组，乡党委书记徐秋林亲任组长，带队来到省城，与有关方面交涉。

随后，媒体报道也相继刊发，《大众日报》刊发了眉题为："济南市蔬菜种苗公司售假"；主题为："临清市尚店乡4300户菜农受害"；副题为："直接经济损失270万元"的新闻。

2.

尚店乡到省城的投诉索赔组共11人，除乡党委书记徐秋林外，还有乡长、人大主任、几个有关村的村支部书记，以及3名菜农代表。

首先，他们到济南市某蔬菜种苗公司进行交涉。在会议室里，尚店乡乡长对菜农的受害情况做了介绍。随后，该公司的总经理首先表示："这事闹得，谁也不愿意看到这样的情况，农民确实不容易，我也是农村出来的人，也是农民儿子，拍拍良心说话，谁也没想坑农害农。"接下来，他话题一转说，"受害原因是不是种子的问题还不敢确定，现在对种子还没有进行鉴定，所以，这责任由谁负还不好说。"

一听这话，有位菜农代表急了，他大嗓门质问："不是种子的问题，还是我们地的问题吗？不是你们的问题，还是我们的问题吗？去年就丰收了，今年咋就不行了呢？不是种子问题又是什么？"

徐秋林用手势阻止住菜农代表后，用平和的语气说："这问题既然已经发生了，我们就要协商解决，我们应以现实情况为依据，那苗长得像火柴杆一样而且几乎全都枯死了，这是不争的事实。农民不容易，是不是？我们来的目的是商量如何尽快给受害菜农赔偿损失，以便不误农时，现在快了的话，还能改种其他的作物。"

然而，那位总经理依然在强调种子的鉴定问题。

作为记者的我本来不像插问，见此情况，尤其是想到菜农们那一张张焦急的面孔，实在有些耐不住了，便问道："首先，我声明我是《大众日报》的记者，那两位是山东电视台和山东人民广播电台的记者，之前我们已经进行了实地采访，而且听说您也去过现场了。在种植方面，您比我们记者懂行，想必看一眼就能知道问题到底出在哪里了。先抛开这些不谈，我想问的是，您所说的种子鉴定是怎样的鉴定程序？若是通过来年的试种结果予以判断的话，您觉得菜农们有可能等到明年吗？"

那名总经理顿时语塞了，不过他又改了另一种腔调说："就算是种子的问题，可我们也有苦衷，这批种子是我们从北京那家公司进的，即便是赔偿也应由他们负责，他们赔不了我们，我们也就无法赔你们，也就是说无法赔菜农。"

徐秋林立马就说："你这个说法不对，你们两家公司的事不能与你们和尚店乡菜农的事混为一谈，一码归一码，种子是从你们这里拿的，你们要直接为此负责。"随后，又问，"你们公司是不是你当家呀？如果不是，那最好请你们的老板出面解决。"

那位总经理马上就说："是的，我是经理，不是法人。我们公司的法人出差了，明天回来。要不等明天，你们再和他交涉？"

没想到的是，第二天该公司的法人仍然强调种子质量的鉴定问题，最后实在推脱不开后，竟然说："你还是上法院吧，就是法院判了你们赢，我们也赔不起。"

无奈之下，尚店乡投诉索赔组前往山东省消费者协会投诉中心，该中心的武主任非常重视，他说："我们在媒体上已看到相关报道了，这种坑农害农的事件历来是我们维护消费者利益的重点工作。"随后。武主任介绍说，该蔬菜种苗公司已连续发生几起售假事件了，1996年因西瓜种问题受到东营市果农的投诉索赔；1997年又因韭菜种问题被海阳县众多菜农告上法庭，法庭判其赔偿17万元，但至今尚未执行 武主任表示，愿全力维护农民利益，集中精力进行调解。

这个雷厉风行的武主任说办就办，他当即联系有关部门，以省消协投诉中心的名义，牵头组织起由种子、土壤、气候等方面专家参加的鉴定小组，然后赶赴实地进行鉴定。回来后，便开始正面接触济南市某蔬菜种苗公司，就有关赔偿问题进行调解。

随后，我在《大众日报》发出第二篇报道，主题是"与济南市蔬菜种苗公司协商未果，尚店乡4300户受害菜农上诉"；副题是"省消协受理投诉并着手鉴定调解"。

然而，那家蔬菜种苗公司不同意省消协投诉中心的调解。看样子，只能走司法这一条道了。

3.

很快，聊城市中级人民法院受理了此案。随后，我又写出报道，主题是"种苗公司不服省消协调解，尚店农民上告法院再讨公道"；副题是"聊城市中级法院立案并表示将尽快审理"。此文排版在"社会新闻"栏目里，并标注有"跟踪报道"。

为了使该事件客观全面地展现给读者，现将该报道节选如下：

被临清市尚店乡4300户农民指控为售假害农的济南市某蔬菜种苗公司，5月8日表示，不同意省消协投诉中心的调解。在这种情况下，受害农民只好上告法院讨取公道。聊城市中级人民法院5月13日受理了此案，并表示，要尽快依法审理此案。

尚店乡4300户农民因种植济南市某蔬菜种苗公司出售的劣质"美国黄皮502"圆葱种，造成4650亩地绝产，农民直接经济损失270万元，间接经济损失1060万元。农民因此向该公司索赔。在未得到满意答复的情况下，农民投诉到省消协。省消协投诉中心受理后，先后三次通知该公司到省消协投诉中心说明情况，但该公司均未来人。4月7日，省消协投诉中心委托农业部农作物种质监督检验测试中心选派专家到临清市尚店乡实地调查鉴定"美国黄皮502"圆葱死苗的原因，并作出原因分析报告（本报对此事曾作连续报道）。

在出来检验报告后，5月8日省消协又约双方进行调解，济南市某蔬菜种苗公司代表对索赔问题不做任何回答。在省消协依据《中华人民共和国种子管理条例》，提出违法经营的问题后，对方称自己并不是法人代表，无权回答问题，表示回去给主管部门和法人汇报后再将态度告知省消协。下午4点多钟，该公司有关负责人打电话通知省消协，种苗公司不同意调解，致使调解失败。在这种情况下，省消协投诉中心出具了如下证明：

　　济南市某蔬菜种苗公司所经营的"美国黄皮502"圆葱种存在以下问题：
一、包装不合格，违背"农作物种子生产经营管理暂行办法"的规定。二、未
附有种子检验、检疫合格证书，违背"种子管理条例"的有关规定。三、经销
种子时主动推荐，没提供种植的限制条件和注意事项。四、对该批种子，经办
人对其不良质量有所了解。

　　5月12日，尚店乡受害农民代表到聊城市中级人民法院提起诉讼。13日下
午该法院宣布立案，并表示，将集中精力，公正执法。

　　两天后，我刚走进办公室，桌子上的电话铃就响了，报社王主任告诉
我："老徐呀，你马上到我办公室里来一趟。"当我走进王主任的办公室还没
坐稳，报社副总编辑就打来电话，让王主任和我一起到他的办公室。

　　一进副总编的办公室，副总编对坐在沙发上的两人介绍道："这两位是
济南市蔬菜局的同志，特意来了解尚店乡圆葱案的相关情况。这位是采写这组
报道的记者徐少林，这位是编发这组报道的编辑王元宏，他们对情况最熟悉，
有什么意见互相交流一下吧。"

　　蔬菜局的那两位负责同志站起身，与我们握了手，连声说："谢谢记者
和编辑，你们的报道我们都看了，市里的领导非常重视，我们局非常重视。"

　　我向他们汇报了有关情况，他们告诉，济南市政府分管领导对此事极为
重视，看过报道后，随即派一名副秘书长到市蔬菜局传达意见，责成蔬菜局认
真对待这一问题。

　　此次见面后的第二天，我接到济南市蔬菜局的《关于蔬菜种子纠纷的意
见》。该意见表示，政府部门的职责就是全心全意为人民服务，自觉维护农民
的利益是我们一向坚持的工作原则，任何损害农民利益的行为都是不允许的。
并表示要实事求是，绝不护短，不管是经营单位还是个人，谁销售假蔬菜种
子，坑农害农，都要严肃处理。另外强调，要依法办事，尊重科学，要通过权

威质检部门的鉴定分清种子的真假，依据法律手段解决纠纷等等。

我及时将此情况向报社王主任进行了汇报，又电话告知徐秋林。徐秋林高兴之余，又针对上述《意见》中的"另外强调，要依法办事，尊重科学，要通过权威质检部门的鉴定分清种子的真假，依据法律手段解决纠纷"，提出那个一直纠缠不清的问题，并忧虑道："种子的鉴定不是一句话，要进行试种，今年种下去明年才能见分晓。从行文角度而言，这个《意见》很公正，可是对那些靠天时吃饭的菜农们就难说公道了。"

徐秋林提出的问题不无道理，但我明确告诉他："你现在已经别无他法，一定要相信组织，相信法院会公正处理。"同时叮嘱道，"这家公司已经多次坑农害农了，他们坑习惯了，绝不会立地成佛，所以对这种公司就要穷追猛打。"

仅隔了一天，副总编又把我叫他的办公室。一向严肃的副总编此时是笑脸相迎，但依然开门见山地说："小徐呀，你的报道被政治局委员、省委书记吴官正同志批示了，内容为'严肃查处坑农害农问题，还农民一个公道'。另外，国家农业部部长也做了批示。叫你来有两个目的，一是要盯住新闻的发展，做好报道并及时把处理结果报出来；二是要围绕这个新闻写一篇分析性的言论，针对坑农害农的现象为何屡禁不止、索赔为何难等问题做一个深入浅出的分析。"

副总编这人从来没有一句费话，直奔主题把话说完就将脸严肃起来不言语了。我也没废话，站起来冲他点了两下头就走出了办公室。

6月15日，山东省农业厅和山东省种子管理总站召集圆葱案当事双方进行调解。最终，正式宣布：由济南市某蔬菜种苗公司和北京某种子公司赔偿尚店乡农民因种子问题造成的经济损失60万元。

接下来，尚店乡原告代表向聊城市中级人民法院通告了调解结果，然后，会同办案法官一起赴济南接受60万元的赔偿。当天，众多媒体也来到现场。徐秋林办完交接手续后，向在座的媒体记者们深深地鞠了一躬，以代表尚店乡的菜农表示感谢。然后，他宣布正式撤诉。在此之后，那两家公司的代表表示：我们作为经营种子的主要渠道单位应确保种子质量，一旦出现问题应确保农民的利益，请客户放心，这次的教训我们将永记在心。

如此一来，看似问题已经圆满解决，可是接踵而来的问题又出现了，而且似乎比索赔更麻烦。

到底是什么问题呢？就是如何将索赔回的60万元现金分发给相关菜农！

其实，菜农买种子的钱是实的，谁家买了多少种子都有账可查，关键是损失钱不好算了，有的按种一季麦子来算，有的按种一季花生来算，有的按种一季棉花来算，说法不一样，损失就不一样。那么，按哪一种方式呢？乡里讨论来讨论去都统一不起思想，包括还开了数次群众代表会，不仅没有最终结论，而且有了闹矛盾的苗头。

对此，最挠头的当属身为乡党委书记的徐秋林了，他不时给我打电话诉说相关情况。最终结合多方面的意见，尚店乡做出决定：一、按照菜农购买种子时的发票数额一次性结清发还；二、结余的钱按照菜农的发票数额购买新种子，无偿发放给相关菜农；三、新种子仍然购买那家蔬菜种苗公司的，因为农民需要继续种园葱，而该公司有了教训势必会倍加小心种子质量，加倍搞好服务，据此双方可以形成长期友好伙伴，毕竟农民离不开种子部门的支持。

至此，一起因为蔬菜种子的质量问题引发的严重纠纷，在社会各方面的干预调解下，最终在法院开庭审理之前得以化解。

随后，我又发出报道，引题是"本报追踪报道有了结果"；主题是"临清尚店乡农民获60万元补偿"；副题是"原告撤诉，济南市某蔬菜种苗公司和北京某种子公司负责人表示将吸取教训"。

这组报道获得了"华东九报舆论监督新闻竞赛"一等奖，以及该年度山东省新闻一等奖。

接下来，就要完成副总编安排的相关分析性的言论文章了。

4.

其实，在追踪报道尚店乡索赔案之前，我曾报道过多起同类事件，包括金都庄乡的3484户农民种了3501亩 "假章丘大葱"，经济损失高达740多万元，当时做的报道标题是《章丘大葱出权了》。因此，要想写言论文章，素材是足够的，关键是能否进行更深度的挖掘。

我把记者分大致为四等：一等记者写思想性强的，只要有素材喝着清茶就能写稿；二等记者写就事论事的，没有第一手资料就写不出来；三等记者写现场新闻的，只能照猫画虎看到什么写什么；四等记者写会议的，在人家的通稿上修修改改搞些 "豆腐块"。需要说明的是，即便是 "四等记者" 也有术业有专攻的问题，在某个稿件种类方面，有时高等级别的记者还不一定比他们写得好。所以，在这四等之上便是特等记者了，也就是以上种类的稿件都能写，而且软的硬的、虚的实的都能写出彩。

我算哪一等级的记者还真不好说，反正不论报社领导给安排什么任务，我都会想尽一切办法完成，而且特别不愿意坐办公室喝清茶，只有新闻线索非得到现场不可。

言归正传，我在采访尚店乡索赔案和类似事件的过程中，不仅接触了原告当事人、村乡领导、相关涉案公司的负责人，还采访了消协工作人员、法官、律师等，发现无论站在哪一方来观察，涉及到农民索赔的事情，呈现在面前的都只有两个字——困惑。

首先，往往弄不清楚受了谁的害。

不论是尚店乡的圆葱种子案，还是金郝庄的大葱种子案，存在一个共同点：均是乡政府以变相的行政命令方式要求种植的。地是统一规划出来的，乡里把指标分到村，村里再把指标落实到户，谁完不成任务就拿谁是问；钱是统一收的，按人头算，谁不交也不行；种子是乡里代购的，从哪里购买的，向谁购买的，农民不清楚。一旦出了问题，农民找村里，村里便推到乡里；找乡里，乡里便推到具体办事的人身上。而在代购的过程中，有没有出现违法乱纪的事情，农民就更不知道。如果受害面小，往往会在相互推诿中不了了之；如果受害面大，引发公愤，就会直接推给种子销售公司。结果，又引发出另一种困惑。

其次，往往弄不清楚受了谁的骗。

从以上事例来看，还有一个共同点：均有第一、第二乃至更多的责任人。比如尚店乡的圆葱种子案涉及2家供货单位，金郝庄的大葱种子案则涉及5家供货单位。这些供货单位会彼此推诿，一旦按照法律先追究第一责任人的责任，他就会说没钱赔付，等我找上一家批货公司要来钱再说吧。要知道，种子的供销渠道绝大多数是跨地域的，法院执行起来也难。

第三，往往弄不清楚受了谁的憋。

除了天灾，农作物一旦受到大面积损害，首先质疑的肯定是种子的质量问题，接下来直接面临的就是种子的鉴定问题。据悉，对种子质量的鉴定在国内尚不能完全靠仪器来完成，只有进行试种，而试种就得等季节，一等就是一个春夏秋冬，可农民却等不起啊。这只是其一。另一个关键问题，是种子的鉴定由谁来搞呢？按照相关规定，要由农业行政管理部门委托相关专家组成鉴定委员会并做鉴定。对此，省消费者协会的有关工作人员私下表示，鉴定委员会成员由农业行管部门委托，可农业行管部门就是种子经营机构的主管部门，三者显然有牵连关系，而且参加鉴定的成员和被鉴定的对象大都是同行乃至有师生关系，鉴定结论如何能保证客观公正？对此，一位律师说，这种鉴定不妨叫做"老子鉴定儿子"，其结果也就可想而知了。

第四，往往弄不清楚到底该咋办。

如果没有种子的鉴定证明，消协和法院也很难受理。他们固然对受害农民充满了同情，但法律只相信证据，没有充分的证据怎么给你讨个公道？就算是出了鉴定证明，可由谁来"鉴定"该鉴定证明的公正性？对此，省消协曾建议能否改为由社会中介组织牵头组织专家参加鉴定，但最终不了了之。

就算是法院受理了，可民事审理一般遵循"谁主张，谁举证"的原则，这对于农民来讲，显然不切合实际。因此，农民们便会尽量避开上诉法庭的路子，一是找有关行政部门；二是找消协；三是找新闻媒体等。如此一来，必然会浪费更多的社会成本。

以上述内容为基调，我写了一篇标题为《欲要索赔好困惑》的言论文章，当年被评为全国农民报新闻一等奖。惭愧的是，我作为一名记者，在面对这种问题时，也只能是"有意见，没建议"了，因为仅凭新闻工作者之力确实没法提出具有建设性的建议。

事实上，在由计划经济进入市场经济后，困扰农民及农村基层干部的主要问题，除农产品及农副产品难卖之外，就是假冒伪劣商品坑农害农问题的频频发生了，尤其是假种子的危害极大，而且几乎随处可见，防不胜防，打不胜打。仅就我个人而言，在报道尚店乡的圆葱种子案之后，仍不得不屡次面对类似的新闻事件。但我坚信，只要社会舆论坚持穷追猛打，只要社会各界尤其是法律法规的研究及制定机构引发足够的重视，那些坑农害农的家伙终究会无处遁身。

中国"三农"报告

农资产品为何总是被假冒？农资产品怎么才能维护自己是合法权益？假冒伪劣产品活动屡禁不止到底难在哪里？我一直在思索诸如此类的问题。

第十二章 农资产品如何打造品牌

1.

始料未及,本来是一次"灭火"行动,谁知却搞出一个大新闻。

事情的起因是本报刊登了一则广告,引起了金凤市悯农酵素菌有限公司的不满,其董事长刘晓平直接找到总编辑,把刊登广告的那份报纸往桌子一摔,就质问起来:"你们怎么能登这样的虚假广告呢?你们登广告审核了这家公司的资质吗?"总编给他解释:"只要有文号的商品刊登广告都是可以的,我们无法分辩商品的真假,工商注册了,宣传文号批了,又有经营许可证,我们有啥理由不刊登呢?对于你反映的问题,我们只能查一下看广告手续是否齐全,如果齐全就不是我们的责任。"

然而,广告部主任的答复结果是:没有严格审查相关手续。其实,相关手续不齐全就刊登广告可以说是业内的"潜规则",毕竟广告部也有业绩考核,而对方信誓旦旦地说"相关手续正在办理中,随后就补齐"等诸如此类的理由，基本就可搪塞过去。对于原本就有"夸大"成分的广告，虽然一般没人较真，但一旦有人较真就麻烦。这次，就遇到一个较真的。

就这样，我这个"灭火器"被总编召唤到他的办公室。没说几句话，我就首先意识到来者刘晓平的"兴师问罪"应该是源于同行业的竞争，毕竟别家公司的广告做大了，自家产品的销路就会遇到问题。不过，我隐隐约约感觉其中似乎还另有隐情。当然，目前的首要是把他带离总编办公室，免得影响正常工作。可是，如何让气势汹汹的对方心甘情愿地跟我这个小人物走呢？

我首先问他："你是这则广告产品的直接受害者吗？"

刘晓平说："当然是了！"

我紧接着问："也就是说，你使用了这个产品并受害了？"

他一愣，说："那倒没有。"他的情绪也因此一下子平复了许多，不过又梗起脖子说，"他们就是虚假的，你们乱登广告，最终被坑害的还是农民。"

我又问："那你有什么证据证明人家是虚假的？"

他说："当然有了。"

我说："那好，你到接待室给我好好说一说。"

总编见机插话道："这位是我们报社的徐少林记者，有什么话你给他说就行了。"

刘晓平一下子站起来，说："哎呀，你就是徐少林啊，我经常看到你为农民主持公道的文章，今天算是见到真人了！"随后，紧紧与我握手。

来到接待室，经过刘晓平的介绍，我才意识到这不仅仅是因同行竞争引发的相互诋毁。

据他说，事情是这样的：关键在于他们公司名称中的"酵素菌"，它同时也是一项有专利的国外生物工艺，在农业生产中属于生物肥。按照规定，生物肥必须在农业部进行登记认证，不登记认证就属于非法。1994年，刘晓平率先将酵素菌技术从国外引进来，并在农业部进行了登记认证。另外，业内人士都知道，酵素菌技术来源于国外，不用国外那家公司的原种菌剂进行生产的产品就不能叫"酵素菌"。也就是说，刘晓平认为刊登广告的那家公司在假冒他们公司的产品。

不过，在交谈的过程中，我发现刘晓平的语气有些吞吞吐吐，甚至有些遮遮掩掩的。最后，我说："既然你来问罪于报纸的广告，那是等先把这个问题解决了，还是直接对你所说的假冒问题进行追查？"

刘晓平连忙说："我没有问罪的意思，只是来给你们反映一下情况。"他沉吟一下，又说，"你们既然登了这种广告，希望你们负责到底，把冒充我们的'李鬼'揪出来。"

我说："如果这家公司真干了坑农害农的事，不用你说，我们也会打假到底。这样吧，既然你说人家是假冒的，那我首先要看看你是不是真的，在认定了之后，再说要不要调查你说的假冒者。你说对不对？"

刘晓平说："那当然，欢迎徐老师对我们进行认定，然后帮我们打假。"

随后，我给总编进行了汇报。总编是"老新闻"了，具有超出常人的新闻敏感性，他随即打电话叫来本报的文胆陈中华，经共同研讨确定：第一步先由我和陈中华赴现场采访调查认定刘晓平的公司；第二步按投诉内容进行采访调查；第三步待一切实事清楚后就进行打假操作。

2.

陈中华的认真劲在本报是人人都知道的，在他的认真劲的带动下，我们在金凤市进行了一番调查，先是去工商局查问了刘晓平公司的注册手续，同时咨询了企业"三证"的有关问题，以及被刘晓平指控造假的那家公司的相关情况。

然后，我们到政府有关部门了解到，刘晓平公司是生产微生物肥料的专业厂家，并受国外那家输出技术的公司委托成立了"中国山东总部"，刘晓平任会长。该公司建有专业生产发酵车间及相应的生产、检测设备。在国外微生物专家和中国农科院有关专家的指导下，结合我国土壤营养状况、微生物的适宜生存条件和各种作物生长需要肥的规律，研制生产的高效生物活性菌肥——悯农牌酵素菌肥是其生产的主导产品，并在2002年通过了中国农业部的质量验证，2003年又通过中国绿色食品发展中心的质量安全认证，获得《绿色食品生产资料认定推荐证书》，可在全国绿色食品基地推广应用。

接下来，我们根据之前掌握的线索，开始调查那家刊登广告的公司，而且屡屡遭遇风险。

我和陈中华从金凤市赶赴那家公司的所在地——四方市，该公司董事长没在单位，便转到她家。

那是一个地处郊区的高墙大门楼的院子，进了院，我们一招呼，一个50来岁的妇女应声从屋里出来。

我们进行的是暗访，不能事先暴露真实身份，因此我先问："你是烟台强力生物技术有限公司的老板秦某某吗？"

她回答："没错，是的。"

我又说："我们看了你们在报纸上做的宣传，所以过来考察一下，我们想在全乡推广这个产品。"

那女老板看我们一副干部打扮，又听是准备全乡推广，当然非常高兴，连忙请我们进屋，又分咐家人冲上最好的龙井茶，拿上最好中华烟，端上烟台苹果、莱阳梨。

接下来谈得非常顺利，问题出在离开的时候，我们那位笔头游刃有余、性格却实诚无比的陈中华，居然向对方透露了记者身份。

这下坏了，女老板当即吩咐家人锁起院门，放出3条狼狗，并恫吓道："今天你们先不要走，把情况说清楚再走。咱们把话说到前头，只要你们敢曝光，我们就不客气！"

说不害怕那是假的，不过屡屡遭遇类似场景也让我早有心理和物质上的准备，我一边拨打电话，一边严厉地说："这事还真让你说中了，我们就是要对假冒伪劣进行曝光的，不然来这儿干什么？我实话告诉你，目前还处在对投诉内容的核实阶段，既然你这样对待记者，那就反而说明你们是造假公司了。"趁着她愣神之际，我已经接通当地宣传部部长的电话，并故意大声说，"张部长吗？我是大众日报社的记者徐少林，我们接到投诉到你们这里来调查了解情况，现在遇到了点麻烦，被一个大嫂关到大院里不让走，还放出了3条狼狗，我们的人身安全受到了威胁。"

张部长立马紧张起来，大声说："老徐你不要怕，那位大嫂是什么人？"

我说："她自称是强力生物技术有限公司的董事长。"

"那好，你让她接电话。"张部长说。

我把电话交给女老板，她当下就说："张部长放心，不是记者说的那么严重，放狗那是让狗吃食呢，锁门是怕狗跑了。好，好，我马上放行，好的。"

从那里出来后，我和陈中华并没有"逃跑"，而是去调查采访相关人士，尤其是那则广告中提到用以证明该产品功效的地方和人。在路上，我接到了自称是女老板的丈夫的电话，他说："你是来我家的那个记者吧，我告诉你，你们要为自己的行动负责，一旦有什么安全问题别往这事上扯。如果因为你们不负责任的报道影响了我们经营，我们一定会诉诸于法律。我告诉你，我不是不认识你们报社的人。"随后，他竟然说出了我家的住址。

没等他把话再说下去，我就针锋相对地说："你别恐吓人，我们不是吓大的。你放心，我们会依法调查采访，会给你一个应该得到的报道。没事，你有本事来就行，但我要向你声明，你的电话已被我录音，我们的安全一旦出现问题就会有据可查。"

陈中华对我的回答很是赞扬，而且表示一定要追查到底。

待采访完相关人士后，我和陈中华决定实地采访该公司的一个农资门市部。就在我们仔细查看产品包装时，发现端倪的店主上前说："你们是记者吧，老板已经通知我们了，你们想干什么？马上给我滚，不然我就不客气了。"随后，他气势汹汹地把我们推搡出门。我们只好离开，不过绕了一个圈子到马路对面，用长距镜头拍下这家门店，后来刊发在报纸上。

3.

回到报社，我和陈中华根据采访记录整理出总体情况，向编委会做了汇报，大致如下：

那个秦姓女老板是以与北京某生物技术开发中心联合推出的名义销售相关的酵素菌产品。关键问题在于，他们在产品包装上打出了那家输出技术的外国公司的名称及"中国总部认可产品"字样，却又隐去产地及具体的生产厂家；在他们自行印刷的广告单中，甚至以那家外国公司的中国全权代表的子公司名义宣称，对其他厂家的产品质量不予保证等等。最恶劣的是，他们竟然从一些无证小厂收购劣质肥料，然后装进自己的产品包装袋，然后通过直达村庄的网点销售给广大农民。另一个关键问题是，北京某生物技术开发中心是国内著名的生物肥料研制单位，也确实与秦姓女老板的公司签有协议。

至于投诉人刘晓平之前的吞吞吐吐也是有原因的。秦姓女老板的公司如此大张旗鼓地推销产品，刘晓平不可能不知道，然而作为"正宗"企业他却听之任之，如果一开始就进行维权的话，一举报一个准。据他后来给我们讲，是因为怕得罪人，怕报复，因此放弃了行动。如此一来，秦姓女老板的公司逐渐做大做强，以致成为当地的纳税大户，保护伞也就随之形成了。

情况汇报上去，接下来就要研究如何具体操作了。首先是要不要曝光？秦姓女老板的强力生物技术有限公司毕竟是本报的广告客户，而广告成为媒体生存的支柱之一已是不争的事实，就算是他们在本报做广告的产品有问题，但他们还有别的产品，一旦曝光，接下来的合作之路就会被完全堵死，甚至连带到北京某生物技术开发中心对本报敬而远之。其次，不曝光会出现什么结果？刘晓平势必不会满意，这还好说，关键是广大农民兄弟有权知道真相。第三，是否可以刊发一篇中性的带有设问成分的稿件？比如以群众来信形式"提出问题，不给结论"即可。如此一来，既可堵住投诉者的嘴，又起到了广泛警示最用。

以上第三项内容，得到多数人的支持。不过，作为第一责任人的总编却坚持要曝光。最终，编委会决定：针对曝光秦姓女老板公司的新闻，由陈中华执笔；针对刘晓平公司的正面报道，由我负责。

很快，陈中华就把曝光稿件写出来了，而且把我的名字署在前边。那篇稿件的眉题是"骗人的秘密：收购劣质化肥再进行包装"；主题是"'强力公司'是李鬼"。

这稿子的主题是不是太愣了？当我向陈中华提出这个问题时，他说："就该硬着点，它是李鬼错不了，完全拿得准。"我说："那就看总编能不能审过去了。"

审稿的时候，总编把我叫去问道："中华写得稿子你看了吗？"

我说："看了，好好地学习了。"

总编又问："咋样？"

我说："很好。只要我们敢发肯定就有响声。"

总编说："有你这个态度，明天就发，发头版头条，配上照片。"

新闻报道发出之后会不会代来响声，除了报纸的影响力以外，也相应地有记者进行如何动作的问题。这个新闻发出之后，我和陈中华便将报纸呈送了有关部门和领导，很快引起了有关方面的重视。3月底，北京某生物技术开发中心发表"郑重声明"，揭露了烟台强力生物技术有限公司的假冒身份。4月2日，山东省土壤肥料总站出具公函，证明该公司销售的某品牌生物肥为未登记的非法产品。

在这种情况下，我和陈中华又专程来到烟台市工商局进行调查采访，他们当即组织力量对该公司非法生产和销售进行了查处，并查封了一批待售产品。同时，工商人员还取得了一些小厂为其提供劣质肥料的证据。

从烟台市工商局回来，我和陈中华又去了山东省工商局。省工商局对此非常重视，很快下发有关文件，并组织人员进行查处，做出"查封所有非法产品，并罚款5万元"的决定。

然而，事情还远未结束。

4.

"打而不死"是农资打假的一个特点。

什么叫"打而不死"呢？就是今天把他打了，他改个面目明天又出来了。我国有个"3.15"国际消费者权益日，每年都要进行农资方面的专项打假，可就是屡打屡活，打了这个出来那个，打了那个出来这个。

上述"打李鬼"的事情告一段落后不久，那家被打的公司又改头换面出来了。咋办？既然你又出现了，那就再采访调查再打！于是，又踏上了采访调查之路，因为陈中华有另外的报道任务，这次是我自己。

采访调查中的艰辛就不再讲了，反正是不容易，挺麻烦。以下仅说两个小细节：一个是在采访调查中，恰好遇上27户农民到该公司退货，该公司的工作人员不仅拒绝退货，而且声称要将农民告上法庭以恫吓。二是我以联系业务为名电话暗访秦姓女老板："你们被曝光了是不是？听说你们还在销售呢，我们要是想进你的货到哪儿去呢？"对方信誓旦旦地回答："他报他的，我们干我们的，谁能把我们怎么着？别听报纸瞎说。"

历经一周的采访调查，我以《"李鬼"缘何嚣张》为题，写出了如下文章（节选）：

近日，记者赴烟台、威海等地了解到，曾被本报曝光的"烟台强力生物技术有限公司"近期又改头换面在某媒体上发出半版广告，继续推销产品。其董事长兼总经理秦某某对记者讲，因原来的公司被曝光所以注销了，又注册一家新公司。她说，没工夫跟报社打官司，他报他的我干我的就是了，反正不能把我怎么样。同时她到处宣扬"我们跟报社打官司了"、"某某记者被处理了"等，进而欺骗用户。

蓬莱市张梁庄村的张某某反映，他们村27户购买了该公司产品的农民，在去退货时，不但没有退成，反而受到了恫吓。

牟平的一家农资经营店的店主被几个人围攻，威胁其如果再反映该公司产品的问题就给点颜色瞧瞧。

一位质量技术监督局的人员因处理了该公司产品的质量问题，也受到了软硬不一的纠缠。

获得农业部登记认证的金凤市悯农酵素菌有限公司的总经理刘晓平不断接到恫吓电话，其公司设在各地的代理经营点也受到骚扰，对方说，你让我干不成，你也别想过平稳日子。

记者也先后接到恫吓电话，一名男子打来电话说："以你为首的记者给我们造成了极大的经济损失，我们要找你摆平。"次日，秦某某打来电话叫记者小心点儿，她还自称是四方市个体劳协的理事，地方有名的民营企业家，谁能拿她怎样？

这个叫秦某某的人，早在2000年就收购无证厂家、个体生产者的酵素菌肥料，自定品牌后行销遍及胶东；2001年又以北京某生物技术开发中心烟台子公司的名义，进行非法经营活动。被媒体曝光后，又注册了新公司继续销售其产品。历时三年，坑农害农，曝光不惧，经营继续，"李鬼"缘何嚣张？个中原因值得探讨。

除了"正宗"企业在维权方面的被动给了"李鬼"可乘之机外，执法部门执法不严、以罚代管及地方保护起到了明帮暗助的作用。

按照规定，生物肥必须在农业部进行登记认证，不登记认证就属于非法，不可思议的是当地工商部门给秦某某登记注册了公司。据了解，她没有提供合法手续，其中包括合资合办的正式合同或者说成立子公司的正式合同、出资证明、合法的验资报告、北京某生物技术开发中心的正式授权等。有人向记者反映，说有个工商局的工作人员一直在帮忙，为其提供方便，参加其业务会，陪其到无证小厂考察。秦某某承认，工商部门虽然查了她，说是罚款5万元，但她至今分文未交。记者还了解到，有农民到消费者协会反映产品质量问题，该协会的一个领导却打电话告诉农民说产品质量没问题，不要瞎反映。

秦某某告诉记者，她是县个体劳协的理事，当地为了保护她，狠查外面来的产品，"正宗"的酵素菌肥就曾被扣车查处。

记者了解到，秦某某在当地是个"大红人"，她头上戴了若干顶"红帽子"，在本报曝光之后，当地个别干部不仅去"慰问"她，还鼓励她继续干。为啥地方要保护呢？原因无外两点：一是地方经济要发展需要秦某某这种人创税收；二是秦某某非常注重"感情投入"，个别干部自然成了她的保护伞。

这个稿子发出之后，有关部门又派专人进行了调查。至于查处的结果是什么，我多次询问有关部门而未得到正面回答。

5.

这次有针对性"打李鬼"行动虽然暂时放下了，可作为记者的我心里并未平静，并与刘晓平一直保持着联系，也在重点关注类似的新闻事件，并深度思索"农资产品为何总是被假冒"、"农资产品怎么才能维护自己是合法权益"等问题。

数载后的2007年，我又以《农资产品如何打造品牌》为题发表文章，节选如下：

在迅速发展的市场经济大潮中，农资产品怎么才能立于不败之地，赢得市场的青睐？毋庸置疑，品牌十分重要。而"如何打造品牌"又是农资产品面临的一个重要课题。为此，记者赴金凤市悯农酵素菌有限公司进行了采访，他们的认识和实践值得借鉴。该公司总经理刘晓平认为，"打铁先得自身硬"。那么，自身应该硬在哪里呢？记者了解到：

一是硬在酵素菌技术的先进性上。酵素菌技术是继化肥之后的肥料第二次革命，常规化肥农作物利用率只有30％左右，而其余大部分不能被植物吸收，造成土壤板结，破坏土壤结构，带来各种污染。金凤悯农公司在1994年率先把国外的酵素菌技术引进中国，将国外研究开发了几十年的高科技产品与中国农业的实际有机结合，研制开发成工厂化生产的农资产品，在国内开了先河。

二是硬在产品开发研制机制上。国外公司在金凤悯农公司设立了中国惟一的"中国山东总部"，并任命刘晓平为总部会长，这样就形成了两国联手研制开发产品的合作机制，使该公司年年都有新品种上市。

三是硬在产品的内在质量上。2002年，悯农酵素菌肥以每克有效活性菌3亿多个超过农业部规定的2000万个，超过达15倍之多，进而获得农业部颁发的《中华人民共和国肥料临时登记证》。随后，中国绿色食品发展中心为其颁发了《绿色食品生产资料认定推荐证书》，并在全国的绿色食品基地推广使用。

四是维权不能软。肥料尤其是生物肥市场鱼目混珠的问题十分突出，"三无"企业和产品横行霸道，金凤悯农公司就遇到了这样的情况：一些"三无"企业制造出"三无"产品，有的直接打着金凤悯农公司分厂的牌子，有的被售假公司收购后以酵素菌的名义行销，进而坑农害农。对此，本报曾进行过曝光。

维权成了金凤悯农公司打造品牌的必由之路，他们的做法是：一采取不设分厂、不设分公司的方法，不给造假售假者可乘之机；二是大力进行品牌宣传，对制售假者进行揭露，让消费者认清真假；三是成立专门的维权机构，专门负责打假，发现一个打一个，用法律武器保护自己；四是实行产品信誉保证书和产品信誉卡，向社会郑重承诺"凡使用本公司产品均可获信誉保证，如出现质量问题造成损失，由公司包赔用户"。

这样一来，金凤悯农公司有效地保护了品牌，为自己赢得了市场。沂源县张家坡乡孙文志是当地种植苹果的专家，他认为金凤悯农公司最大的特点是服务好，他们从2001年在全乡范围内推广使用该公司的酵素菌肥，同时享受到了从土壤化验、配方施肥、技术员亲临现场指导，以及聘请高级农艺师讲课并将光盘免费发到农户手中、为所有用户实行免费全程跟踪服务等系列化服务。比如，在用户施肥前，免费为其进行土壤成分分析；根据土壤情况确定土壤养分比例，再科学地配方施肥；在作物生长期间，根据不同生长季节进行具体的施肥指导；在作物收成时，免费对果实进行无公害指标测验等。靠了服务，该公司的产品得到大面积推广，在广大农品因此受益的同时，该公司也获得了巨大效益。

显然，"打铁先得自身硬"才是农资产品打造品牌的法宝。

与此同时，对于"'打假难'到底难在哪里"的问题，国内媒体一直没停过相关报道，对此我也在不停地思索。

在2012年的"3.15国际消费者权益日"来临之际，我又对这个问题进行了深入采访调查，并以《打假难，难在哪？》为题发表文章，节选如下：

假冒伪劣产品活动屡禁不止，到底难在哪里？记者采访了一些有关部门的工作人员，他们有如下反映：

一、公安部门

——公安机关信息渠道不通畅，获取信息缓慢，难以主动出击。在打假工作中，群众很少直接向公安机关举报制假售假线索，公安机关一般要等其它部门移交案件后才立案侦查。由于事前无法采取布控措施，犯罪分子闻风而逃，立案后取证难，抓人难，追究刑事责任难，最后只能由行政执法部门予以行政处罚。这样容易助长造假者的气焰，起不到打击和震慑的作用。

——认识不到位，力量不集中。一些基层公安机关对打假工作认识不够，认为它的危害性不同于刑事犯罪，加上打假职能部门众多，存在依赖心理，一些地方公安机关没有打假机构和力量，或者工作职能不明确，在其他办案任务繁重的情况下，对涉假案件只能被动应付，影响了打击力度。

——办案经费不足，直接影响办案质量。由于制假售假手段狡猾，形式隐蔽，大多数是老板与生产工人分离，生产与销售的各道工序分离，甚至是"打一枪，换一个地方"，经常变换地点跨区域进行制假售假。因此，对涉假案件追逃和调查取证的工作量大，所需经费也多。一些地方因为经费不足，又受到法律规定时限的限制，案件的侦办工作往往会陷入困境，难以依法追究有关人员的刑事责任。

二、质量技术监督部门

——相关法律法规不够健全。真正对造假贩假起震慑作用的是刑事追究，但《刑法》对此的规定是如果现场查获造假者"销售额"在5万元人民币以上，才能移交公安部门处理。事实上，造假与逃税漏税是相伴相生的。假冒产品通常现金交易，无发货单、签收单，更无须开具发票，绝不留下造假交易的发票等"证据"，执法部门很难取证；有时被查获时也以"自用"、"没卖"等借口逃脱法律的追究。如果《刑法》像《产品质量法》那样在这点上修改为"货值"5万元，那操作性就增强了。

——执法不到位的问题。我国现行的体制，公、检、法从经费到人员编制等，都受制于地方政府。当造假售假涉及到地方利益时，没有破除"地方保护主义"的根本机制，以致于对涉及外地的案件查得多，本地案件查得少。

——其他的原因。目前"打假"没有经费。打假的经费只能从假冒伪劣的责任人被行政处罚的罚款中出。这使各执法单位破了案子，往往罚款了事；甚至造成执法的部门与部门之间有冲突的现象。而罚款对于造假者而言，往往只是其牟取暴利的九牛一毛。这是假冒伪劣屡打不死、打而不痛的一大原由。

三、消费者协会

——受害者投诉举报的热情没有应有的高，是因为消费者投诉后的求偿权没有得到真正重视。我国《消费者权益保护法》第11条和《"消法"山东省实施办法》第29条都谈到，执法部门在查处违法案件过程中，消费者的利益有因此而受到损害的，执法者应责成责任人先赔偿投诉人的损失，再依法对经营者进行行政处罚等，这样才能调动普通人申诉举报假冒违劣产品的积极性。修改通过的《产品质量法》，其实也有保护消费者权益优先的相关规定，但目前落实不足。

——消费者责权统一的意识不够。目前的法律法规和社会舆论只单方面强调消费者权益受假冒伪劣的危害，没有规定消费者知假买假的消费行为要负法律责任。当造假只是"谋财不害命"时，消费者拒假的意念无从说起，使得造假者有市场的温床，有牟取暴利的机会，客观上鼓励了造假。

在写这部书期间，我又和刘晓平通了电话，他喜忧参半地说："这些年来，我们是在打假中生存，在打假中发展，在打假中不断完善。在市场经济泥沙俱下的情况下，只有在泥沙中学会游泳，才不会被淹死。"

中国"三农"报告

　　在这个社会转轨、机制转型发生历史性大变革的时期，一个农民身份的家庭妇女转身成为了商界职业妇女，其所遭遇的悲剧，在某种程度上折射出了社会进步中的阵痛。

第十三章 违法办案得到纠正

1.

因为我坚持搞硬碰硬的新闻监督，所以，就会有一些认识和不认识的人找我反映情况，久而久之，这反而成为我的一个新闻线索渠道。这次，登门的是一位同事——报社后勤部门的王光明。

王光明进门直截了当地说："有个事要给徐哥汇报一下，是这样的，我的一个战友说他妻子被公安抓起来了，他认定自己的妻子是被冤枉的，就想上访告状，他以前知道你的大名，就托我来找你。"

我随口问："什么性质的案子？"

"好像是经济方面的，具体的我也说不清，你是不是见见他？他能说得详细些。"

按照以往的经验，涉及经济的被告人很少有不喊冤的。当然，这也与这种案件的性质有关，比如一般刑事案的被告人多是在罪责轻重上喊"冤"，很少对被抓本身喊冤，因为在这类案件的审理过程中，不论是办案人员的经验、侦查的程序、证据的认定、刑法的规定，还是被告人自我道德的反省等，已经相对非常成熟了。而在经济领域方面，国内的相关法制建设还在不断完善之中，包括2012年二审判决的浙江吴英案，仍引发广泛的热议，更不要说在十年前了。

问题是，我是农民版的记者，而经济案件多发生在城市，因此我下意识地追问："哪里办的这个案子？"

王光明说："滨海市公安局。"紧接着他意识到什么，又补充道，"被抓的人是农民身份，先是在本地搞个体小买卖，后来才进城搞经营，符合你的'管辖'范围。徐哥，要不你先去见见她丈夫吧，办不办的见了面再决定也不迟啊。"

常年工作在新闻一线，让我深深明白"不能仅听信一面之词"的道理。不过，任何采访调查都得先从"听一面之词"开始。出于对王光明的了解和信任，我最终答应去见那人一面。

那人叫王建民。见到面时真让我吓了一跳，只见他一脸憔悴，头发蓬乱，身上的衣服皱皱巴巴、脏兮兮的，猛地一看就像个流浪汉。王建民把手在自己身上蹭了蹭才跟我握手，同时一个劲地解释："他们知道我要上访，就开始抓我了，这些天东藏西躲的，就像是一个在逃犯。如果我也被抓住就没人能喊冤了，也就没人救我妻子了。"

好记者就应该像中医似的，虽然不用全套的"望、闻、切、问"，但"望、闻、问"是必须的，其中"望"是察言观色；"闻"并非生理上的嗅觉，而是指直觉上的灵敏，这就和老中医似的，职业经验可以促进直觉的潜在生成。对于记者而言，这些还不够，因为最重要的是"问"，刨根问底地问，甚至连旁枝末节都要问到。

我不动声色地问:"有那么严重吗?现在毕竟还是共产党的天下。"

王建民焦急地说:"事情已经发生在我身上了,他们在到处追捕我。徐记者,俺知道你是个正义人,所以才来找你。真的,我妻子金玉华已被他们抓起来一年多了,既不判,也不放,超期羁押本身就是违法的。我们是叫天天不应,叫地地不灵呀。救救我那冤枉的妻子吧,她才36岁,家里还有不到3岁的孩子呀 "还没说完,他就嚎啕大哭起来。

这件事距我动笔写这本书时已经过去十年了,我还能清晰地记得王建民嚎啕大哭的样子,那是一种完全真实的哭。当然,他仅仅出于对狱中亲人的担心,也会自然流露出真感情。虽然当时也唤起了我的同情心,不过,真正让我心中一动的还是他说的那句"超期羁押本身就是违法的",但我还是不动声色地说:"在特殊案件或案情复杂的情况下,也可以依法延长羁押时间,不能你说超期就是超期了。"

王建民似乎以为我不想管这件事,竟然两腿一曲跪下,说:"徐记者,俺在老家聊城就听说过你,说你帮临清打赢了假圆葱的官司,给农民要回60万元的损失费,还听说你帮潍坊真农打假,打掉了一个叫绿海威的造假公司。你是铁肩担道义的好记者,我真是走投无路才来找你的。如果你不相信我说的,你可以到公安局查一下,看他们是不是超期羁押了。"

我知道他是在给我戴高帽,也清楚他在使用激将法,更清楚他这也是没有办法的办法。我俯身把他拉起来,说:"你先说下情况吧,公安局咋就要抓你妻子呢?"

"让我咋说呢?唉,真是倒霉呀。是这样的,俺妻子金玉华是个个体户,靠卖傻子瓜子在当地渐渐小有名气。当时,滨海市有个七彩商城,是滨海市勘探设计院搞的,因为一直亏损就想找个人承包经营,找了好多人都不敢接,我妻子一开始也不答应,可他们三番五次地找,最后就答应下来。也就半年的工夫吧，我妻子把七彩商城搞活了，当然她也想了许多促销的办法，包括拿出140万元搞有奖销售和招商。可是，就在商城越来越红火的时候，勘探设计院方面眼红了，非要违反合同收回去，在多次交涉不行的情况下，他们就通过公安把我妻子抓起来了。"

我听着他的诉说，脑子在急速地运转着，并追问："公安局就听他们的？他们让抓人就抓？怎么着也得有个说法吧？"

"按挪用资金抓的，就是搞有奖销售和招商用的那140万元。"

我一愣，脱口而出："挪用资金就是刑事罪了。可是，你妻子是承包经营的，怎么成了挪用资金呢？"

"我也说不清楚。最近要开庭了，我请了两个北京有名的律师，他们懂法律上的事，您是不是先见见他们？"

在一旁的王光明也说："老哥，要不先听听律师怎么说，再做决定也不迟啊。"

王光明先后已经有两个"不迟"了，我反而迟疑起来——首先，王建民妻子搞商城的承包，单单有奖销售和招商就有140万元，王建民甚至请了两名北京律师来打官司，显然与我原来进行报道的涉农案件中的普通农民不同，而原告方又是机关事业单位，因此面临的难度乃至风险肯定会更大；其次，看似记者可以独来独往，又有"无冕之王"之称，其实被报社管理得严着呢，要事先上报选题不说，即便是有特殊情况先进行了采访，即便是排上版面，最终也有可能被总编辑毙掉。况且，报社是总编负责制，记者的稿件一旦捅了马蜂窝，至少会连累到总编。最主要的是我想到了妻子，这些年来她一直为我担惊受怕，也对我的工作有了一定判断经验，也就是说，她肯定清楚对"金玉华挪用资金案"的调查报道是很有风险的事

王建民见我迟迟不做应答，又一次跪下。常言道：男儿膝下有黄金。

我自认是个山东汉子，就见不得这个，更何况我已经凭一名资深记者的嗅觉，初步"闻"到此事该有大冤情。最主要的是，既然党给了农民好政策，我们农民也不能仅是搞小打小闹的发家致富，更应该争当发展中国经济的生力军。而且，如今的中国农民已经不再是"面朝黄土，背朝天"的老派农民了，可谓是人才济济，就拿这个七彩商城来说，金玉华能够在很短的时间内就令其走出困境，至少经营头脑超出了绝大多数的城里人。再说这个滨海市，不仅在山东省，就是在国内也是小有名气，金玉华案的结果不论怎样——有冤情，就纠正；没冤情，就法办——最终都会有更大范围的示范效应。也就是说，即便仅从新闻角度而言，也是值得做的。

我俯身将王建民拉起来，但仍不动声色地说："你也要做好你妻子不是被冤枉的准备。"

2.

在开庭的前一天，我从省城赶往滨海市，我的妻子和王光明随行，前者是不放心我的安全，后者是受托于不敢露面的王建民，以进行相关的联络和引荐。

我首先去见来自北京的律师阎如海和栾燕民。令我感到诧异的是，在座的还有一名山东人民广播电台的年轻女记者谢晓颖，热情开朗的她让这次"秘密会见"的气氛缓和了许多，特别是也让我妻子的心踏实了许多。

那两位从北京来的律师显然是想给我们打气，上来就说："这是一起绝对的冤假错案，我们如果打不胜就不配当律师了。"

随后，他们历数了理由：首先，原告称金玉华是他们单位的人，并以工资表为据，其实这根本说明不了问题，金玉华到底是不是该单位的人，全滨海市的人都清楚。即便是该单位内部正式职工搞承包，进行相关促销活动也属于正常的经营范围，况且其结果是好的，让七彩商城重现了活力。最关键的是那些资金属于金玉华的承包公司名下，用自己的资金搞促销搞活动不是正常的吗？因此，挪用资金的罪名不成立。其次，超期羁押已经是不争的事实，从金玉华被抓到现在已经有500多天了，哪里的法律也没有这么长的羁押期呀，仅从不判又不放人来看，这肯定是让司法机关做难的案子——若按法律办就判不了，可放人又在有关"领导"那里不好交待。特别是，如果放人就等于承认是冤假错案，那么势必会有一批干部跟着倒霉了。

律师越讲越有情绪，来回在房间里走，一个劲地自问自答，甚至有些激动地语无伦次。最后，他走过来拍着我的肩头说："你是个好记者，敢来采访这样的事件是需要胆量的。"然后，又对谢晓颖说，"这姑娘更值得钦佩。不过，我还是要提醒你们，在明天开庭时，如果你们暴露记者身份，很可能会被阻拦进入，乃至被特别照顾。"

谢晓颖没说话。我把话接过来说："律师，我问你一句，这案子真得能打赢吗？"

律师说："绝对赢！打不赢你找我，撕了我的律师证。"

我说："那好，有你这句话就行。"

上午9点开庭，我们提前在8点就来到法院审判大庭门外。

一开始，前来的大都是王建民和金玉华的亲朋好友，也有一些金玉华公司的职工，快到开庭时，来人就明显多起来，不过多是看热闹的，因为这个案子在当地几乎家喻户晓。我混在围观人群里，若无其事地听着人们的议论，大多在说这案子办得太不像话之类的话。

我、王光明和我妻子用身份证办理了旁听证后，就走进审判庭，只见一些法警已经就位，整个审判庭内很安静，或者说带着寒气的肃静。山东电台的记者谢晓颖坐在很靠前的位置，我们则选择靠后的位置，因为曾经多次参与调查报道农民维权的案子，这种场面我见得多了，虽然心中仍有些惴惴不安，但事先的调查采访让我有了更多的踏实。不过，我妻子很紧张，抓着我的手不敢放开，两只眼还警惕地地看这看那。

审判长、审判员、书记员以及公诉人、律师先后就位。公诉人是一名胖乎乎的女检察官，模样长得不错，但一脸的严肃。

当法官宣布开庭并带上被告人后，先是一片鸦雀无声，紧接着旁听席上的人们燥动起来，只见两名法警押着一个戴手铐的女子从旁门走出来，此人正是金玉华。

一进大庭，金玉华突然高喊："冤枉，我冤枉！"旁听席随之大哗，甚至有人喊出："金玉华无罪，金玉华冤枉。"法警们为了维护法庭秩序，挥动警棍大声制止道："安静，保持安静。"

就在这时，那名女检察官高声问："金玉华有啥冤枉？说！"

我一愣，因为公诉人问出这种话已经算是打破"常规"了，何况她的语气中还带有鼓励的味道。

金玉华高喊回道："他们刑讯逼供啊！"

接着又是打破"常规"的举动，端坐在上的法官竟然问道："怎么刑讯逼供了？"

金玉华又高声喊道："他们用警棍电击　　"

"不许胡说。老实点。开庭，按程序开庭。"一名看上去像领导的警察喝道。这仍是打破"常规"的举动。

显然，公、检、法部门的相关人员对金玉华案也有着不同的看法。事实上，正是国内法制建设的不断完善，包括媒体舆论监督的强化，使得金玉华案得以昭雪。

法庭审理正式开始了。

公诉人就金玉华犯有挪用资金罪进行诉讼，律师则就罪名不成立进行辩护，彼此唇枪舌剑，各不相让。

虽然长年的记者经历锻炼出我很好的记忆力，不过，为了更准确地还原现场内容，况且其间有大量专业、生僻的法律条文和词汇等，到最后我不得不试着拿出笔记本做记录。很快，就有法警过来要没收我的笔记本，我只能亮出记者证，那法警一下子紧张起来，有点口吃地低声说："请原谅。"把笔记本还给我后，他就去向一位领导模样的法警汇报，又回来对我说："我们领导讲，开庭审理不允许记者采访，请你离开旁听席出场。"我只得离了审判庭，妻子和王光明也就出来了。

在回宾馆的路上，似乎有人在跟踪。王光明显然害怕了，附在我的耳边说："我看形势不好，咱们赶快走人吧，不能吃了眼前亏。"

"没事。你如果害怕就先走。"我说。

"大哥，那　　"王光明说着就想转身。

我妻子伸手拉住他，说："你不能这样，是你带我们来的，要走一起走。你走了，我们咋办？"其实，她知道我不会听她的，所以想让王光明把我一起拉走。

此时，我反而更加镇静下来，这正是考验个人心理素质的时候，而我就属于天生有胆，越是凶险的境地就越冷静，随即说："咱们稳住神，别慌。我先给大众日报驻滨海市记者站的曲站长打个电话。"

曲站长很快就赶来，把我们接到记者站，然后给当地宣传部打电话，对方随即提出招待我们。我不由暗自皱眉，因为当地政府宣传部往往是灭火器呀，碰上新闻监督的事，他们总会想尽办法大事化小。

在我的提意下，刘副部长把山东人民广播电台的女记者谢晓颖也请来。

有小谢在，就不愁活跃气氛，同时也可共同做采访并相互印证。

3.

完全出乎我的意料，宣传部方面不仅没当灭火器，反而有火上浇油之势。

其实，这也应该是情理之中的事，因为金玉华案在滨海市被广泛关注，绝大多数人已经将其视为"冤假错案"。所以，我们刚一落座，那位分管新闻的刘副部长就说："这案子办得太离谱了，记者不来监督才怪呢。欢迎记者来监督！"

对于宣传部不灭火却助火，我的压力反而越大，因为这表明金玉华案已经不是一起普通的案件，显然涉及到了官场角力——也许是正义与邪恶的较量，也许被掺杂进了个人或小团体的情绪。不论是哪一种，都势必会把此次新闻监督的深度、力度和波及面等推向高点。不过，这毕竟会极大地开拓我的采访渠道，因此，我当下提出："请宣传部的同志帮我们分析一下，应该从哪里入手？"

刘副部长爽快地说："这事好办，明天，不，就今天下午，我请检察院公诉人把公诉书的相关内容送来。另外，你能找到律师的辩护词吗？这样的话，权威资料就全了。"

关于律师的辩护词，我是一定会要的，也肯定能要到。至于公诉书，既然已经开庭也就不是秘密了，但书面文字对采访依据很重要，而且只要能见到公诉人，就算他是铁嘴钢牙，我这名老记者仅凭察言观色也能获得有用的信息。关键问题是，检察院方面能否买宣传部的账。

当我把自己的疑虑透露出来后，刘副部长再次爽快地说："如果说别的案子我不敢保证，这个案子肯定好办，因为检察院方面对此也颇有意见，一方面是同情金玉华的遭遇；另一方面，若办了冤假错案，他们检察院也脱不了干系，而且要承担法律责任。因此，屡屡退卷给公安方面，要求补充侦查，否则也不会拖这么长的时间。最后，在一位市级领导的强行干预下，才进入庭审程序。我想，检察院方面，包括公安、法院方面肯定有一肚子的苦水要倒。况且，你们一个是大众日报社记者，一个是山东人民广播电台记者，都属于党领导下的群众监督范畴，不论从哪个角度而言，你们的采访均是合法合理的行为，只要在具体报道中注意不要干预司法公正就行了。"

果然，在下午约定时间，那名作为金玉华案公诉人的女检察官到了。

在我和谢晓颖的访谈中，虽然女检察官说的几乎全是开庭时说过的话，但她的话里话外，包括举止、语气、表情等，都透露出对金玉华案的无奈以及对金玉华的同情情绪。

随后，我又拿到了律师的辩护词，现摘录重点部分如下：

一、被告人金玉华的身份不符合起诉书指控的犯罪主体。

《刑法》第272条规定的挪用资金罪的犯罪主体是特殊主体，即必须是公司、企业或者其他单位的工作人员。本案焦点之一是，金玉华的身份是否符合《刑法》规定的"本单位工作人员"。我们认为：金玉华从未受聘担任过七彩商城的经理，也从未在设计院领取工资报酬，其身份不符合《刑法》第272条规定的犯罪主体，这一点应是明确无误的。

二、客户交纳的履约保证金不属于《刑法》第272条规定的犯罪对象。

本案罪与非罪的另一个焦点在于：客户交纳的履约保证金是否属于《刑法》第272条挪用资金罪规定的"本单位资金"。对此，必须重点辩明：1. 客户交纳的履约保证金不是设计院或七彩商城的营业收入，并且也没有任何一方将此作为本单位收入而交纳营业税。2. 客户交纳的履约保证金不能认定为七彩商城或设计院的自有资金。3. 根据三方签署的《代理经营协议》约定，滨海金玉华实业有限公司（以下简称"金玉华公司"）收取的客户保证金，完全由金玉华公司管理并承担退还的民事责任。在经营期间，金玉华公司对七彩城账户上的原有资金分文未动，而是自筹资金对商城进行改建，同时出台优惠措施吸引入店商户，包括交保证金免一年租金，这是企业经营者筹措经营资金的一种合理方式。

三、金玉华公司临时使用客户保证金，其行为也不适用《刑法》规定的"挪用本单位资金归个人使用"。

首先，法庭调查已核实，是金玉华公司以七彩商城的代理经营者的身份临时使用客户保证金，以推动七彩商城的各方面建设，而不是金玉华个人使用保证金；其次，金玉华公司虽是一家私有企业，但它是独立的、合法注册的企业法人，这种私有企业并不属于《刑法》第272条规定的"个人"。第三，根据最高人民法院做出的司法解释，《刑法》第272条规定的"或者借贷给他人"里的"他人"，可以是非自然人，但此种情况必须是挪用本单位资金后，又以个人名义借贷给他人。这同样也不适用本案。第四，"挪用"是指非法的、擅自的行为，本案中的使用客户履约保证金行为"非"了哪部法律？控方没有提供有力说明。

有了对控辩双方的访谈，并且拿到双方的文字资料，又有当地宣传部的支持，这更加坚定了我对此案深入采访的决心和信心。不过，目前的素材显然不足以有效支撑起报道内容。事实上，进行采访相对要容易许多，难的是做出有效的客观公正的正式报道。从某种意义上讲，媒体的工作与法院相仿，必须要办成铁案，必须要找到铁证进而办成铁案，必须要从最关键的角度切入并找到铁证进而办成铁案。不同之处是，法院的判决书可以根据需要无限扩容，以堵住所有"漏洞"，而新闻报道却有篇幅限制，所以必须在全面凝练并力保不出"漏洞"的基础上，准确地直切主题！记者的水平高低之分，关键就在于此。

在我与谢晓颖商讨如何进行报道的时候，她颇为担忧地表示："目前当然不敢报道了。况且，法院还没有做出判决，搞不好的话，就有干预司法公正之嫌了。"

可是，就目前情况来看，金玉华案一旦被办成冤假错案并被翻案（极有可能啊），不仅会令广大群众对司法公正产生质疑，进而在社会上造成衍生性的恶劣影响，并且也会由此牵扯进更多的公务员。毕竟目前还没有进行宣判，部分公务员还没有被迫做出违心乃至违法的事。作为群众监督的尖兵，媒体记者有责任呼吁制止错误、挽回影响，同时也是在保护广大有正义感的公务员。

可是，从那里作为切入点呢？最佳选择应该是——从"超期羁押，刑讯逼供"上入手。

我对谢晓颖说："我觉得，咱们应该去采访公安方面，直截了当地追问超期羁押、刑讯逼供的问题。"

"能行吗？恐怕公安不会接受采访。"小谢说。

"还是要请宣传部的同志出面，就说记者想听听公安方面的意见，有些事情需要进行核实。"

"好吧。"小谢说。

可是，我的想法受到了另外三方面人的反对：

首先是我的妻子，她害怕地认为我这是自投罗网，"要是把你扣留了咋办？"

另一方面是王光明，他听我妻子这样说就更害怕了，说到时候报社向他要人可担不起责任，还说他得先走，"家里的老婆孩子都催着回去呢。"

最要命的是，刘副部长表示他们不能出面，因为案子是公安方面直接办的，相关办案人员已经陷得很深了，背后又有那位市级领导撑腰，如果变成了部门之间或上下级之间的对抗，"我这个小小的副部长可担待不起。"

不过，刘副部长最终以"宣传部必须积极配合党报记者采访"为由，把具体办案的公安分局邹副局长的电话号码给了我们。

我也算是一名见多识广的老记者了，接下来发生的事情完全出乎了我的意料。那名公安分局的邹副局长还没等我说完来意，便在电话那头咆哮起来：

"你们记者想干什么？是不是想报道呀？那就来找我吧，我这儿有的是素材，但之后要发生了什么事情，我们概不负责！

"这都是领导定的，你采访我们也没用，人照抓，羁押照羁押，领导不让放人就放不了！

"这是铁案，错不了，就是错了也没事！

"你在什么位置？告诉我　　"

当时，气得我也吼上了："你不要这么嚣张，也别吓唬我，我不是吓大的！"放下电话，我对妻子、王光明、谢晓颖说，"咱们马上撤离这个地方，说不定他们会找过来。"

我妻子已经被吓得不知所措，王光明连连说："要撤离就马上撤离，慢了就来不及了。"他这一句"撤离"就直接回了家，谢晓颖不知什么时候也不辞而别了。

我是打定主意绝不能临阵逃跑的，经与宣传部刘副部长、报社驻滨海市记者站曲站长商议，最终，由曲站长把我和妻子送到远离市区的一个小岛上的宾馆。

4.

等回到报社，我才真正为难起来。

不要以为记者很风光，似乎想写什么就写什么，其实，记者的背后至少会有记者部主任、编辑、编辑部主任、值班总编乃至校对、印刷人员在把关。尤其是新闻监督性质的稿件，一旦出现纰漏乃至瑕疵被人紧紧抓住，还会有来自上级部门的审核与处罚，直至法院的裁决。一旦真的被处罚，不仅仅是记者本人，上述相关人员或全部、或部分肯定要负相关责任。

事实上，我并不是没有吃过这方面的亏。

那次是我接到一封群众来信，说"梁山三好汉"散伙了。先说明一下，这"三好汉"并不是宋朝时期在水泊梁山上的人，而是现代人，他们合伙要修一条铁路，并被国内媒体争相报道。不过，第二年就传来他们散伙的消息。经向报社领导汇报后，我被派前去采访，并了解到他们散伙的主要原因，是其中一人被指责"私自吃回扣"，我甚至拿到了相关单位提供的那人的签名"字据"。回到报社后，我连夜写了篇《梁山三好汉散伙内幕》，并且受到版面编辑的肯定和好评。

稿件一刊登，就出事了！

实话实说，那人确实写下的是借条，不过，他的这一行为也确实被相关的人视为"私自吃回扣"，并由此导致散伙。可是，那人仍以"借条"为由到报社告我"报道失实"。纠缠之下，当时的总编决定拿掉我的记者身份，以示处分，我只得在报社干了两年杂活，直到现任苏总编正式上任，我才重新回到记者岗位。

相比之下，此次新闻报道的对象是政法部门的某些人，而且最关键的素材"刑讯逼供、超期羁押"没有拿到手，也没有采访到关键性人物，写稿的难度之大就可想而知了。可是，如果不进行报道，也就是不进行新闻监督，那么一旦错误的或有瑕疵的法院判决公布出来，就如同我上述的那次报道一样，受"损"的就不仅仅是某个或某些人，而是其所代表的单位乃至国家形象。

为难着急之下，我只得主动向苏总编做了详细汇报。当时，把我重新调回记者岗位的就是他。在他到任之初，就明确提出以后的办报思路：加强新闻监督；党报性质，晚报风格；积极鼓励记者多写新闻监督类稿件。

即便如此，令我感到有些诧异的是，苏总编在听完汇报后的第一句话就说："我为有你这样的好记者而感到自豪。"当然，工作还是需要严谨缜密地进行。经过探讨后，确定步骤如下：

第一步，先写一篇中性的稿件，也就是把法庭公开审理的情况，以及各方人士的看法等予以客观地报道；第二步，想办法采访超期羁押、刑讯逼供的问题，最好是拿到一份金玉华的投诉材料，然后以受害人投诉的形式争取发《内参》。

报道的原则和步骤是拟出来了，但具体工作还是要我自己做。其实，表面化的中性稿件最好写。按照教科书的理论，新闻本来就应该这样写——客观的，按照不带主观意识的本来面貌去写。不过，在此基础上，我认为任何新闻都会带有倾向性，或颂扬，或贬抑，或引发反思等，关键在于"客观"到什么程度。比如，是记者仅仅将自己看到、听到的表面内容写出来，还是通过深度采访把新闻事件的潜在本质挖掘出来？这便涉及到了记者的素质和素材的筛选问题，就如同司法机关最强调的证据一样，查证、筛选好直接证据和间接证据，会对定性、定案具有决定性作用，进而，最终的判决才会体现出客观公正原则，而具体的判决内容则是有倾向性的——不仅要惩戒罪犯本人，还要以此向社会发出警示。

　　我最发愁的，还是如何在金玉华案的"超期羁押、刑讯逼供"问题上有所突破，因为就此切入下去，就会把这一事件的深层新闻点挖掘出来。可是，目前想从具体办案的公安方面了解情况是不可能的了，而金玉华的丈夫王建民从开庭后就失去了联系，"中间人"王光明对我也是躲躲闪闪的。最终，我决定还是先按照计划把那篇中性新闻稿件写出来。

　　说中性稿件好写也是相对的，毕竟这篇新闻报道会涉及政法部门，因此花费了一天一夜的时间，然后刊登在了《大众日报》农民版的头条——

　　（副题）公诉人：构成挪用资金罪。　辩护人：罪名根本不存在。滨海市南岸区法院开庭审理"金玉华案"

　　（主题）罪与非罪成焦点

　　（导语）备受滨海人关注的"金玉华案"，在金玉华被羁押近1年后，于8月24日在南岸区法院开庭审理。审理中，公诉人起诉她犯有"挪用资金罪"，而辩护人则为金玉华做无罪辩护。

　　（正文）8月20日，本报收到署名金玉华家属的一封来信，信中说：金玉华系滨海市南岸区幸福镇幸福四村的村民，滨海金玉华实业有限责任公司董事长兼总经理，现年37岁。2000年1月26日，她与滨海七彩商城的上级主管部门滨海市勘探设计院法定代表人汤天众、滨海市七彩商城代表人穆工梅签定了代理经营七彩商城的协议书。当她投资启动起濒临倒闭的七彩商城后，入住商户达150多家，摊位达500多个，年收入可望近千万元。8月18日，滨海市公安局南岸分局以涉嫌挪用资金罪将其刑事拘留，同年9月24日释放；同年9月26日因涉嫌职务侵占罪，伪造、变造、买卖国家机关公文证件罪被监视居住，同年9月29日解除；同日因涉嫌职务侵占罪、伪造、变造、买卖国家机关公文证件罪被刑事拘留，同年11月3日因涉嫌挪用资金罪被逮捕。

　　记者旁听了"金玉华案"的审理。

开庭后，公诉人首先宣读了滨海市南岸区人民检察院起诉书。"被告人金玉华挪用资金罪，由滨海市公安局南岸区分局侦查终结，于2001年7月3日移送本院审查起诉，经依法审查，现已查明：

2000年3月至7月期间，被告人金玉华在任滨海市七彩商城经理期间，擅自将该商城收取的客户保证金1446000元挪用于个人使用及进行营利活动。案发后，部分赃款被追缴。被告人金玉华目无国法，身为公司工作人员，利用职务之便，挪用资给个人使用及进行营利活动，数额巨大，其行为已触犯《刑法》第272条第一款之规定，构成挪用资金罪。

根据《刑法》第272条的规定，构成挪用资金罪，除数额规定外，必须满足以下条件，即"本单位工作人员"、"挪用本单位资金"、"归个人使用或借贷给他人"等，所以在相继展开的法庭调查、举证、辩论中，这三个问题成了双方论证的主要内容。

公诉人对这三个问题的法庭调查、举证、辩论认为：七彩商城是金玉华公司代理经营的，金玉华是金玉华公司的董事长兼总经理，她理所当然就是七彩商城的经理，既然是经理那么也就是本单位工作人员；客户交纳的保证金应视为"本单位资金"，这部分资金是不能挪用的，挪用了就是挪用本单位资金；用这部分资金进行的改建工程支出和组织有奖促销活动，以及还贷、购车都属挪用于个人使用及进行营利活动；综上所述就应认定为金玉华为"挪用资金罪"。

金玉华的辩护人在法庭调查、举证、辩论中一再论证如下观点：金玉华虽是金玉华公司的董事长兼总经理，但金玉华公司代理经营七彩商城，她不一定就非得出任七彩商城的经理，金玉华公司派出的七彩商城负责人是王金玲而不是金玉华，金玉华没拿过七彩商城的一分钱工资，七彩商城的花名册上也没有金玉华的名字，所以不能认定她是"本单位工作人员"；客户交纳的保证金不是勘探设计院或七彩商城的营业收入，这钱是客户存在这儿的，是客户的，不能将平等民事主体之间的债务关系与《刑法》第272条规定的犯罪相混淆；对于公诉人指控的"挪用于个人使用及进行营利活动"的问题，辩护人一是对"挪用"二字进行了辩解，他认为《刑法》中的挪用必须是非法的、擅自的行为，使用客户交纳的保证金不是非法的，因为《代理经营协议书》上明文规定"七彩商城经营完全自主"，二是改建工程支出、组织有奖促销活动不属于个人使用；三是金玉华公司是合法注册的企业法人，而不是《刑法》第272条规定的"个人"；四是《刑法》第272条规定的"或者借贷给他人的"，这里的"他人"可以是非自然人，但此种情况必须是行为人在挪用本单位资金之后，又以个人名义借贷给他人，这不适于本案。另外，辩护人对控方认定金玉华挪用资金偿还债务问题也进行了辩解，以期证明与事实不符。

开庭审理进行了近5个小时。最后，审判长宣布此案择日宣判。

金玉华到底有罪没罪，此案进展如何，本报将继续关注。

稿件发出去了，接下来就是如何找到王建民了，而且必须要找到，因为"本报将继续关注"等于是我给自己设下一个局。

干记者就应该这样，自己要不断给自己设局，然后再想办法去解局，每解一个局就是一篇文章，直至真相大白。

我主动去找王光明，却得知王建民又开始东躲西藏了，因为公安仍在到处找他。

5.

虽然王光明也很害怕，但这已经不是害怕就能解决的了。在我的督促下，经过一番周折，王光明才把王建民找出来。令我惊喜的是，王建民随身带来一份诉状，主要内容就是反映超期羁押和刑讯逼供的。

这是一份很长的诉状，我没看完就浑身有些发抖了，虽然按照法定证据说不能予以轻信，不过按照常年的专业文字经验，能够写成这样，要么是亲身经历真实的记录，要么就是一个伟大的文学家的作品。

随即，我拿着这份诉状找到了部门主任陈中华。这位陈主任曾获得国家级"当代人民好记者"称号，也是一位正义感极强的一级作家。他看后，马上建议以内参的形式发出去。我又去找报社内参编辑部，先是主任，后是副主任，再直接找到责任编辑。一路下来，大家的申请表露出来的都是愤慨，那名责任编辑甚至掉下了眼泪。

很快，这份诉状的主要内容就刊登在《大众日报》的《内部参考》上，标头是：来信照登；标题是：刑讯逼供，非法拘禁，超期羁押，南岸区公安分局个别干警违法办案情节恶劣。

一般情况下，内参已经发出去了，就与记者无关了，即便是打心底想了解后续的反应，也不能主动去问，毕竟这涉及保密纪律问题。

大概过了两周时间，早上9点多有人敲门，打开门一看，竟然是王建民、金玉华夫妇，我诧异地"啊"了两声，他们二人跪下去，连呼："谢谢救命恩人！"事后，我从责任编辑那里得知，那篇内参文章被省委常委、政法委书记做了批示，又经过司法查证和宣判，金玉华被无罪释放了。

法院的判决如下：

本院认为，被告人金玉华以滨海金玉华实业有限责任公司法定代表人的身份与滨海市七彩商城签订《代理经营协议书》，双方约定七彩商城的经营使用权交给金玉华公司经营，金玉华公司承担在经营期间所发生的经营管理费用和一切债权、债务。因此，金玉华公司以七彩商城的名义收取客商保证金的行为是金玉华公司的经营管理方式，其法律后果也应由金玉华公司直接承担，以自己的名义使用保证金，并未违犯《代理经营协议书》的约定条款。金玉华公司为有限责任公司，在保证合同期限内使用保证金，就属于金玉华公司的内部经营事务，除非金玉华公司的其他股东提出异议，任何人都无权干涉其独立经营权。金玉华公司在经营期间使用保证金，还未到退还客商保证金的期限，与七彩商城发生纠纷，应属于民事纠纷。故被告人金玉华的行为依据法律应认定为无罪。依据《中华人民共和国刑事诉讼法》第一百六十二条第（二）项之规定，判决如下：被告人金玉华无罪。

金玉华夫妇进得屋来，先掏出一个大红包，我当然予以谢绝，他们又掏事先写好的大红纸感谢信和红布横幅，金玉华说："俺俩口明天就去报社，感谢人民的好记者，感谢党的好喉舌。"这件事我倒没有拦阻，一是因为我可以不要利，但这种名为啥不要？我做了这样的事就应该得到名；二是因为这不只是我个人的事，也是报社的事，报社的光荣，没有领导和同事们的支持，我也办不成这样的事；三是因为我希望以此推动新闻监督继续开展下去。

事实上，金玉华虽然被判无罪并当庭释放了，不过对相关责任人的调查不会一帆风顺。就在我准备对金玉华进行深入采访，以便完成"本报将继续关注"的承诺和职责时，她竟然失踪了！我只得又向王光明"追债"。

两天后，王光明躲躲闪闪地找到我，说："徐哥，你猜他俩口子藏到哪儿去了？"

我问："哪里？"

他低声说："精神病院。"

我诧异地追问："为什么？"

"金玉华虽然被放出来了，不过抓她的那些人还没有被处理，应该是害怕打击报复吓破胆了吧。"

"在哪个精神病院？"

王光明说出的地址是滨海市所辖的一个县，金玉华是以精神疑病症住进去的。

当时，报社还没有专用采访车，我也没有私家车，只能从济南市乘坐长途车过去。精神病医院是一处红砖围墙的院子，院子里全是红砖平房，其中有两排房子的门窗安装有铁网，便是病号房。

6.

我先以金玉华亲属的名义向医生了解情况。据她说，金玉华所患的精神疑病症有两种表现：一为患者的描述含糊不清，部位不恒定；二为患者的描述形象逼真。医生的解释与保证并不足以消除其疑病信念，仍认为检查可能有误，于是患者担心忧虑，不安苦恼，进而出现失眠、焦虑和抑郁症状，直至转到精神科。最后，那位医生说："像金玉华这个年龄不该得这种病，一般是老年人较多，我一直怀疑她是不是真患了这种病。希望你劝劝她最好面对现实，不要总是把自己往病号里整。"我这才明白了，金玉华所谓的病并不是人们平常意识中的那种精神病。

随后，我来到病房，靠北边有一溜8张病床，床之间放了一些凳子和躺椅，患者和陪床的家属同在这里，很是拥挤。

金玉华先于她的丈夫王建民看到我，先是惊讶地叫出声，接着脸上显出一种无地自容的神情，背过身去。我清楚在这种地方进行采访，势必会给她带来无尽的难堪，随即与王建民商量到一个僻静的地方去。恰好医院围墙外有一个菜园，王建民认识那位菜农，由此采访就被安排在菜园窝棚里。

这是我第一次正式对金玉华进行面对面采访。之前的那篇中性稿件，是以我的法庭见闻为基础，不可能与站在被告席上的金玉华对话；之后的内参文章，是以"读者来信"的形式照录照发的，而且是由王建民转交给我。而若要进行追踪报道，对当事人金玉华的采访是必不可少的（这也是对新闻报道的基本要求），既可当面进一步核实相关情况，又能进行新闻延伸性的挖掘。

其实，不论是公诉书还是辩护词，其内容均是以法律条文为基础，而且不会也不允许涉及与罪名不符的"旁枝末节"。另外，即便是急于诉苦的一方，在面对不被信任的记者时，也不会把案件涉及的个人恩怨等完全说出来，特别是对自己不利的内容。同时，记者毕竟不是法官，后者只要依靠证据和法律条文就能断案，而前者则需要了解整个事件的来龙去脉，包括涉及道德层面的内容，以做出全方位的判断。比如美国著名的辛普森杀妻案，虽然辛普森凭借豪华阵容的律师团打赢了刑事官司，但在民事责任方面却输得体无完肤。特别是，记者对当事人进行采访，只是询问，不能搞成讯问，更不能搞刑讯逼供，可又要查明事实，包括旁枝末节   这就是功底问题了。而这里所说的"功底"，既是指采访技巧，也是指写作技巧，更是指记者是否有"铁肩担道义，妙手著文章"的心。由此，被采访者才能对记者心甘情愿地敞开心扉。

与金玉华面对面的采访使我了解到许多细节问题，关键是通过直接交流，可以落实我的说服力；通过直接观察对方的表情、举止、语气等，可以增强我的判断力。如此一来，我下笔时就会更有自信心，新闻效果也会随之更强。

金玉华的记忆、表述、抗风险以及熟练使用法律名词、条文等的能力，确实要高于一般从农村走出来的妇女。比如，她对签约七彩商品城的过程及合同条文的细节，不仅记忆清晰，而且知道如何进行重点表述；她被移送看守所后，曾向看守所及驻所检察官投诉遭到刑讯逼供，看守所医务室为此给她验伤疗伤，并记录在案；她通过查看《发还物品清单》，发现自己被公安办案人员查扣的私人物品，居然"发还"给了他人。下面是她针对超期羁押的口述实录（有删节）：

2000年8月18日，滨海市公安局南岸分局以涉嫌挪用资金罪为由将我刑事拘留；9月24日，将我释放；9月26日，又以涉嫌职务侵占罪，伪造、变造、买卖国家机关文证件罪将我监视居住；9月29日，解除监视居住，同日又以同罪名将我刑事拘留；11月3日，以涉嫌挪用资金罪将我逮捕，其间有两次因证据不足被检察院退回补充侦查；2001年7月30日，我的案子被移送南岸区法院审查起诉；8月24日，开庭公开审理。

其间出现了严重超期限羁押的情况。按照法律规定，我被批准逮捕后，南岸区公安分局应在2001年2月3日之前将案件移交检察院。然而，他们直到2001年7月3日才将案件移送检察院。据区检察院说，公安局曾于2001年2月5日向检察院移送，但被区检察院退回要求补充侦查。就算是补充侦查，按法律规定也只限两次，每次只有一个月。另外，我的律师在查阅预审卷宗时，没有发现一份2001年2月5日以后取得的查证材料，这说明公安局根本就没有按照检察院的要求进行补充侦查。

就这样，我先后被关押了518天！我无罪，可整整被关了518天，谁应该为我这个案子负责呢？

采访结束回到济南，我直接去了报社，请总编先听采访录音，在2.5个小时内，总编先后多次流下眼泪，最后指示我尽快将录音转换成文字。在速录公司，速录人员是一边流着眼泪，一边将录音敲成文字。紧接着，我开始依据采访素材写稿。

当我将成稿提交给编委会时，又遇到了麻烦。毕竟这种新闻监督性质的稿件会有"隐患"，一旦出现问题，就有可能被追责（包括连带责任），因此，编委会成员之间发生分歧，最终集中在"是否发头版头条"的具体问题上，总编也不好硬性拍板，只能折中在"法制周刊"上发表，稿件的标题是《我没罪，凭啥关我518天》。为了稳妥起见，还配发了"律师点评"。

署名律师的点评如下：

从金玉华案的经过看，当地公安机关以涉嫌挪用资金罪逮捕金玉华，但在逮捕金玉华之前曾两次变更罪名，一次释放，一次监视居住，二次拘留。这不难看出，公安机关在受理该案过程中，行政执法是非常草率的。而公安机关在多次无法以事实和法律证实金玉华犯有挪用资金罪的情况下，当地检察院却依据公安机关的不实证据材料批捕了金玉华，并向人民法院提起了公诉。我认为，公安机关及检察机关均未按法律面前人人平等及以事实为根据，以法律为准绳的准则受理本案，而使金玉华蒙冤518天失去自由，并蒙受巨大的经济和精神损失。为此，上述机关应对自身的过错承担法律责任。另外，本案金玉华能最终被无罪释放，实归功于我国的司法监督体制。金玉华的辩护律师在庭审中依据法理及司法解释，在尊重事实的前提下，有理有据地为金玉华辩护，人民法院在审理过程中也充分采纳了辩护律师的意见，最终公正地判决金玉华无罪释放。

通过本案，我认为，各级司法机关就从中吸取经验和教训，在认真履行职责的过程中，要严格律已，依法办案，为社会主义法制的建设而努力。

在上文中，那位律师将金玉华的昭雪"实归功于我国的司法监督体制"，此言确实不错，因为金玉华案着实体现出公、检、法机关之间相互监督机制的实效，包括辩护律师在案件审理中的重要作用。不过，在我国现行监督体系包括两大类：国家监督和社会监督。其中，又可细分为人大监督、司法监督、行政监督、舆论监督、民众监督等。而在金玉华案中，同时也体现出行政监督，如省委常委、政法委书记的批示；舆论监督，如我写的新闻稿件，以及内参文章；民众监督，如我对现场群众的采访，以及那位市宣传部副部长的信息反馈等。

不过，金玉华这件事还没有完。

7.

在那篇《我没罪，凭啥关我518天》发表后，经过一番周折，又经一位中央首长的批示，省政法委、省公安厅、省检察院等部门组成专案调查组，对在金玉华案中违法乱纪的相关人员进行调查，最终有4名涉案警察受到处罚，其中包括那名蛮横对待我采访的公安分局副局长。

再后来，我的稿件只获得省级好新闻三等奖，而我个人并没有受到其他表彰。说实话，之前我的期望值是很高；既然如此，同样说实话，我也能坦然接受。但有一件事让我至今耿耿于怀，现记录于此——

金玉华在被释放的当年春节前两天，特意拉着丈夫王建民找到我，非要请我喝酒。盛情难却，况且事已了结，也就去了。

酒过三巡，该说的感谢话都说完了，金玉华突然转而对自己的丈夫说："今天，我当着救命恩人（指作者）的面想问你两件事，你一定要回答我，一定要真心实意地回答我，什么事呢？第一，七彩商城咱还承包经营吗？"

王建民当即表态说："当然要，不然我们不就白受罪了！"

金玉华接着又问："要的话，你去承包经营，我是再也不干了，真的，我怕了，真的怕了，从此我啥也不干了，从此做一个好妻子、好妈妈。那么，我再问你，王建民，你还要我吗？我是被人糟践过的女人，你还要我吗？"

刹那间，在座的人都愣住了。

王建民望着妻子，只吐出一个字："要！"

金玉华扑上去，夫妻俩紧紧地抱在一起，嚎啕大哭起来

中国"三农"报告

"农民律师"是指那些接受过一定教育、懂得基本法律知识、愿意为农民服务的农村基层法律工作者，他们未必具备注册律师那样的高学历，但基本能处理农村的大多数法律纠纷，满足农民的基本法律需求，所以人们亲切称之为"农民律师"。

第十四章 "农民律师"何时能转正

1.

为什么要说起"农民律师"这个话题？除了我是一名农村版的记者，必须要关注涉及农村基层方方面面的事情，有着较为丰富的素材，另一个原因是看了一本名为《农民律师300问答》的图书，其中有这样的文字：在中国从计划经济向市场经济转型的过程中，法制建设和法律服务也在不断地得到发展。在改革的同时也产生了很多权利被侵犯的现象，如在土地、合同、以及妇女获取自然资源和公共服务等方面的争端。尽管法律服务有了迅速的发展，但在城乡之间仍有显著差异。中国农村法律服务体系主要存在以下问题：其一，由于宣传不到位，农民缺乏法律知识和权利意识，不了解维权渠道和程序。他们不知道有法律援助，更不知道申请法律援助的渠道。其二，法律援助的经费少，而且易被挪用。其三，贫困地区的农民也很难负担律师的费用。在这样的背景下，农民更大地依赖村和乡镇基层干部来提供所需的法律服务，如咨询、调解甚至诉讼的服务，与正规的法律服务相比，他们不收或只取很少的农民可以负担的费用。

那么，农民律师的实际工作乃至生存状况如何？他们在农村基层工作中的作用有哪些？广大农民对他们有何评价？等等诸如此类的问题，成为我深度思考的方面之一，并力图通过我实地采访过的事例予以展现。其中，最早引起我关注的是冠县斜店乡前社庄村的全国模范民事调解员刘群芝。

刘群芝所在的前社庄村应该是一个以德治村的典型村，尤其以民事调解工作最为突出，早在2005年就被司法部等评定为"全国民主法治示范村"。说起民事调解，不能不提到村民事调解委员会主任刘群芝，这是一位备受人们赞扬的老太太，村里村外，十里八乡，没有不知道她的。

要知道，这是一个有上万口人且有"中国最大黄瓜市场"之称的村子，这么大的村，那么多的事；这么多的生意，那么多的利益；这么多的经营主体，那么多的经济纠纷、家庭矛盾、邻里矛盾、经济矛盾、生活矛盾等等，想搞好民事调解工作可不是轻而易举的，哪一方面调解不好都会生出这样那样的问题。事实上，近二十年，前社庄既没发生过一起群体事件，也没发生过一起越级上访，更没发生过刑事案件，就连民事方面也没有出现过纠缠不清上法院打官司的情况。

我去采访了刘群芝，并在这个村子进行了深入的调查，然后写作并发表了报道，副题为"二十二年不懈怠，矢志不渝做民调；化解纠纷上千起，创建民调模范村"；主题为"刘群芝：一生追求和为贵"。为了尽量舍去繁琐的背景介绍，直奔主题，现将该文节选如下：

今年70岁的刘群芝，终生追求和为贵，自1986年担任冠县斜店乡前社庄村人民调解委员会主任以来，数十年不曾懈怠，先后成功调解各种纠纷千余起，使全村"刑事案件"和"民转刑"案件均为零，创建起"全国模范人民调解委员会"和"全国民主法治示范村"，个人获得"山东省优秀人民调解员"称号。

记者到此采访，村民说她感冒发烧去村医务室打吊针了。到了村医务室，医生说她一瓶水滴了半瓶就拔下针头搞民调去了。等了好半天，突然有人用三轮车拉来一个病号，原来她就是民调主任刘群芝。听那个护送的许姓中年男子讲，他和老婆闹离婚，今天上午俩口子打架不知咋让刘主任知道了，刘主任赶到他们家，把正在打架的两人拉开，听他们各说各的理，吵这边，嚷那边，把气氛缓和下来，然后用她的和为贵理论直说得俩口子口服心服，表示再也不闹离婚以后一定好好过日子，"俺们和好了，她却晕倒了，赶快送来医务室。"

听说记者是来采访刘主任的，在场的人便纷纷诉说起她的感人事迹：

俺村里许某与张盘村的张某、李某因合伙做生意赔了钱，在账目上发生了纠纷，闹得不可开交，互相甚至想用武力解决。三方慕名找到刘主任，刘主任先后调解了11次，历时2个多月，终于用和为贵说服了三方，使他们握手言和。

前一段，湖南一个货主租用村里姓许的车去长沙运黄瓜，结果因路遇车祸延误了到货期限，将黄瓜送到半途又运回，给货主造成经济损失，许姓村民仗着是当地人，拒不赔偿。货主找到刘主任要求调解，她二话不说，当即应下，经过3天8次的调解，许姓村民不但赔礼道欠，还赔偿对方经济损失8500元。

记者又来到村委会，走进民调工作室，负责同志从档案橱里抱出一堆卷宗，"刘主任做民调都有卷宗。"记者翻看，卷宗分有民事纠纷、交通事故、地界纠纷等若干项目。经统计，她先后调解大小纠纷1121件，其中本村纠纷703件，跨乡纠纷107件，跨县纠纷175件，跨省纠纷若干件。冠县司法局的王局长介绍，刘群芝所在的前社庄村及方圆5公里范围内的村庄，近十年来未发生过一起重大刑事案件，未发生过一起'民转刑"案件。

根据卷宗提供的线索，记者在村里随机采访了有关人员。在许西位的家里，他看着带去的卷宗，复述道：就是这上面说的，俺修建温室时取土，和邻居发生争吵，最后发生动武，俺头部受伤，治疗费花了8500元，俺找到刘主任调解，人家真负责，一回两回地做工作，最后俺和对方和解，对方给俺支付了全部的治疗费。这事俺一辈子也忘不了。

村总支书记许士强对民调工作给本村创造的发展环境褒佳不已，"我们曾是国家级贫困县的贫困村，如今发展成人均年收入过万的小康村；我们曾是地处冀鲁豫三省交界的乱子村，如今成了全国**法制示范村；我们原本是一个1600人的村子，如今吸引上万外地人来此兴商兴业，办起江北第一蔬菜批发市场，并且社会稳定、万家康宁，这都与民调工作不无关系。"

告别刘群芝时，她正在病床上和一位来找她调解婆媳关系的老太太聊天。她对那位老人讲："和为贵，咱中国人最讲究这个，咋和为贵呢？就是你让点，他让点，大家伙都让点，天底下没有解决不了的矛盾，没有过不去的火焰山，俺这一辈子就信这个理儿。"

如果说刘群芝是"农民律师"的一个类型，这种类型把更多的精力用在了民事调解上，而且是农村基层工作中法治建设机制的重要组成部分。那么，"农民律师"还有什么其他类型吗？

2.

在2011年4月，华西都市报曾经报道了一位"农民律师"的事迹，他便是四川省蓬溪县文镇花祠堂村岳飞第31代传人岳泽淮。

岳泽淮先后为农民工打官司30余年，代理打官司1000多起，为此到过国内20多个省（自治区、市），替农民工挽回或避免损失达数百万元。该报道中提到，已经63岁的岳泽淮宣布"退休"，不过他仍表示：今后有人找我维权，我还是要帮他出谋划策，或是劝双方和解。

岳泽淮之所以成为一名"农民律师"，起因是"为讨回父亲的清白，我才迷上法律的"。

蓬溪县文井镇花祠堂村有许多"精忠报国"的岳飞的后裔，并存留着岳氏精忠祠、族谱等，岳泽淮的父亲曾负责对其进行保管，后被人诬陷入狱。为讨回父亲的清白，16岁的岳泽淮开始努力自修法律知识。要知道，泽淮只上过几年小学，但凭着一腔激愤和执著，努力学习了许多法律法规知识，最终为父亲维权成功。此后，他立志为弱势群体依法讨公道；在改革开放以后，便将维权重点转向了农民工。

岳泽淮帮人打官司的名声渐渐传了出去，远近前来找他的人不断增多，甚至有江苏、贵州、云南、湖北、辽宁等外省人不远千里上门求助。

岳泽淮是以代理人身份为农民工维权的，有时收很少一点钱，但更多是不收钱乃至倒贴钱。1998年，一位川籍农民工在外省干活没能拿到工资，便找岳泽淮帮忙讨回工薪。面对没有钱的农民工朋友，岳泽淮没有推辞，乃至自备差旅费，和农民工们一起睡地板、吃腌菜，最终打赢了这场官司。

岳泽淮先后代理打官司1000多起，其中除部分被告潜逃无法结案外，绝大部分赢下了官司。

在常年为弱势群体维权的过程中，岳泽淮也有深深的感触，"国家的许多法律法规，随着时间的变化，也在不断修正和完善，为了提高自己的法律知识，我只有不断地学习才能避免落伍。"他一直在严格要求自己，除了与法律相关的书籍以外，他还会阅读一些历史性的读物，以提高自己的文化素质。

如果说岳泽淮是在以农民身份做"农民律师"帮农民讨公道的话，那么，还有一种身份为司法工作者而着重帮农民讨公道的"农民律师"，而万年县青云镇司法所助理员饶华芳便是一位典型，并被景德镇日报进行过重点报道。

在2012年，饶华芳被国家司法部授予"全国人民调解能手"称号。他在20多年的司法工作中，兢兢业业、扎扎实实地为农民解决了很多困难，被人们誉为可敬的"农民律师"。

饶华芳始终坚持在农村基层司法调解第一线，20多年来，调处纠纷1300多起，防止矛盾激化160余起，防止民转刑30多起，避免非正常死亡7人，解答法律咨询5万多人次。有人估算过，至少有3万多名在外地务工的农民老乡把饶华芳的手机号码"存着备用"。他们遇到困难就会拨通他的手机，因为在他们心中，这位家乡的"农民律师"是可信赖的朋友。饶华芳对这些打工人员的求助都一一应承，为了一件交通事故赔偿案，他曾在福建某地足足待了17天，把家里的农活也给耽搁了；为了一件工伤维权的案子，他曾四赴杭州，而把本地一个标的很高的经济赔偿案给推掉了；为了一起劳资纠纷的案子，他曾在大连通宵达旦地忙了五天五夜，以至耽误了去医院服侍重病的亲娘　为了给在外务工人员维权，饶华芳的足迹遍布大江南北。

无论被当事人误解，被家人埋怨，被朋友劝阻，饶华芳都毫无怨言，没有动摇自己的初衷——用自己所学的法律知识，为农民解决法律上的困惑。面对无数慕名前来求助的农民他都一一接待，竭尽全力为他们解决难题。由于在法律调解工作中的突出表现，他获得了"全国人民调解能手"、"全省人民调解工作先进个人"、"全省优秀法律工作者"等一系列荣誉称号。

3.

滕州市界河镇中西曹村的村民万印真也是一名"农民律师"，我曾数次采访他。"帮农民打官司是从1990年开始的，代理的官司先后有近百起，一次次的成功和失败，让我深知农民讨公道到底难在哪里。依法治国，如果解决不了农民讨公道难的问题，就很难得到真正的实现，因为中国是个农业大国。"

万印真说这话的时候，激动得有些颤抖。

我之所以认识了这位帮农民打官司的万印真，是因为采访他为农民代理的案子：一起是40户农民状告镇政府越俎代庖的案子；一起是村民朱连华为救人而牺牲的儿子上法庭讨说法的案子。我写的相关稿件也被正式刊载。在采访中，万印真还讲述了一些事例和亲身所见所闻的苦恼。让我们先看看他是怎么说的——

那件事发生在1999年，可现在说起来我的心还在发痛。

我们那儿有个水泥厂，生产水泥要用石料，所以就经常炸山取石，不仅好多山体被炸得面目全非，而且每炸一次要使用很多炸药，周围3公里以内都能感觉到强烈的"地震"。时间久了，附近村民的房屋都被不同程度地震出裂缝，还有一些房屋倒塌了。当地村民不断找村里、镇里。虽然村里、镇里口头上答应找厂方说说，可一直不能真正解决问题，进而矛盾越积越深，直至5个村的1150多户农民联名上访，要求厂方赔偿。

那一天，数百名农民来到我家，让我代他们写状子，然后就要冲进厂去，抓厂长、砸机械，闹他个天翻地覆。我一看事态要闹大，赶紧让妻子锁了大门，不让带头的人出去。随后，我就给大家讲道理，讲法律，说服开导大家要保持冷静，要依靠法律解决问题。

后来，他们让我做代理并写了授权委托书。我为了拿到第一手材料，请了两个摄影师，对1150户村民受损的房屋一一进行了拍照，并一户一户地写明情况，先后用了20多天时间。

因为要确定我的代理身份，而被代理人要到法院做登记，消息一传出，一下子来了好几百号人，把法院审判庭、办公室都挤满了。法院分三处进行登记，可是人越来越多，登记的速度也受到影响，有的人就开始起哄，一时弄得局面无法收拾。法院的领导赶快找到我，让我说服大家不要闹事，然后由我来代表他们讨回公道。虽然乡亲们撤了，不过此事毕竟引发了轰动。

很快，上级领导就亲自到镇里坐阵，要求必须把这事"压"下。所谓"压"下去，就是不能闹事，不能冲击水泥厂。如此一来，我就成了主要人物，镇和管区的工作人员分好几拨找到我，让我出面给大伙儿做工作。到后来，管区的领导硬是把我带到他的办公室，亲自在取暖的炉子上炒了两个菜，还斟了酒。酒杯刚端起来，他的眼圈就红了，他说他参加工作20多年了，家里上有老母，下有孩子，那么多人告水泥厂，一闹事，就得撤他的职，让他立马走人；他还说他熬到现在不容易，如果被撤职就没了生路，最后说："大哥，我的命运就掌握在你的手里了。"话音未落，就啼哭起来。你说那么大的汉子，就这么哭着求　我的心真是软了，答应帮他做做大伙儿的工作。

后来，我从法院要回了1150份起诉书和相关证件，接着就走村串户地去做工作。村民都骂我，后来也理解我了。经过很长一段时间的工作，村民们总算没闹事。虽然这件事平息了，可我这些年来心里一直不能平静。

还有一次，6名外村的村民骑自行车找到我家，要求我给他们写个状子，状告他们村的支书和镇里的有关领导。他们对我说，村支书依仗兄弟多，几年来殴打村民30多起。有一次，老支书在党员会上劝了他两句，就被他堵住在田里打了个半死。来我家的6人中就有那位老支书，他还当场拿出血衣让我看。在这6人中有一个青年，因晚交了几天集资款，就被抓到管理区并打断了肋骨

我对他们说，我和他们一样是个无职无权的农民，只能帮他们写状子向上级领导反映或者上诉法院。他们掏出74户村民的联名信，说他们已经去市里三次了，市里推到镇里，镇里推到管区，管区推到村里并明确让村支部解决。可是，村支部能解决村支书的问题吗？村民不服就又告到市纪委，市纪委经调查后只是对打村民的片警进行了处理，而对村支书只答应立案查处，但事后又石沉大海没了音讯。更让人难以接受的是，那个村支书竟然在村里的大喇叭上辱骂上告的村民，于是使矛盾进一步激化，那74户农民已经准备好拖拉机要到

市里上访，临行前来找我讨主意。

我听后吓了一身冷汗，当下耐心做他们的工作，告诉他们要正确运用法律维护自己的权益，促进问题的解决。最后，我建议他们先选出一个代表向上级递交"请愿书"。他们就选出一个代表，可这人识字有限，因此他们又请我跟着去。正好我有事要进城串亲戚，于是也就跟着去了，谁想到这一去就惹了是非。

那天下着小雪，我和那个代表到有关部门的信访处填了一张表，一并把"请愿书"呈上去。过了10来分钟，来了一个工作人员对我们说，材料已经呈给领导了，要研究后才能给答复意见。我们一直等到下班也没等到回音，只好离开。第二天我们又去了，没想到当下就被抓起来了，然后押进我们老家派出所的警车，直接拉回了县里。他们把我关进看守所，这一关就是35天。他们让我写检查，我不写，我说我没犯法也没有错，那么多村民告村支书你们不查，我只是跟着去呈了个"请愿书"就把我关起来，这算是怎么回事呀！不管怎么说，怎么解释，愣是被关了35天，最后什么明白话也没说就把我放了。这么一来，村民们的意见就更大了，一直闹了一年多，最后村支书被撤职，镇里的书记也调走了。你说如果有关部门按照法律办事，正确对待群众，认真处理那个支书的问题，还会发生后来的事吗？还会因此影响了干群关系吗？

其实，好多"大"官司都是小事不断积累起来的，有的是因为积怨越来越深，有的是因为有关方面推三阻四小矛盾得不到及时解决，有的则是故意钻法律的空子，再加上办人情案，最终受累的还是老实巴交的农民。

有一次，村民孟凡德来请我代理打官司。什么事呢？他的2.5万公斤玉米被外地两个人收购了，讲好的货到钱回。可是玉米送到后，货款却被当地供销社收购站截留了。后来，法院经济庭协助追回了3000余元，至于余下的10000多元，那个供销社就是不给。官司在法院已经打了一年半，两次判决书均被中院驳回重审，孟凡德这次来请我出庭是为其代理第三次开庭。

讲起来，这件事弯挺多。收购孟凡德玉米的那两人欠那个供销社的油款，而供销社就将这批玉米款顶了那笔欠款。那两个人拿不到钱就没法给孟凡德，孟凡德找到供销社索要，对方不承认该给他钱，官司就这么打起来了。孟凡德告那两人，那两人就往供销社那里推；孟凡德告供销社，人家就说我们和你没关系。

其实，那两个人本身就是供销社收购站的人，就算他们不是供销社的内部人，那也不能拿别人的玉米来顶他们的欠款呀。就这么个简单的官司，从起诉到最后决判愣是打了3年，直到中院进行三审才得以解决。时隔3年，0.5元/公斤的玉米已经涨到0.9元/公斤，可还给村民孟凡德的玉米款，仍是按照当年的价钱计算的。

我们大众日报社和山东省高级人民法院门挨门，我常有意识的去高院门前转悠，经常和一些农村装束的上告上访人员聊一聊。据了解，农民找"农民律师"帮忙打官司是一种比较普遍的现象，而多数"农民律师"不会公开亮明这一身份，往往是以朋友或亲属的身份"掺和"在原告之间或被告之间。为什么会这样呢？原因有二，一是怕碰上职业律师让人家说"抢生意"；二是怕人说为了赚钱。

"农民律师"收取一定代理费用的确实不少，前文所说的那几人是不收费的，不过大部分都是要有回报的。在2012年11月的一天，我曾与一名来自德州某县的刘姓"农民律师"聊过，他42岁，高中文化，自称是当地小有名气的"农民律师"，每年代理的官司有二三十个，要收取一定的报酬，但没有具体标准，凭委托人自愿付给。他的这些话得到随他而来的两名委托人的证实。这两名委托人还说，让人家帮忙打官司不能白帮，而且人家很上心，不然俺们也不知怎么打，俺们这官司一审二审一直打到省高院，被告方基本上被告倒了，今天来开庭宣判一下就行了。

对此，山东省高级人民法院信访接待室的李女士接受采访时说："在大部分农村人来打官司或上访的案件中，或明或暗地大都有'农民律师'参与。在最近3个月接访的案子中，有11起是农村人的官司，其中8起有'农民律师'参与。这说明农民非常需要法律方面的援助，也就是说农村基层法律机构需要加强。"

中国 "三农" 报告

作为记者就是一个常思者，常处于一种思考思索之中。说起 "农村陋习" 这个话题，我常常进入更深一步的思索，包括农村文化氛围、精神生活、人文建设等。

第十五章 农村陋习折射出大问题

1.

作为农村版的记者，新农村文明建设当然也是报道的主要方面之一，而与"文明"直接对应的便是"陋习"。我在前文曾说过自己是从农村走出来的，因此早就对农村的一些陋习有一定认识，不过，引发我以新闻角度予以关注的起因是一封群众来信。说起群众来信，应该说是我写稿的最大优势，也因此有写不完的新闻题目。

这件事发生在十几年前，来信出自隶属聊城市某村的一位村民之手，他在信中反映：在正月十五那天，他们村的大喇叭进行了"村民办丧事可以买棺木、请吹鼓手，愿咋办咋办，村里不管了"的广播。信中还表示，担心多年形成的丧事简办之风又被封建迷信大操大办所替代。

依据这封群众来信的新闻线索，向报社领导汇报了选题并被批准后，我开始发愁如何去被反映情况的那个村子，因为跑农村新闻的记者首要面对的是交通问题，当然，报社可以负责差旅费，但关键是到村子一般没有公共交通线路，全靠自己想办法。以这次出差为例，从济南市乘长途车到聊城市要4个小时，再转乘公交车到那个乡镇又得4小时，然后步行到那个村子还得2个小时，就算一大早就出发，就算到达目的地天还没有黑，那也累得够呛了，留宿在村子里倒没事，关键是影响采访效率。最终的解决办法是，翻开电话本找到当地有私家车的朋友，来个私车公用，常年干农村新闻记者就有这一点好处。

当我乘车颠簸着还没进村，就发现一处坟地，坟头都是新的，其中有一个最为高大气派。下车一问，有村民就说，最高的那个是村支书家的坟，支书的父亲刚出殡不久，他这么一搞，原来平掉的坟又都重新堆起来了。

根据村民的指点，我先来到一户院门上仍贴着出殡白对联的村民家。在进门之前，我已经从其他村民那里了解到，这家的 "丧事办得可场面了，好多年不见的棺木16个人抬，喊着号，还有吹打的，喇叭吹得震耳朵，放冲炮、行殿、点主什么的好规矩呀，酒席也做得好，烟是好烟，酒是好酒　　"。

这家分前后院，分别住着兄弟俩，他们的父亲是在半个月去世的，也是村里广播 "不再管丧事咋办" 后第一个大办丧事的。

淳朴的男户主一听我是记者，连忙申辩道："不会整俺的事吧？俺可是在村里喊过后才办的。"随后，又无奈地说，"俺也不愿意大办呀，村里不管了，街坊们都说看你兄弟俩的了。办不好人家会笑话，往后在村里咋抬头呢。"

实际上，这兄弟俩家在村里属于贫困户。

在接下来的采访中，他哭诉道："咱过的日子就让人看不起了，爹的丧事办得不好会更让人看不起，俺哥俩商量就是扒房卖屋也得给爹过大事。俺原准备买辆三轮车，车不买了，钱全拿出来。爹干了一辈子活，得脑溢血病突然死了，活着时没有享咱的福，人死了，把丧事办得场面一些也算尽个孝心。"

从这家出来，我又根据村民的指点到了另一家。

只见男男女女数口人正在忙着给来收购鸡蛋的车装货。得知我的来意后，一个刚接电话谈妥业务的男青年告诉我，他爷爷是正月十五去世的。当时村里在喇叭上已经喊过了。这丧事咋办呢？全家人意见不统一，爹娘认为，咱家日子过得不错，每年经营收入几万元，老人去世了，村里又不管了，该把事办得场面点，买副好棺木，老丧是喜丧，唱上几天戏。不然的话，人家会笑话。

就这样，一家人守在灵床前商量到天明。那个男青年虽然是孙子辈，但家里的大主意都是他决定，最后爹娘问他咋办？他问爹娘，爷爷活着的时候我孝顺不？爹娘说，孝顺，爷爷想吃啥你买啥。他又问，爷爷活着时最大的心愿是啥？爹娘说，是把日子过好。他又问，爷爷最反对啥？爹娘说，最反对浪费。问完这些话，他就说："老人活着的时候多花点钱孝顺他，死后不发大丧心里也坦然。我的意见，按原来村里定的丧事从简的规定办。"

我从其他村民那里了解到，这家的丧事办得很节俭，亲戚朋友街坊的只吃了一顿大锅菜，份子没有收，礼品也没要；出殡时没有雇吹鼓手，披麻戴孝的衣服也是租用的；火化后装进骨灰盒埋在自家坟地里，没设坟头，没立碑。全部费用不到1500元。

随后，我来到那位村支书家里。也许是已经得知我来的目的，他见到我时有些紧张，话题一开便说："喇叭上喊丧事不管了的事不是俺办的，是村里管红白事的人喊的。俺知道，但俺没管。为啥呢？人家周围的村都放开了，俺村如果不放开，群众有意见。"

据他讲，该村原来对婚丧嫁娶的事管得比较好，已经形成了节俭的风气，曾多次被市、乡评为精神文明村。他说："近一两年，上级对移风易俗的事不大管了，村里也就放松了，红白理事会大都不存在了。"

我问他："你觉着这样做对吗？"

他立马说："当然不对了，不该在喇叭上喊不管了，往后还得管起来。"

我问："咋管？"

他说："待会儿俺就在喇叭上喊，从今往后红白事不准大操大办，重申原来的规定，不许买棺木，不许雇吹鼓手，坐席一碗端。然后，俺先带头把坟平了，再组织一个平坟队，把地里的坟头全都平掉，继续确保火化率百分之百。"

这次采访让我深深感到移风易俗的重要性和紧迫性，同时，也让我深深地体会到普通农民包括基层村官的朴实和率真。

回到报社后，我抓紧写了一篇稿件，编辑又加了编后语，刊发后在社会上引起较好的反响，有读者还专门给我写来表扬信，时任总编在来信上做了批示，让编辑记者传阅学习。

在读者、总编等的表扬和鼓励下，我愈发对"农村陋习"及"文明建设"予以深入关注，并成为以后采访报道的一个重点。

2.

什么叫陋习？字典上的解释是指"不好的习惯"。

虽然农村随着历史的进步也在不断发生变化，不过仍能听到见到一些在民间根深蒂固甚至死灰复燃的陋习，其主要分为生活习惯和人文精神两大方面。

在一次赴农村采访时，我在一段残墙断壁上看到这样几句顺口溜：鸡犬不宁鸭子叫，柴草堆的没有道，一只喇叭全村听，经常听到骂人声。这应该是某位村民在对某种现象表达不满，不过，却引发我从另一个角度去关注，于是就依了这几句话进行了一番采访。

先说"鸡犬不宁鸭子叫"。对于家畜家禽进行放养，至少是古运河畔农村的传统习俗了，如果问当地乡亲："你咋不圈起来养呢？"他一句"你给它食吃呀"就把所有问题解答了，因为放养的最大"好处"是家禽家畜可以自己去找食吃。

至于放养带来的诸多问题，该乡兽医站的工作人员说了这样几件事：每年都要闹鸡瘟，今年这个村的鸡死了80%。鸡得瘟病死了，乡亲们舍不得埋掉，而是大饱口福，结果弄得好多人得了病。狗咬伤人的事也时有发生，有的人被狗咬了，舍不得花钱注射狂犬疫苗，去年就因狂犬病夺去了两人的生命。还有一头公牛发起威来，接连抵伤了三四个人，最后只好把它阉割了。至于猪的放养，就更不好了，吃街道上的牛粪、鸡屎和垃圾等，造成猪的肉质很差，有好多"米猪（猪囊虫病）"出现。由此造成的环境污染就更突出了。

以上是关于动物的，而"柴草堆得没有道"便是关于植物的。比如，包括棉花柴、玉米秸、高粱秆、干草、麦秸等所有柴草统统堆放在街道胡同里，不仅仅影响交通，最要命的是常发生火灾。村里人说，哪年也得着几次火，今年春节放炮引发了大火，火烧连营似的。

再说"一只喇叭全村听，经常听到骂人声"，这就涉及精神文明建设了。有农村生活经验或看过农村题材影视剧的人应该知道，农村地区有需要广而告之的大事小情都会通过广播喇叭进行通告。大喇叭也是一个村子的标志性物品，如果外乡人想找村委会，只要远远看到制高点（大树、加高电线杆等）上的大喇叭直奔过去就行了。架得高才能播得远，加上高功率、高分贝，这就是"一只喇叭全村听"。

至于"经常听到骂人声"就是文明习惯问题了。就拿我采访的这个村子来说，有村民反映，这些年喇叭很少广播了，当然有时候也播，不是唱戏，也不是唱歌，更不是宣传党的方针政策，而是通知计划生育部门要来检查了，村干部会喊："多生孩子的赶快躲起来。"后来，这事被上级发现了，下了批评；之后再有来检查的，大喇叭就改成放哀乐了，等检查的走后就放进行曲。这事后来又被上级发现了，村支书为此还背上个警告处分。除此之外，比如赶上催粮派款的事，有村民拒交或晚交的，村干部就会在大喇叭上指名道姓地骂："某某，你个狗日的，还要脸不？"在这方面，有的村民也不含糊，如果谁家丢了东西，也会跑到村委会广播室通过大喇叭骂街，我就亲耳听到这样的骂声："哪个缺德的下三烂把俺家的铁锨偷走了！"

如果说对农村精神文明建设危害最大的当属赌博陋习了，而这种陋习往往会引发社会安定的隐患。我在采访中曾听到这样的顺口溜：麻将顶牛比点子，玩得黑夜白天转，弄得朋友疏远了，搞得老婆翻脸了。

麻将、顶牛、比点子等是农村地区最普遍的赌钱方法，打麻将四个人，顶牛三个人，比点子两个人就能玩起来。屋里院内、田间地头、树林路边，在啥地方都能摆起战场。

在我采访的村子里有个男孩，原来在本村小学念书，成绩很好，后来村小学合并到管区的中心小学，他的学习成绩竟然下降很快，父母开始不知道是怎么回事，后来发现家里的钱少了，这才怀疑孩子参与赌博。有一次，父亲悄悄地跟着他出了村，上了河堤，拐进一片小树林，只见那里已经摆好了"战场"。那位父亲气得上去挥巴掌就揍，结果失手把男孩的大脑打坏了，后来花了很多钱也没治愈。把儿子打憨了，父亲发愁了，吸烟、喝酒，后来竟然也染上赌博恶习，开始还是小赌，后来越赌越大，把牛卖了，接着把农用三轮车也卖了，当然老婆肯定会对此不满了，亲朋好友也都会躲着走。

如果说起因赌博引发的治安、刑事案件，那就更举不胜举了，我做记者这么多年，亲手写的相关新闻也能汇集成一本书了。不过，想成为一名好记者，只写简单的新闻是不够的，还要注意发掘新闻背后深层次的东西，而且挖掘得越深越好。这，也促动我向报社递交了一个"农村精神文化生活情况调查"的选题，并深入一线进行深度调查。

<h1 style="text-align:center">3.</h1>

带着选题任务，我回到自己的家乡临西县李马店乡李马店村。之所以选择这里，是因为吃住不花钱，可以为报社节约开支。当然，最关键的是人头熟，彼此之间没有戒备心理，可以轻易地与被采访人形成畅所欲言的氛围，这对深入的采访调查非常重要。

堂哥家有两处院子，一处是在村里的老宅，有3间北屋，2间东屋，1个门楼；一处是在村外的新宅，临街有3间门脸，门脸南侧是门楼，进入门楼有4间报厦北屋。堂哥堂嫂住在老宅，他们的儿子儿媳和孙子住在新宅。我就住进了老宅的东屋。

我的采访调查主要有3个时段和场合：一个是吃早饭和晚饭时的场合，当地有个风俗，吃饭时人们会集聚到院门外，每人端个大碗，就势一蹲，边吃边聊。这仅限早晚两顿饭，中午不出来吃。第二是晚上乘凉时的场院里。农村人晚上乘凉不用空调，在场院里铺张草席或坐或躺，既是在乘凉，也在聊天。第三个就是在集市上，在这种场合的采访调查都是随机性的，碰见谁算谁，进而也就不局限于李马店村人。另外，我还会主动到周边村庄进行采访调查。

本次共调查农村居民142人，其中男性占54.6%，女性占43.8%；20岁以下占15.74%，60岁以上占10.26人，20岁——60岁之间占73.30%。在家务农的占37.7%，在校学生占15.33%，在当地打工的占13.71%，其余分别为专业技术人员、进城打工、党政机关干部等。

在具体的调查内容中，有一项引发了我的关注，即"你参加最多的日常精神文化活动"。这一问题涉及两项——以往和如今。关于"以往"的答案前三名是"看电视、看报刊杂志、读书"；关于"如今"的答案前三名是"看电视、看报刊杂志和棋牌麻将"。也就是说，"读书"被"棋牌麻将"顶替了。这意味着：一方面，农村居民的精神文化活动在悄然起着变化，而这种变化一旦形成质变，就很难挽回了；另一方面，"看电视、看报刊杂志"在农村地区依然是主流，反之，电视、报刊杂志的内容如何起到正确引导作用，也就非常值得关注了。

以下是我这次采访调查的一些具体情况：

文化娱乐缺失了什么？在农村地区，庙会、社火等群众性文化活动曾兴盛一时，然而如今却日益颓废。在这次调查中，李马店人只有134人参加过庙会，其中有107人只参加过1至2次。与此形成鲜明对比的是，农村又缺少必要的公共文化娱乐设施，农民缺少参加文化娱乐活动的机会。

李马店有庙会。庙会又称"庙市"或"节场"，作为一种社会风俗的形成，有其深刻的社会原因和历史原因。早期庙会仅是一种隆重的祭祀活动，随着经济的发展和人们交流的需要，庙会成为中国市集的一种重要形式，于是逛庙会成为了人们闲暇生活的内容之一。当然，各地区庙会的具体内容稍有不同，各有特色。

其实，有关部门从1996年开始推动了"文化三下乡"活动。但在我的这次采访调查中，有305人认为自己的村镇没有举办过文化下乡活动，占调查总人数的71.57%。一位村民表示："什么'文化下乡'呀？那节目不好看。"

因此，不免令人产生质疑或反思：这种文化下乡究竟是一种形式，还是一种能够实质推动农村文化建设的举动。

在李马店一带的数个村庄，我还询问了当地是否有舞龙舞狮以及地方剧等固定的表演团队，结果只有少数人表示知道当地存在这类表演团体，占到被采访者的17.36%，而且这些所谓的固定表演团队的专职演员也少得可怜。事实上，曾经被重点扶植的农村各种业余文化表演团体，由于不能真正实现商业化运作，绝大多数自行消散了。

在李马店附近的一个村子就出现这样的情况。据乡文化站的同志介绍，该村以前曾经是该乡文化建设最好的村之一，如今，剧场、篮球场都荒废了，该村的精神文化活动也差不多变成该乡最差的了。在李马店村，曾经有个戏院子，我还记得小时候在那里看过"老包出世"之类的戏，如今已被民房"占据"了。

另据调查显示，仅有少数人表示经常利用农闲、庙会、集市以及节假日等组织或参与文化娱乐活动，一部分人表示只是偶尔，而大部分人表示根本没有。

不过否认，近十年，国内文化设施建设的增长速度有较为明显的加快，不过多是停留在城市层面，还没有真正落实到农村。涉及农村的成型事例有：从2002年开始，国家加大了对县级文化馆、图书馆建设专项资金投入，经过4年的建设，基本实现县县有文化馆、图书馆的目标；至于"农村书屋"，基本规划是"到2010年全国建成20万个农家书屋，2015年之前实现村村有书屋的目标要求"。

而据统计数字来看，三分之一的被访者表示知道当地有县文化馆，三分之一表示知道有县图书馆，三分之一表示知道有乡镇综合文化活动室，只有一小部分表示知道有行政村文化教育活动室，而有高达一半的人表示当地以上几项设施都没有。可见，乡镇文化设施建设的实际情况可能并不是想象的那么骄人。当然也不排除另外一种情况，就是各地的确建有这些设施，但是广大群众并不知道。即便是知道有，比如有的乡文化站设置在政府办公地，普通人往往会知难而退；包括"农村书屋"，铁将军把门的现象比较普遍。

相比而言，非健康性精神文化活动却在悄然兴起。

前文提到，"棋牌麻将"已经成为农村居民主要的休闲方式之一。当然，利用棋牌麻将进行消遣本身并无可厚非，在某种程度上也是有利于身心健康的，但是它却是最容易和赌博交媾的一项活动。在如今的农村，赌博已经成为破坏农村精神文明建设、破坏乡风文明的一个主要方式。在我的这次采访调查中，三分之二的被访者表示农村存在赌博现象。因为赌博，一些人置农业生产于不顾，不分白天黑夜进行赌博活动。因赌博造成打架斗殴、邻里不和、妻离子散的事例频频发生。

农村赌博现象之所以严重，主要原因有以下几个方面：一是宣传教育乏力。一些乡村干部只注重搞生产、抓经济，放松了抓宣传教育工作；二是农村经济体制和分配方式的转变，使农村出现大量剩余劳动力，一些人找不到致富门路，又无事可做，便以赌博来消磨时光；三是一些乡村干部错误地认为查禁赌博是政法部门的事，与己无关。

除了赌博以外，其他一些非健康活动也在农村有呈现。比如有三分之一被访者认为农村还存在封建迷信活动，一部分人认为存在黄色淫秽现象。可见，改善农村精神文明现状是一个非常紧迫的任务。

4.

由于我本次采访调查仅是对李马店及周围的农村居民进行的，所得情况并不一定准确，为了更进一步了解这方面的情况，回到报社后，我又通过省精神文明办公室获得一些相关材料，通过由点及面的分析，得出以下结论：

第一，农民精神文化生活必将日益丰富。农村文化建设是全面建设农村小康社会和社会主义新农村建设的重要内容。随着改革开放的进一步深入，农村经济建设取得了显著成效，农民增收，农业增效。富裕起来的农民，其文化生活形成日益现代化、多样化的趋势。

第二，农村精神文化消费必将不断增长。经济的发展带动了农村文化消费的增长，虽然从绝对量上来看，农村精神文化消费并不是非常可观，相对于城市来说，还是一个非常小的市场，但是农村精神文化消费市场已经逐渐成为整体文化消费市场的一个部分，而且是一个潜力非常大的市场。农民自身已迫切需要改变农村精神文化消费现状。

第三，农村文化基础设施建设薄弱的状况还没有改变。乡镇文化站是农村文化服务机构的主体，担负着服务农村文化的职能。然而，乡镇文化站发展困难，部分文化站已经名存实亡，成了无人员、无阵地、无经费、无活动的"四无"文化站。其主要原因包括：部分乡镇领导思想意识存在偏差，重经济发展，轻文化建设，重物质利益，轻社会效益；取消农业税后，财政困难，对文化建设无力投入；市场经济的大潮导致农村业余文化团体的逐渐消失。

第四，专业人才缺乏，人员素质偏低，农村文化干部队伍建设亟待进一步加强。近年来，基层文化部门因条件差、待遇低，难以营造招揽人才的良好氛围，导致人才外流，专业文化人才出现人才断层和年龄老化现象，个别文化站甚至没有正式专业人员，进而形成了农村文化工作内容贫乏，方法简单，缺乏新意，难以产生吸引力和凝聚力。

第五，非健康精神文化活动在农村依然大有阵地。由于缺乏正确的思想引导，在一些地区，社会风气表现出一些不良倾向，包括赌博风气比较严重、封建迷信大幅抬头等。

在此基础之上，我提出自己的以下建议：

第一，加大资金投入，拓宽投资渠道，建立具有特色的农村文化产业融资体制，加快农村文化设施建设步伐。加大财政支持力度，进一步落实每年及每个乡镇文化站的补助，并逐步建立起多渠道的农村文化建设投资体制，培植农村文化市场，吸纳非文化企业、社会各界包括外资向文化产业投资，形成完善的精神文化建设融资渠道，从而打破农村文化投资政府包揽的局面。

第二，努力探索新形势下农村文化建设的新方式、新途径。传统的由政府主导的农村文化建设逐渐陷入困境，要充分发挥农村居民的自发力量，把乡村精神文化建设的主导权交给农民，由农民自己探讨具有民族和地域特色的文化形式。

第三，加强农村文化队伍建设，大力传播先进文化。农村文化专业人员队伍是农村文化的主力军，应依靠强有利的政策保证，采取有效途径吸引专业人才充实到基层文化站、文化服务中心，着力帮助解决基层文化专业人员的实际困难，让他们稳定思想，安心工作，积极参与到农村文化建设之中。

第四，积极开展活动，繁荣农村文化。各级政府和文化单位都要以提高广大农村群众的科技文化素质为目的，以自强不息、脱贫致富奔小康为内容，结合新农村建设的实际，用丰富多彩的文化活动，活跃农村群众文化生活。

随后，我把这次的采访调查所写成的报告做了两方面的处理，一方面改写给《内参》，标题定为《农村人精神文化生活急需改善》。发是发了，但没有引起很大反响。后来，我在网上看到一些类似题材的调查报告，也就是说，对于这方面的问题不仅是少数人在关注。另一方面，我把这个报告改写成新闻稿，标题是《农村人精神文化生活面面观》，发表在《农村大众》的生活版上。当然，也仅是发了稿而已。

即便如此，我始终对农村的人文建设比较关注。

中国"三农"报告

在2007年十七大会议上，正式提出"建设生态文明"理念；在2012年十八大会议上，正式将"生态文明建设"与"经济建设、政治建设、文化建设、社会建设"并列纳入"五位一体"。其实，山东省在2005年就对"生态文明建设"进行了有益尝试，并以科学发展的眼光与举措予以推进，我在2011年对此进行了深度实地采访。

第十六章 胶州的乡村生态文明建设

1.

作为党报的记者，必然要接受带有行政指令性质的采访任务，有的是硬性的，有的是弹性的。不论是怎样的，作为记者都会或多或少地心怀忐忑，因为把握这类稿件的尺度需要特别的功底，也就会很累，也就往往会以官样文章应付了事。我则不然，一定要想方设法挖出深层的新闻。

其实，这次采访本来是一件例行公事，谁知却搞出了一些动静。

此事的起源是新任主编给我下达了"政治"任务，不过需要我报选题，最终他选中了"生态文明"。随后，我就与山东省委农村工作领导小组办公室主任、省委副秘书长王泽厚联系，一方面是索要相关的权威资料，一方面是请示基本定位。

虽然我是个"小"记者，不过因为工作关系与王泽厚算是老相识了，因此电话一打就通。主编看我联系得如此顺利，便临时动议让我邀请王泽厚来报社指示工作。没想到，确实我没有想到，王泽厚居然爽快地说："时间你定，到时我带着综合处处长和材料过去，咱们要好好研究一下。你是名记，希望能写出好新闻来。"我当然是以一副受宠若惊的态度客气一番，然后把时间敲定了，就在当天下午。

需要说明的是，山东省委、省政府在2005年颁布《关于加快生态省建设的意见》之后，一直在大力推进这项工作，并在实践中不断予以修正、深化。进而，在2011年又颁布了《关于加强生态文明乡村建设的意见》。我之所以上报"生态文明"这个选题，就是因为该《意见》颁布不久，既与我的农村报道工作职责相关，又具有政治新闻性。

到正式见面时，除了大众日报常务副总编、农村大众报总编外，包括总编室主任、记者部主任、办公室主任等都到场了，只有我是个"小"记者。不过，王泽厚一句"我这次来主要是和少林记者研讨生态山东建设的问题"，就把我提溜到前面去了。

王泽厚还真没有废话，直接就对我说："我们正在向中央起草一个报告，也是中央要的报告。少林，我想听听你的意见，比如生态，我们列了几个方面，像产业生态、自然生态等。对了，我把省委、省政府的决定，以及"生态山东建设现场会"的发言稿等材料都带来了，你研究一下。"

和这种领导对话，更不能有废话。当然，材料要先接过来，同时我说："对于这方面的相关内容我有过采访，也在网上看了一些，又经过一番思索后，才向报社领导请示做个系列报道，总纲叫'生态山东建设巡礼'。目前，我们想好的内容有以下几个方面，第一个是人文生态，第二是产业生态，第三是自然生态，第四是政治生态。"

王泽厚侧脸盯着我，问："你说的'人文生态'可不可以理解为精神文明范畴？这个提法好，以人为本，这样就延伸了精神文明建设的内涵。'政治生态'可不可以理解为组织建设和社会管理范畴？你的这个提法有点硬，可不可以改为管理生态？"

在此还要插一段：我一直认为，我们的"领导干部"形象往往是被那些官样新闻报道搞偏差了，让读者或观众以为"领导干部"只是念念秘书写的发言稿而已。而我本人的经验是，如果与"领导干部"形成正式对话的氛围，那才叫真正的高端对话，而不是所谓的"高端访谈"，每每都会让我受益匪浅。因此，前文我说的"请示基本定位"绝不是虚套话。

经过一番探讨后，王泽厚拍板道："少林，你先去胶州，去总结那里的人文生态建设经验。我现在就给那里的宣传部长打电话，你去就行了。"

手中有了"尚方宝剑"，我的信心倍增。

2.

从王泽厚那里领命之后，我先把总体精神领会好并形成大纲性文字，便给胶州市宣传部的孙启部长打电话，以提前确认采访的相关事宜。为了加强此次采访的理论高度，我又打电话邀请山东省行政学院副书记高焕喜加入采访团队，他还有其他几个身份或头衔，包括山东县域经济研究会秘书长、山东农业顾问团农经分团团长、北京大学客座教授、国内著名"三农"专家。此时，高焕喜正在北京大学讲课，接到我的电话后爽快地说："能与你合作是件高兴的事，等我讲完课回济南，然后一起去胶州。"

在等待高焕喜期间，报社决定让我出任青岛记者站站长，我只得先期从济南赶到青岛上任，并在那里静候高焕喜。

高焕喜来了，我们一起奔赴胶州，采访调查也由此正式开始了。

胶州市在2011年全国县域经济基本竞争力榜单中排名第17位，在新农村建设上也是勤于探索，他们一直在花大气力改善农村的产业生态和自然生态，在基本形成可持续发展的生态产业体系和优美宜居农村环境的同时，也发现一些具有反差性的现象，比如：农村经济宽裕化了，文明却老旧差；住房城镇化了，村容却管理差；屋内电器化了，庭院却脏乱差；衣着时尚化了，言行却粗俗差等。另外，儿女富了却不孝顺；玩扑克、麻将赌博几乎成了小风气；部分村庄"三大堆"仍随处可见等。

针对这些现象，胶州市委、市政府审时度势予以确定：要在继续做好自然生态和产业生态建设的同时，把重点放到人文生态建设上。他们认识到，生态文明说到底就是人与自然、人与人、人与社会的关系，一定要打造出彼此相互依存、和谐共生的关系。其关键在于要以人为本，全面协调可持续发展，不仅有经济与社会的协调，而且要有人与自然的协调。其中，培育有文化、懂经营、会管理的新型农民，也就是说，提高农民的整体素质至关重要。

那么，胶州到底做得怎么样？

带着这样的疑问，我和高焕喜走进了"民间"，然后带着观感和素材回到青岛进行消化、提炼，以下是相关情况：

在文化环境方面，胶州坚持以寓教于乐的形式提升居民的幸福指数。具体做法是：以丰富多彩的群众文化活动为载体，在全市上下积极倡树文明新风，做到村村有队伍，镇镇有特色，天天有活动，月月有赛事，把城乡居民经常性的置于群众文化的氛围之中，寓教于乐，潜移默化。

要想做到这一点，胶州认识到必须硬件建设先行，从而加大投入构筑市、镇、村三级联动的公共服务体系。我在采访中看到，投资7亿元规划建设的文化、会展、体育三大中心已经封顶；投资1.2亿元建设的集博览、会展、演出于一体的中国秧歌城游人不断。另外，前几年建成投用的三里河公园、秧歌广场、图书馆、文化馆、博物馆等应有尽有，搭建起了多元素、立体化的群众文化活动场所。

在文化硬件设施上，胶州舍得花钱，也精于花钱，而且在镇村活动场所的建设上频出大手笔，实现了镇镇有综合文化站，村村有文化活动室，632个村庄建起农家书屋。全市有540个村达到了有设施、有设备、有队伍、有活动、有档案的"五有"标准。同时，投资90万元建立了文化信息资源共享工程中心，在全市18个镇（街道办事处）设基层点站，360个村设基层共享点，实现了文化信息互动一体化，打造起"弘扬时代主旋律、丰富群众精神生活"的前沿阵地。

在这些前沿阵地上，活跃着3支队伍：

第一支是文化研创队伍。他们与南开大学联姻，成立了南开大学胶州历史文化研究中心，加强对胶州市历史文化的挖掘、研究、开发、利用，并立足群众需求，立足重塑农民新形象这一需求，组织创作了一批群众喜闻乐见的文化作品，最终要达到把文化"种下去"的目的。对此，胶州市文广新局有关负责人表示："种就种到民间去，让优秀的文化扎根，扎根到群众的心里，影响到群众的思想里，扎根后进行培育，让先进文化在群众中生根、开发、结果。"

第二支是骨干演艺队伍。要想把文化"种下去"，就要先把文化"送下去"，而骨干演艺队伍就是要起到这一作用。为此，胶州不仅扶持成立了秧歌、茂腔等艺术培训班，加强文化人才的培训指导，还规划要求每年要培训业务骨干1500人以上。对此，胶州市文广新局有关负责人表示："送就送到田间地头，进村入户，送到一切群众乐意去的场合，并与群众产生互动。"目前，胶州市有文艺演出队200余支，文艺骨干近6000人。

第三支是民间团体队伍。在骨干演艺队伍的带动下，群众文化活动随之遍地开花，胶州市80%以上的村庄建立了锣鼓队、柔力球队、茂腔柳腔剧团等民间团体，所有村庄都建立起秧歌队。我在马店镇一个村级秧歌队了解到，他们一年的演出超过300场。另外，胶州还加大对文化传承人、老艺人的挖掘培养力度，全市先后涌现出近500余名民间文化艺人，真正实现了到群众中"找"文化，让群众"演"文化，让群众最大限度"享受"文化。

可见，胶州的群众文化已形成气候，也由此培育出诸多文化名牌，包括先后被国家有关部门和组织命名的"中国秧歌之乡"、"中国民间艺术之乡"、"中国剪纸之乡"等。另外，胶州秧歌和茂腔已经被确定为国家级非物质文化遗产，剪纸和八角鼓被确定为省级非物质文化遗产。中国舞蹈家协会每两年会在胶州举办一次中国秧歌节，而胶州市每年都要搞秧歌大赛，全国各地来此参赛的秧歌队有数十支，每次的受众多达数十万人，充分展现了大秧歌的魅力。

就像东北人喜欢"二人传"一样，胶州人非常喜欢大秧歌和茂腔。至于这两种传统艺术形式在当地的魅力，由民间流传的顺口溜"听到锣鼓点，丢下筷子搁下碗"、"一不小心入了迷，针扎到了指头上，饼子贴到了锅沿上"等，便可见一斑。即可看出。胶州秧歌的传承人吴英民对我讲起扭秧歌时的感受："一听到锣鼓点，身子就不由自主地扭起来了；一扭起来，就什么都忘了。"

据胶州市文广新局有关负责人介绍，他们开展的"文化惠民村村行"活动，主要内容有5项：一是送演出，组织专业和业余的演出队伍上百支，深入到每个村去演出；二是送图书，送到800多个农家书屋；三是送电影，启动公益电影工程；四是送法律法规，教育群众遵纪守法，保护文物；五是送辅导，为每个村辅导一批文化骨干。通过这些形式，满足群众文化求知、求美、求乐的要求。

这位负责人还说："当人文形成一种生态后，群众的自觉行为就超过了行政命令；当人们把文化当做一种不可缺少的精神食粮时，就会更加渴望得到知识以丰富自己的精神生活。"

这在胶州市得到了很好的验证。我在胶州新华书店看到好多人在看书，其中老人大都带着孩子，青年大都是中学生。书城董事长彭周业说，胶州人爱读书已成为一种风气。他还透露，胶州新华书店年图书音影的销售额达到6500多万元，是目前全省县级书店中最大的。

在胶州，我还发现这样几种现象：扭秧歌的人多，多到男女老少无人不会扭；唱茂腔的人多，多到几乎能说话的人就能唱几句；搞书画的多，全市省级以上书画协会会员就有200多名；读书藏书的户多，藏书万册以上的就有好几名；热爱剪纸艺术的多，能上市销售的户不下千家；爱乐器的多，吹拉弹唱的民间艺人到处可见。关键在于，参与活动的人们个个脸上洋溢着笑容，可见文化活动的兴盛在不断提升着他们的幸福指数。

3.

在社会环境方面，胶州一直在倡树新风，重塑农民形象。

自2006年以来，胶州市在新农村建设方面频出大手笔，比如政府方面投入1.8亿元，进而"撬动"起4亿多元社会资金与525万个义务工，使胶州的新农村建设由朦胧的蓝图变成了现实画卷——所有村庄实现了硬化、亮化、净化、绿化和美化，另有964个农村超市、717个卫生室和610个为民服务代办点覆盖了所有村庄，同时，城镇一体化的公共服务体系也延伸到了所有镇村。

在现代农业和造林绿化等方面，胶州市也投入巨资，初步构建起4个"15

万亩"的粮食、蔬菜、花生、果品等优势主导产业生产格局，以及以畜牧和水产为主导的养殖产业格局，为农民增收奠定了坚实基础。

在统筹城乡方面，胶州市本着"关注民生、重视民生、保障民生、改善民生"的原则，大力推行城乡公共服务均等化，让农村人和城里人同享改革发展成果，到2010年该市政府实事工程规模达到16亿元，有力推动了教育、卫生、保障、救助等民生事业均衡协调发展。全市社会保障体系由扩面向提标转变，新农合村户覆盖率达到双100%，一二三级医院报销比例平均比2006年提高20%，农民看病难、看病贵的问题得到较好解决；城乡居民低保标准均提高到新水平；城乡医疗救助范围、病种、标准实现了"两扩大、一提高"；现有城市低保户、农村低保家庭均实现"应保尽保，应保必保"。

物资文明和精神文明能互相影响，但不可互相代替，因为物质文明了，精神上不一定文明，甚至会偏向极端。于是，重塑农民新形象就成了生态文明乡村建设的重中之重。胶州市的决策者认为，农村"硬件"改善之后，甚至在改善之中，就应该把"软件"搞上去，不能做那种"硬件"投了千千万万而陋习仍然不改的事，不能让新农村里长久住着"老"农民。

2009年6月，胶州市出台了《开展推树文明新风活动的意见》，提出"坚持政府主导、部门联动、社会参与、农民主体"，以及"因村制宜、引导教育，以点带面、全面提升"，确定推树"洁净之风、德孝之风、互助之风、学习之风、和美之风"，"让五种新风吹佛农民的心灵，用三年时间显著提升乡风文明"。

2011年3月又出台《进一步开展"五种新风"推树活动的意见》，确定持续推树"五种新风"，建立洁净新机制，树立德孝新观念，拓展互助新领域，探索学习新途径，追求和美新境界。

现如今，"五种新风"已成为开启胶州农民文明生活的"五把钥匙。"

对此,接受我采访的刘家村村民刘信忠笑呵呵地说:"这'五风'一刮,把人都刮精神了。"

我还了解到,胶州市推树"洁净之风"重在建立农村环境卫生管理机制。目前,418个村建立了专业保洁队伍,102个村成立了物业公司,585个村实现了生活垃圾"村集→镇收→市处理"。除此之外,还做到了几项入户工作:改水,农村饮用水改为自来水;改厕,农村茅厕改成新式的;改灶,柴禾灶改成节能炉。同时,通过市场化运作和联户包片等形式,解决了"三大堆"等老大难问题,农村家家户户院里洁净了,屋里洁净了,桌子上洁净了,炕上洁净了,身上衣服洁净了,人的头脸也洁净了。

此外,该市各个村庄还制定环境卫生公约,开展"洁净之街"和"洁净之家"争创活动,农民的生活陋习明显减少,讲卫生成为每个人的习惯。胶州市三里河公园的环保工人告诉我,3华里长的公园北岸只有他们两个环卫工,但一直很洁净,原因是人们的素质高了,基本上没有乱丢垃圾的现象。

在"德孝之风"的倡树中,胶州推行"一卡二榜三处罚":一卡是养老联系卡,二榜是孝星榜和不孝榜;三处罚是对养老好的上红榜,不好的上白榜。该市每年都进行孝星评选,村镇都成立了德孝监督、青年敬老、妇女禁赌等组织,制定了《养老协议》和《村民荣辱档案》;开展"做文明守信用好农民",评选好媳妇、好婆婆和文明信用户,设置"孝敬之星"公开栏;通过广电、网络和报纸等传媒,推广厚养薄葬和喜事简办等新风气。

"你帮我,我帮你,一人有难大家帮",在胶州也成了风气。据采访调查的统计数据显示,目前胶州市72%的村成立了互助组织,组建了470个专业合作社,36村设立了互助基金,构建起了生活互帮体系。还有生产互助,如果在生产上有什么需要帮助的,可以招之即来。进而,形成了与邻为友、和睦共处的邻里关系。与此同时,开展城乡共建活动,深化"科室联村"和"村企联手"举措，包括：文明单位与村庄一帮一、多帮一；引导组建合作社，开展信息、技术互帮互助。

在胶州市，很多村庄都定期或不定期地举办学习型家庭评选活动，我在该市北关街道办事处律家村采访了一户学习型家庭，发现这个家庭藏书超过万册，随便问问读了些啥书，男女老少都能顺口说上几部，问其中内容也大都对答如流。

为了打造"学习之风"的载体，胶州市建设了文明示范街、宣传栏、宣传队及文体场所，包括打造了630条唐诗宋词、三字经、二十四孝、古代育人经典、文明公约等文化街，并通过评选最喜欢的一本书、征文比赛等活动，营造学习气氛。目前，已经涌现了一批文化人，其中农民书画家、作家达210多名。

在北辛置村，我看到在一面面街墙上，绘画着不同风格的山水、花鸟、人物画等，其中有油画，也有国画；有工笔、也有写意。村文书宋起业介绍，村里搞文化上墙投资10万元，绿化投了5万元，污水处理投入20万元，健身器材投入7万元，一早一晚扭秧歌唱茂腔在群众中成了风气，多年来村里没出过一起刑事案件，没有一户违反计划生育规定等。

"从小事做起，从身边事做起，从我做起。"三里河公园树立着这样的标语，充分反映了胶州人建设生态文明乡村重建人文生态的精神，也向人们展示着胶州经验的真谛。

在以上采访调查情况的基础之上，我写出了一篇通讯，引题是"生态文明建设重建人文生态"；主题是"胶州：让新农村住上新农民"。

稿件发表后，胶州市委书记祝华直接打电话给我，说："你们这个'生态文明建设重建人文生态'的提法很好，这样就从群众文化的角度转到了人文生态建设上来，提高了我们对精神文明的认识，提高了人文生态意识形态的执政能力。"

4.

在发表了通讯《胶州：让新农村住上新农民》之后，我又追写了一篇有感，标题叫《有一种幸福叫精神》，在此特作摘录，以作为我这部书的结尾。

胶州人太恣（注：方言"舒服"）了。

胶州人恣得让人羡慕。

胶州人的恣不完全是因为口袋里有钱，也不完全因为楼上楼下电灯电话，哪因为啥呢？我认为，主要是因为他们有丰富的精神食粮，有丰富多彩的文化生活以及业已形成的洁净、德孝、互助、学习、和美之风和人文生态文明建设。

看着胶州人恣，羡慕着胶州人恣的同时，便对这里的生态文明乡村建设产生莫大的兴趣，更对在生态文明乡村建设中突出做好人文生态建设的经验感到新鲜，因为，她抓住了问题的要害，牵住了事物发展的"牛鼻子"，把生态文明建设推向了一个新高度，体现了科学发展以人为本的灵魂。当然，也因为她是胶州人幸福感的发源地，更是"恣"这个词的诠译。再解释胶州市委、市政府如何让胶州人感到恣时就有不少的话可说了。

"恣"，这个词更多的是精神层面的，能让人觉着"恣"那可不是一件简单的事，需要下大功夫，需要有真能力。

中共十七大报告提出建设生态文明，胶州市的决策者们就深思熟虑到自然生态和人文生态的互动问题上去了。于是，近几年就在自然生态建设取得重大成效的基础上，把工作重点放到人文生态建设上来了。

如果说以前注重物质层面多些的话，那么后者更多注重的是精神层面，当然是互为作用互为因果的。如果说前者给人的物质享受是衣食住行的话，那么后者给人的精神享受就是幸福感。前面的那种物质享受往往会出现"端起碗来吃肉，放下碗骂娘"的情形，后者却会出现像三里河办事处刘家村76岁的村民刘绪治所说"这日子过得真恣呀"之类的感慨。

记者在胶州探求，探求这里进行人文生态建设的真谛，探求这里成为中国最具幸福感城市之一的"密码"，探求这里在生态文明乡村建设中自然生态与人文生态互动的经验。

2010年，新华社《瞭望东方周刊》继2007年、2008年、2009年之后，第四年举办中国最具有幸福感城市调查推选活动，全国有十个县级市获此殊荣，胶州就是其中之一。

了得？

这可是冰冻三尺非一日之寒的事呀。

幸福的理由可能千差万别，特别是对一座幸福城市的理解。感到幸福，或许是对一座城市发展脉搏和奋斗理想的认同，或许是对一座城市容貌和味道的钟爱，或许是对一座城市心情和温暖的感知，诸如收入、就业、教育、医疗、环境、交通等各个方面的硬实力，以及城市管理、文化积淀、人的素质、文明程度、人情味儿、精神面貌等软实力，都可以收纳到"幸福"二字之下。

硬功夫打造软实力，如果我们把硬实力理解为硬功夫的话，也就是对硬实力方面的建设需要用"发展是硬道理"来进行，那么我们还可以把软实力理解为软功夫，用硬功夫打造软实力和用软功夫打造硬实力，说起来就有许多的辩证法了。

胶州的经验在于，他们用建设硬实力的办法，用那种硬功夫打造软实力。

那"五化"建设硬不硬？每一项都是要真金白银的。

那"八绿"建设硬不硬？每一项都要上亿的投入的。

那三大公园、湿地、中轴线、少海等等的建设硬不硬？每一项都要撬动大的财力物力的。

那1022家规模以上企业，年产值要达到1210亿硬不硬？年地方财政收入达到26个亿硬不硬?

说起胶州的硬实力,那真是每说一个就是一个惊叹号。

硬实力是靠硬功夫打造的,所以,胶州市委、市政府把打造软实力的办法也用上了硬功夫。

我走过到过好多地方,也采访总结过好多的地方这方面的经验,当然,各种经验自有其道理。不过,我仍觉得胶州在方面舍得下硬功夫,一个工程一个工程地搞,而且明确要搞人文生态的建设,可见高人一筹。

为啥有的地方那么用心地搞面子工程、政绩工程,而搞人文生态方面的建设就没那么重视了呢?因为这方面不容被看见,是看不见摸不着的软东西。看胶州舍不舍得?他们大把大把地往文化上投资,该建的都建。这不是说他们有钱,而是说他们知道应该如何花钱。建设社会主义干什么?不就是为了让人民过上好日子,不就是为了让人民感到幸福?胶州确实把文化当做一种产业来做了,当做一种实力来做了。

胶州人聪明之处在于,他们做的是四两拨千斤的事。我在采访中了解到,虽然说做文化花了不少钱,可比起硬件的投入还是有限的,这有限的投入带来的却是无法估量的收获。平时我们好说,你能花多少钱买一高兴?你能花多少钱买一个愿意?你能花多少买一个赞扬?事实上,人民的幸福感是花钱买不来的,只有通过文化建设,通过人文生态的建设。

当我看到"从小事做起,从身边事做起,从我做起"的大标语时,我感叹了,感叹胶州人的实在,感叹胶州人的人性化,更感叹胶州这地方的文化底蕴。"从小事做起",看他们做的推树"五种新风"不都是些生活方面的小事?"从身边事做起",看他们搞的治脏治乱等"五治"不都是些身边事?"从我做起",哪一件不是我自己的事?这就是政治,这就是政治工作,是人的工作,是人文生态建设的工作。高超的艺术向来就是这样的,就像文娱活动的潜移默化。

有一种精神叫幸福。

也就是说精神的幸福才是真正的幸福，胶州人的恣就是一种精神幸福使然。能让我们的人民觉着恣、觉着幸福，那才是关键的关键。

如果说胶州人的恣是因为人文生态建设带来的诸多变化的话，那么随着人文生态建设的深化，将会享受到更多的更实惠的乃至更高档次的恣。

据我所知，胶州市委、市政府正在研究深化人文生态建设方面的工作，将从哪些方面深化呢？

生态文明乡村建设包括五个方面：生产发展，生活宽裕，村容整洁，乡风文明，管理民主。

他们将更大限度地在取得一定成效的基础上，加大政府的推动作用，要从单纯的经济主导型政府转到社会服务型政府上来，政府的投入要向农村倾斜，向社会倾斜，政府的责任是创造条件，提供载体，农村经济发展的出路在于合作经济。

比如，在"和美之风"方面，关键是基层民主的建设，农村实行的是村民自治，要在自治上下功夫，民主了，公开了，自然就和美了。在"互助之风"方面，一是要在村内事务的管理上强化自我教育，自我管理；二是通过互助进行发展，提高组织化程度，解决大市场、小家庭的矛盾。这种组织绝不是人民公社那样的组织，而是大力发展各种服务组织，实现合作经济形式。在"德孝之风"方面，要加强思想道德、个人品德、社会公德的建设。在"学习之风"方面，要在加强思想德道素质学习的同时，加强科学文化素质方面的学习。

我想，如果把胶州的经验发扬广大，各地都下点硬功夫打造软实力，我们的生态文明乡村建设就会更上一层楼。

对于农村来讲，人文生态文明的建设尤为重要。

后记

本来我是一个不可能做记者的人，为什么？因为我是一个只有小学四年级文化程度的农村孩子；本来我是一个不可能做作家的人，为什么？因为我是一个只有小学四年级文化程度的农村孩子。

不过，我做了记者、作家，并写了这部书。

我先是做的作家。从1970年至1980年坚持踏上文学创作之路。当时，不会写的字，就搬着字典查；语言不畅，就抱着收音机听。笨鸟不管早晚都要飞，愣是飞了十年，到废稿堆放得比桌面都高时，才算发表了第一篇小说。因为屡屡有作品发表，便被吸纳入了山东省作家协会。

我做记者是之后的事。因为成了小作家，1988年被临清市委破格调进市委宣传部新闻科，开始从事新闻报道的写作工作，职务叫"通讯员"，其实就是记者的编外助手。这一写就是8年，又因为连续五年获大众日报优秀通讯员称号，进而被破格调入大众日报社做了一名记者，因为我是从农村出来的，报社就让我在农村版做了一名农业记者。所以，我一直非常感谢和钦佩大众日报社不拘一格降人才的作风。当然，我这个农村孩子能够如此一路走过来，完全是受益于我们这个新社会。

反观自己，我最突出的一个特点就是笨。如果不笨的话，不就能考上大学了？考不上大学，虽然是"文革"造成的，可恢复高考后不是有许多同龄人考上大学吗？我没考大学，除了因为笨以外，就是太过沉迷于文学创作了。不过，虽然没有获得大学文凭，却通过笨拙地笔耕拿到了作协会员证。

在记者队伍里，我也是属于笨的那种。如果不笨的话，仅凭资历也不会一直做一名小小的记者了。做记者，虽然是我喜欢的行当，可如果不笨的话，仅凭人脉也不会一直做累死累活还不讨巧的农业记者了。当然，如果不是一直做农业记者，也不会有这么多的创作素材。因此，我一直非常感谢大众日报农村版给了我一个发挥的平台。

因为笨，所以我常是笨鸟先飞。我常常将自己比喻为当地人称的"窝丽鸟"，这是一种常出现在玉米、麦子、高粱、菜地上方的笨鸟，白天盘旋在大地之上，夜晚宿在老百姓家的树洞里。从1976年至2012年的十六年间，我这个笨鸟就一直在农村盘旋和宿住，不算外地省份，我走遍了山东省的所有县乡和二分之一的村庄，采写了大量的"三农"新闻。

写新闻，做新闻，最让我感兴趣或兴奋乃至激愤的就是采写监督性的新闻。我是农民的儿子，我不忍心看到农民被欺服，不忍心看到对农民的不公。为了替农民说话，为了给农民讨公道，我曾屡次冒风险实地采访，也曾被强迫下岗，甚至曾被告上法庭　但是，我从未退缩过，因为我背后有着大众日报社这个坚强的后盾。

这部书是我"农民记者"生涯的切片记录，也是我所刊发新闻稿件涉及的精华部分，又经过沉淀、回访、反思的过程，便形成了目前的书稿内容。在此，要感谢为本书进行策划并编辑的朱新开同志，是他在我大量的新闻稿件和实践工作中选取了其中的一部分，感谢他为本书付出的辛苦劳动。

在此需要说明的是，本书的唯一目的在于对中国"三农"现实的还原和研讨，不是常规意义上的新闻报道，因此，书中的部分地名和人名采用了化名。希望读者朋友不要刻意地对号入座，否则就有违本书的初衷了，谢谢！

最后，我要特别感谢温铁军老师，感谢他之前对我的理论和工作指导，感谢他在工作繁忙、稿债累累的情况下为本书作序。

2013年元月，于济南。